Du même auteur :

La valise noire à nœuds roses, février 2018

Disponible sur www.Amazon.com et sur www.Amazon.fr
Facebook : La valise noire à nœuds roses
Instagram : la_valise_noire_a_noeuds_roses

Merci à tous les lecteurs de ce premier roman, de leurs témoignages, de leurs formidables avis, de leurs photos souvenirs que vous pouvez retrouver sur les réseaux sociaux*… Et de leurs encouragements pour que le second roman voit le jour.

L'atelier au fond de la cour, février 2019

Merci à Florence, qui a effectué un incroyable travail de *conseiller littéraire*, qui m'a permis d'aller plus loin dans l'écriture de ce roman et d'être plus exigeante avec moi-même.
Merci à mon mari et à Sophy de leur relecture.

Sandrine Mehrez-Kukurudz, née en 1967, a commencé sa carrière professionnelle par le journalisme radio avant d'entrer dans l'agence de communication CLM-BBDO France.

Elle a été ensuite recrutée comme directrice de création et rédactrice dans l'agence de communication RJK, par celui qui allait devenir son mari.

Depuis 24 ans, ils forment un duo complémentaire qui leur a permis de signer des événements d'exception tels que l'une des plus importantes audiences de l'année de TF1 lors de la dernière éclipse du soleil du Millénaire ou la plus importante commémoration au monde, en dehors de New York, du 11 septembre 2001 à Paris, en 2011.

À New York, elle a produit Best of France à Times Square avec plus de 500 000 visiteurs en deux jours, les 70 ans de D-Day en larguant 1 million de pétales de roses au-dessus de la statue de la Liberté et travaille sur la promotion de la mode, de l'art ou du champagne aux États-Unis.

Elle prépare, pour septembre 2019, la première French Fashion Week de New York.

« L'atelier au fond de la cour » est son second roman, après « La valise noire à nœuds roses » publié en février 2018.

Maman de Salomé (21 ans) et Noa (16 ans), elle leur raconte souvent de fabuleuses histoires de famille.

Née de parents français, elle puise ses racines de l'Europe à l'Orient, véritable cocktail d'influences les plus diverses, des rives de la méditerranée égyptienne à celles d'Espagne, des villes froides de Pologne aux villages de Roumanie.

SANDRINE MEHREZ KUKURUDZ

L'ATELIER
AU FOND DE LA COUR

ROMAN

À Max & à Golda
Aux miens, aujourd'hui

3

New York, décembre 2018

Ce livre est dédié à mon grand-père Max, mon ange-gardien parti bien trop tôt. À l'âge où l'on entre dans l'apprentissage des connaissances, des difficultés des relations sociales, et des prémices de ce que sera notre vie d'adulte.
Mon grand-père formidable, pour qui les étapes de la vie et la traversée de la guerre ont été de dures épreuves, mais qui laisse aujourd'hui encore le souvenir d'un homme toujours plein d'entrain, optimiste, bon vivant, épicurien... un homme exceptionnel qui me guide depuis toujours avec cette maxime faite sienne, que « demain est un autre jour » !
Ce livre ne retrace pas la vie de Max. Cette famille n'est pas la sienne, la mienne. Et avec Golda, ma merveilleuse grand-mère, ils ont formé un couple uni dans l'adversité comme dans la joie, jusqu'à la mort. Ce livre en a emprunté certains épisodes anecdotiques, certaines vérités et ce charisme qu'il a su imposer par son sourire charmeur et son regard si bienveillant, à tous ceux qui l'ont croisé.

Ce livre est un hommage à Max, qui de là-haut, continue de me guider depuis qu'il m'a quitté l'année de mes huit ans.

Max dans l'atelier de couture avant-guerre

Les personnages principaux

Clara et les siens

Clara Monnier: jeune styliste au caractère bien trempé. Elle vit à Aix-en-Provence depuis une dizaine d'années après le départ impromptu de son père.

Clarisse : la formidable grand-mère de Clara qui a accueilli sa fille et sa petite-fille à Aix-en Provence.

Michèle : la mère de Clara, qui vit dans le souvenir de son mari, en changeant de vie après son départ de Paris.

Claude : le père de Clara, parti un jour, sur les routes du monde, sans expliquer pourquoi à sa fille et à sa femme.

Les personnages proches de Clara

Paul : Un esprit vif, un charisme fou. Il est chasseur de talents à Aix-en-Provence.

Éric : le vrai ami de Clara, quelles que soient ses aventures.

Max et les siens

Max Goldman : charismatique et volontaire, il quitte l'Allemagne nazie avec le reste de sa famille. Il est le second personnage principal de ce roman avec Clara.

Tsipora : La sœur pleine de charme de Max, qui fait tourner la tête des hommes.

Schmuel : le grand frère sage, époux de Rachel.

Feiga Finkelstein : Fille unique de David et Bella Finkelstein.

David ou monsieur Finkelstein : Père de Feiga, qui a bien réussi dans les affaires avant-guerre et qui a su conserver son statut après la guerre.

Déborah : Arrivée en Australie après la seconde guerre mondiale avec son père, uniques survivants de la famille.

Paris. 17 mai 1998

« Oh mais tu dessines très bien ma petite fille. C'est très joli ! »

Sagement assise à la table des adultes, dans cette immense salle de restaurant parisien, Clara s'ennuie en silence. Armée du stylo réclamé à sa mère ... Clara dessine comme à son habitude. Partout. Et surtout sur les nappes en papier des grandes salles de restaurants parisiens.

Clara esquisse toujours ces mêmes silhouettes élancées dont on distingue peu les détails. Des « élégantes » habillées de tenues dont on devine à peine les contours.

Clara dessine et le monde autour d'elle s'extasie de son talent naissant.

Aix-en-Provence. 17 mars 2017

Attablée aux « Deux garçons », Clara classe sans entrain, ses photos de croquis sur sa tablette. Cela fait plus d'un mois que le rendez-vous avec la société de mode marseillaise est pris et la voilà à deux heures de l'échéance, tentant de mettre de l'ordre dans ses centaines d'images. Son éternel besoin d'être constamment dans l'urgence et d'être confrontée à cette montée d'adrénaline propre aux grands artistes est le leitmotiv qu'elle a fait sien.

Elle l'a touchée de près cette sensation folle qui vous emporte en créant des heures durant, quand elle a fait son stage de troisième chez Balmain, grâce à une connaissance de sa grand-mère. Les « petites mains » qui s'affairent, les équipes survoltées qui savent qu'elles passeront la nuit sur la collection à présenter. Où tout se joue ensuite le temps d'un défilé. Ces précieuses minutes qui condamnent le créateur et son équipe ou les portent aux cieux.

À partir de ce jour, Clara a décidé que ni une carrière dans la banque de sa mère, ni des études en alternance chez l'ami graphiste de son père n'étaient des options envisageables. Elle serait créatrice de mode et s'attèlerait à vendre du rêve à ses clientes en sublimant le meilleur d'elles-mêmes.

Pour beaucoup, Clara vivait dans son monde de crayonnés. Pourtant l'enfant puis l'adolescente a toujours cultivé une forte personnalité et un caractère bien trempé. Cette enfant de salariés sages, au quotidien souvent ennuyeux, ne rêvait que de grandes émotions professionnelles et de journées qui se succédaient sans se ressembler. Son père observait sa fille sans mot dire si ce n'est, à sa femme, sur un ton de reproche : « Ce côté saltimbanque lui vient de ta mère ». Clara n'en avait que faire ! Elle avait un destin …Et un ange gardien quelques part qui l'accompagnerait sur le chemin de sa réussite.

Et puis sont venus les jours compliqués. Le père de Clara a décidé à l'aube de ses cinquante ans que ses dernières décennies ne ressembleraient pas à ses cinquante premières. Alors il est parti un beau matin avec deux pantalons et quelques tee-shirts dans son sac à dos de jeunesse. Et un mot laissé sur le frigidaire.

Il a fallu se reconstruire. À deux. Il a fallu pallier cette décision et envisager pour Clara et sa mère une autre vie. Moins onéreuse. Moins tournée vers le passé et ses jours heureux.

Le salaire de Michèle ne suffisait plus à payer les factures, et le mari évanoui dans la nature, n'avait laissé aucune économie sur le compte en banque. Michèle avait jonglé un temps et tenté de faire des heures supplémentaires. Clara faisait de son mieux en enchaînant les baby-sittings et en se levant à l'aube le dimanche pour déballer les cartons de Rungis et aider à la vente du primeur, au marché du quartier. Michèle se détestait de voir Clara travailler si dur pour l'aider à supporter les charges de leur existence. Mais Clara offrait alors à sa mère son plus précieux câlin en lui disant que ce n'était qu'un magnifique apprentissage de la vie, qui la rendrait plus forte pour affronter les affres de demain.

Et puis un matin, elles ont fait leurs valises, empli les cartons et ont rejoint la septuagénaire de la lignée. Cette grand-mère extraordinaire, qui jour après jour commence sa journée en arrosant son jardin, racontant à ses rosiers ses déboires de la veille, aux tournesols les bêtises de ces chipies de petites voisines et à la lavande que ses petits parisiens lui manquent. Clarisse vit depuis longtemps sans homme à la maison. Par choix. Par besoin de liberté. Cette extravagante femme séduit tous ceux qui la croisent. Par cette insolence de vivre comme elle l'entend. Par cette facilité à aller vers les autres, à offrir le meilleur d'elle-même, à défendre l'idée qu'on doit sourire à la vie, quels que soient les tourments que l'on traverse. Nul ne sait ce qui se trame dans la tête de Clarisse. Si les temps sont difficiles ou non. Si elle est dans une passe compliquée ou a quelque ennui de santé. Clarisse semble figée dans une vie faite de petits plaisirs qui suffisent à son bien-être. C'est auprès d'elle que Michèle et Clara n'ont d'autre choix que de retrouver, jour après jour, l'oxygène nécessaire.

Quand Claude s'en est allé sans mot dire, Michèle a vécu une véritable descente aux enfers. Depuis dix ans, ce petit papier écrit à la va-vite, aimanté sur la porte du frigo ne cesse de la hanter. Comment en serait-il autrement quand les explications manquent tant. Comment dépasser la douleur alors qu'elle n'a jamais pu avoir la moindre explication de ce départ. Son mari ne lui a laissé aucune chance. Elle n'a pas mérité d'avoir été abandonnée de la sorte.

Clara est restée prostrée des heures, ne pouvant détacher son regard de petite fille de l'aimant du frigidaire, qui retenait ces mots d'adieu. Elle est sortie de sa torpeur, sans crier gare, avec une petite phrase qui n'avait de sens que pour elle : « C'est drôle qu'il ait choisi l'aimant que j'ai ramené de chez mamie pour coller son mot sur le frigidaire. » Aix...L'avenir lui donnera raison.

Clara et Michèle trouvèrent leurs marques rapidement, dans la jolie maison de Clarisse. Comment pouvait-il en être autrement dans cette maison si inspirante, nichée dans la nature et noyée sous les rayons du soleil généreux de la Provence. Pourtant, les mois qui suivirent furent compliqués émotionnellement pour les deux femmes et Clara trouvait le réconfort dans sa boite de feutres et son cahier de dessin. Elle exprimait sa détresse au travers de grands coups de crayons. De robes, de drapés, de chapeaux et de bouches rouges.

« La petite, elle dessine drôlement bien » s'esclaffaient les voisines venues piquer les confitures de pêches encore fumantes, tout juste mises en pot par Clarisse.

Mais Clara dessinait aussi à l'école.

Et c'était bien plus ennuyeux. Constamment rappelée à l'ordre, Clara promettait de se concentrer sur ses cours mais le crayon repartait de plus belle sur les cahiers, ne laissant au français, aux maths ou à la physique que peu de chances d'exister.

Michèle était constamment convoquée et malgré ses promesses de remettre sa fille dans le droit chemin, rien n'y faisait : Clara dessinait.

De temps à autre, Clara recevait une lettre de son père, postée des chaudes pampas d'Amérique du Sud ou des plaines enneigées du Québec. Tout allait bien. Il l'embrassait et il l'aimait. Parfois il glissait un « embrasse maman », tout en bas, avec l'espoir que ces quelques mots s'échappent du papier.

Clara n'embrassait pas sa mère. C'était des histoires d'adultes qu'elle ne cautionnait pas.

Michèle n'a jamais eu le droit à une carte, un appel, quelques mots. Elle s'est sentie abandonnée, coupable de la fuite de son mari sans avoir la moindre idée de ce qu'elle a pu faire de mal. Un mari devenu fantôme. Un fantôme qui n'a de cesse de la hanter. Comme il est terrible de vivre avec une culpabilité qu'on s'explique pas. Mettre les mots sur les actes…Elle en a tant rêvé, le soir, seule, enfouie sous ses couvertures, refaisant son monde d'avant. « Mais bon sang, qu'ai-je fait pour qu'il me quitte un matin, de façon si vile ! »

Michèle a dû batailler pour se défaire de cette toute petite estime qui l'empêchait d'avancer tous ces mois durant.

Pourtant Claude a toujours été un mari et père aimant. Certes, il n'était pas des plus présents, même quand il n'était pas à son bureau. Il était bien souvent une ombre qui vaquait à ses occupations sans se soucier des siens. Enfermé dans sa chambre à s'appliquer minutieusement sur quelques travaux de recherches. Cloîtré dans la salle de bain à écouter quelques programmes sur son téléphone portable. Mais après tout, n'est-ce pas légion dans de nombreuses familles ?

Claude ne jouait pas aux Lego ni au Monopoly, il ne racontait pas les anecdotes de son enfance aux siens, il ne cuisinait pas de gros gâteaux plein de crème avec Clara, il ne lui racontait pas des histoires de monstres le soir. Cela ne faisait pas partie de ses préoccupations voilà tout. Comme il ne lui venait pas à l'idée de rentrer le soir avec un bouquet de roses, d'accompagner Michèle au marché le dimanche, ou de lister avec elle les cadeaux de Noël. Claude était distant. Par habitude. Sans que les années n'accentuent pour autant ses envies de solitude et de plaisirs solitaires.

Alors quand Michèle a trouvé le petit mot sur le frigidaire, elle s'est demandée si finalement Claude n'était pas parti depuis bien longtemps.

Depuis tant d'années, ce sont trois générations de femmes qui ont trouvé leurs quartiers dans le mas ocre, sur les hauteurs d'Aix-en-Provence, là où la route serpente vers les paysages envahis par les pins et les champs de tournesols.

Clara, Clarisse et Michèle vivent sans gêner l'autre. Chacune dans un monde construit sur les revers de la vie et la folle volonté d'être plus forte que les affres accumulées.

Clarisse a conservé le mas contre l'avis de tous, quand Pierre, son mari, s'en est allé. Oh ! Elle l'a bien aidé ce jour-là, quand elle ne lui a pas vraiment laissé le choix de faire ses valises. « Tu ne sers à rien Pierre. Dans ma vie j'entends. Tu vis à mes côtés, quand tu n'es pas pris par les bras de tes maîtresses. Explique-moi ce qui pourrait me retenir dans ma décision de te foutre dehors ! ». Pierre n'a pas eu de réponse. Il a mis ses essentiels dans deux cartons et a promis de revenir dans la semaine chercher ses effets. Il a simplement demandé que nul ne sache qu'il avait été chassé de la sorte. Clarisse avait promis. Qu'est-ce-que cela pouvait bien lui faire que le monde connaisse sa vérité. La paix vaut bien les petits arrangements de Pierre.

Aujourd'hui quand elle se lève et dresse la table pour Michèle et Clara, elle se dit que le destin ne fait pas si mal les choses et qu'elle a sacrément bien fait de choyer son potager et maintenir son mas avec tant d'amour.

Aix-en-Provence. 17 mars 2018

Clara a poursuivi sa passion du dessin et des silhouettes élancées. Il en allait de soi pour ses proches, comme pour ses enseignants. Pour Clara, c'était une évidence depuis toujours. Elle a suivi les formations de l'université d'Aix-en-Provence et fait de nombreux stages à Paris. Elle a travaillé chez de petites créatrices déprimées, des couturières avec qui elle a appris à dominer l'aiguille, des stylistes égocentriques. Puis Clara a décidé qu'il lui fallait à présent prendre son destin en main pour créer à son tour et mettre à profit toutes les idées qui se bousculent dans sa tête depuis tant d'années.

Le matin Clara dessine, l'après-midi elle arpente les rues de la ville ou descend sur Marseille pour chercher l'inspiration dans les lieux les plus divers, en scrutant les passants, en laissant son imagination déborder constamment. Quand Clara a besoin de retourner vers la civilisation, elle accepte alors un contrat à durée déterminée quelques temps. Puis repart vers ses divagations. De toute façon ces diverses expériences sont enrichissantes et concourent à accroître son savoir-faire.

Elle attend l'opportunité. Elle sait pertinemment bien qu'elle se présentera en son temps. Clara a le sentiment d'avoir un destin depuis toute jeune.

15

Un destin et un ange gardien, qui veille à ce qu'elle ne saute pas les étapes pour ne pas se brûler les ailes.

Et il en est ainsi ce matin. Le jeune homme avec lequel elle vient de raccrocher lui donne rendez-vous cette après-midi même, suite à sa candidature pour rejoindre l'équipe d'une créatrice montante de la région.

Une marque encore jeune, mais pleine de promesses et qui a déjà nombre de supporters parmi les professionnels nationaux. La société cherche des stylistes juniors pour épauler sa créatrice. Clara a envoyé quelques visuels, ceux qui mettent en valeur ses propres créations et s'apprête à se vendre. Ce qui n'est jamais simple pour une artiste quelle qu'elle soit. Qu'elle s'attelle à transformer une toile blanche en œuvre d'art, un morceau de bois en meuble d'exception ou un métrage de tissu en fière tenue de réception. La mode est avant tout création, répète Clara à Michèle qui aimerait tant que toute cette passion se matérialise enfin en monnaie trébuchante !

Ses modèles sont là. Classés à la va-vite dans sa tablette, pleins de promesses mais sans avenir immédiat. Qui sait… Ce rendez-vous marque peut-être enfin le début de sa jeune carrière.

En descendant du train, elle hume l'air de la ville. Marseille. Marseille qui vibre à un tout autre rythme, à des années lumières du cœur du vieil Aix. Le monde. Le bruit. La vibrante énergie dans les rues.

Contre toute attente, c'est dans un bâtiment moderne sans âme que Clara pénètre. Elle a imaginé découvrir l'antre plein de poésie d'une styliste de talent, elle franchit les portes austères qui la conduisent à un couloir de bureaux.

« Bonjour on va faire vite, l'atelier a besoin de moi ». Céline B s'agite sur son fauteuil. Sur son bureau s'étalent des visuels, des échantillons, des magazines par dizaines. Sa froideur ne fait pas écho à l'image si bien construite par ses équipes de relations publiques.

Elle parcourt rapidement les croquis qu'elle repose devant Clara.
« C'est tout ce que vous avez à me montrer ? Pas de réalisations concrètes ? Pas de modèle ? D'études de vos créations ?... Vous croyez que quelques croquis sur un iPad suffisent à faire de vous une créatrice ? »

Clara sans un mot range ses affaires et s'apprête à se lever, blessée par l'arrogance de la designer.
« Vous partez ? Vous ne défendez pas votre travail ? Vous savez le nombre de personnes qui rêvent de ce poste ?"

Clara toise alors Céline, avec cette belle confiance qui la porte depuis sa jeunesse :
« J'estime - à tort apparemment - qu'une collaboration c'est un coup de cœur. Nous avons

commencé par le divorce. Je ne vois pas quels arguments vous opposer quand vous vous intéressez si peu à des mois de création. Je ne viens pas vous présenter un catalogue de rideaux ou de chaussettes mais des modèles que j'ai passé des semaines à imaginer, à créer et à concevoir. Avec passion. Avec toute la force créatrice qui m'anime. »

Clara ne prend pas le temps d'enfiler son manteau et a déjà tourné le dos à Céline, se dirigeant d'un pas rageant vers la porte
« Attendez. J'aime cette impertinence. Revenez demain avec des réalisations plus concrètes et nous en reparlerons. Sans promesse bien sûr. À demain. »

Dans le train qui ramène Clara à Aix-en-Provence, la jeune fille ne sait que penser de cette entrevue, partagée entre la fierté d'avoir tenu tête à Céline et l'appréhension de travailler - peut-être un jour - pour une créatrice dominatrice, arrogante et avec qui le quotidien sera certainement parsemé de coups de colère.
Il faut bien commencer quelque part et même si la région marseillaise peut s'enorgueillir de compter quelques marques établies ce n'est tout de même pas Paris. Clara réussit à dépasser sa colère. Si ce poste doit s'inscrire dans son parcours, alors elle supportera quelques temps les coups de gueule de Céline. Après tout, elle délègue tant que sa présence effective ne doit pas être si imposante. Et puis sa compréhension qu'une

marque n'est pas qu'une collection mais aussi une capacité à construire une image et à la communiquer, sera une formation nécessaire à la jeune styliste. Vivre de l'intérieur cette réussite marketing et comprendre les règles de séduction du client est une chance. Clara fera fi des tempêtes internes. Mais il lui faut obtenir ce poste et elle sait qu'elle n'est pas la seule en lice.

Le TER s'est arrêté sans raison entre deux gares. Clara cale sa tête contre la fenêtre, les yeux perdus sur un ensemble de petits immeubles décatis et tristement gris. Les couleurs locales ne réussissent pas à donner un peu de vie à cette carcasse d'habitations populaires bien triste.

Quelle aurait été sa vie si son père n'avait pas décidé un beau matin de mettre les voiles ? Quel aurait été son parcours professionnel si chaque matin le lit de sa mère ne restait pas désespérément vide dans l'attente inavouée d'un retour de celui qu'elle a tant aimé.

« C'est joli ce que vous dessinez. Vous êtes créatrice ? »

Perdue dans ses pensées, Clara a griffonné sur sa réservation de train. D'un trait monochrome elle avait fait surgir de nul part un fabuleux drapé.

« Oui je travaille pour Céline B ment-elle au quinquagénaire qui lui fait face.

— La voilà bien entourée. Vous avez participé à sa dernière collection ?

— Pour être très honnête avec vous...je commence d'ici à quelques jours.

— Et bien quand vous en aurez soupé de ses humeurs, appelez-moi ! » répond l'homme en tendant sa carte et en descendant à la va-vite sur le quai de la gare.

La silhouette élégante de l'homme s'éloigne déjà et Clara range la carte de cet inconnu dans son sac, intriguée mais résolue à enquêter en arrivant à la maison.

« Ça sent bon mamie ! Tu fais quoi avec la lavande du jardin ?

— Une décoction. Je vais créer ma chérie moi aussi. À chaque fois que je regarde une émission culinaire me vient l'envie de devenir artiste-chef !

— Et quel est le plat du jour ?

— Un agneau à la lavande ! »

Clarisse a fait macérer toute l'après-midi ses brins de lavande gorgés de soleil. Elle les range alors au fond du plat, méticuleusement, en prenant soin de ne pas les égrener. Elle y ajoute des brins de thym, de l'huile de sésame grillé et poivre largement le tout.

« Mamie tu es un grand chef méconnu.

— On en jugera ce soir ma chérie. Comment s'est passé ton entretien ? Perdue dans ma lavande j'en ai presque oublié que ton après-midi était crucial. »

Et Clara de raconter cette entrevue surprenante et bien déconcertante. Et la soirée qui s'annonce longue pour préparer de quoi convaincre Céline de faire d'elle son assistante favorite.

« J'ai ma soirée de libre ma Clara. Je ne maîtrise pas l'aiguille comme le couteau mais je peux peut-être te seconder pour avancer plus vite.
— Pas d'amoureux ce soir mamie ?
— Ne me fais pas passer pour une dévoreuse d'hommes. Et ma liberté alors, qu'en fais-tu ? » plaisante Clarisse en déposant son tablier sur le banc de la cuisine et en entrainant Clara vers sa chambre.

Clara n'a que deux modèles de prêts. La robe et le manteau qu'elle a dessinés pour un mariage auquel est invitée Clarisse dans quelques semaines. La silhouette élancée de sa grand-mère lui a permis de créer cet ensemble élégant dont elle est très fière. Il lui reste quelques heures pour couper et confectionner une seconde pièce. Elle opte pour une robe printanière pour laquelle elle a déjà sélectionné quelques tissus. Elle a la nuit devant elle pour la finaliser avec un coton fleuri et amènera sa sélection de soies unies. La nuit s'annonce courte et Clarisse a déposé sur le bureau une carafe de café chaud et quelques biscuits maison. Clara l'a renvoyée à son salon : « Mamie tu ne m'es d'aucune utilité autre que d'avoir prévu ce plateau qui m'aidera à tenir pendant les heures difficiles de la nuit. Va te reposer et mets ton réveil à sept heures, pour me préparer un petit-déjeuner vivifiant et une thermos entière de café fort. »

En quittant Paris, Michèle s'était jurée de changer de vie. Pour ne pas vivre dans la nostalgie et pour recommencer sur des bases nouvelles cette seconde existence.

Il n'a pas été question alors de retrouver un emploi dans la banque. Michèle décida alors qu'elle profiterait du temps clément de la Provence pour faire les marchés. Pour y vendre ce que Clarisse cuisinerait le soir même.

En privilégiant les légumes locaux. En entretenant des relations cordiales avec les producteurs du coin. En se créant un réseau nouveau, chaleureux mais difficile à la fois pour la parisienne qu'elle était.

De banquière, Michèle est devenue revendeuse des maraîchers de la région. Au marché de la place Richelme, tout le monde la connait. Aux premiers mois difficiles - où il a fallu faire sa place et se battre contre les préjugés - a fait place l'acceptation de cette femme courageuse animée d'une réelle volonté de défendre l'excellence du pays.

La parisienne a ses habitués qui la taquinent souvent, ses repères dans les petits cafés de la vieille ville où à l'heure de l'apéritif elle refait le monde avec ses copains de bistro. Michèle a construit sa nouvelle vie aux antipodes de celle qui fut sienne pendant quarante ans. Une vie plus sereine, plus authentique mais aussi plus solitaire. Quand le deuil est brutal il n'est pas aisé de l'accepter. De le dépasser. Son mari n'est pas parti après des années d'incompréhension et de tension dans le couple. Son mari ne l'a pas quittée pour une autre ou bien même à cause d'elle. Il est parti. Simplement parti.

De ce deuil elle ne se remet pas complètement. Elle a bien croisé des hommes depuis. Mais l'attrait premier ne s'est jamais transformé. Alors face à la solitude sentimentale elle a construit ses remparts. Son monde de femmes avec sa mère et sa fille. Son monde d'amis avec ses clients, ses habitués des fins de journées et les copains qu'elle s'est fait dans la région.

Le soleil se couche et Clara abandonne pour quelques minutes son mannequin et ses aiguilles. À l'heure de la dernière sortie du soir pour le labrador Jules, Clara décide de partir à droite. Vers les sentiers qui serpentent dans la campagne provençale. Elle pousse jusqu'au restaurant le Kabanon, saluer les quelques habitués attablés qu'elle connaît, s'asseoir face à la piscine pour prendre un dernier verre de rosé et une inspiration salutaire après cette journée compliquée qui n'est pas finie.

De ce poste chez Céline B, elle en a rêvé comme parfait tremplin pour avancer et conquérir - qui sait - le cœur de la capitale. Aujourd'hui, la créatrice marseillaise peut bien concurrencer les grandes marques tendances du marché. Comme la jeune marseillaise Haveney qui s'est bien retrouvée à faire défiler sa collection, à New York, au cœur de Times Square !

Mais le soir a succédé à la journée pleine d'énergie et le cœur n'y est pas. Et pourtant, il en faut de la ténacité et de la détermination pour affronter Céline demain et gagner ce premier défi qui s'offre à elle.

Jules manifeste son ennui et son envie de courir un peu le long des allées avant de rejoindre la maison. Demain est un autre jour. Et Clara redescend paisiblement la route de terre bordée de fleurs épanouies, avec un Jules chassant les moustiques du soir naissant.

Aix-en-Provence, 18 mars 2017

La lumière vive de ce printemps provençal pénètre entre les interstices des lourds volets de bois et réveille Clara, pour qui la nuit fut courte et agitée. Elle a péniblement fini ce qu'elle va présenter, à deux heures du matin, épuisée mais satisfaite du mannequin qui lui fait face. Elle a d'ailleurs décidé qu'il ferait parti du voyage vers Marseille. Les trains locaux en ont vu d'autres !

Quand Clara pénètre dans le bureau de Céline, un mannequin sous le bras gauche et une série de sacs sous le droit, la créatrice ne peut s'empêcher d'afficher un rictus inhabituel.

Clara pose son mannequin, ajuste la tenue puis part dans une longue explication euphorique de cette création avant de déballer les tissus et les accessoires qu'elle a imaginés en complément. Elle montre aussi certains patrons qui accompagnent ses croquis et explique sa démarche artistique pour cette collection printanière qui modernise la tradition provençale. Céline ne réagit pas et Clara meuble ses silences par un débit de paroles étourdissant.
Puis se tait. Clara est arrivée au bout de cette cadence laborieuse et de sa présentation.

Céline se lève sans mot dire, s'approche du travail, touche les tissus, revoit les croquis, tourne autour du mannequin, vérifie les coutures, juge le choix des accessoires...
« Vous commencez demain...À l'essai ! vous avez un mois pour me démontrer que vous savez faire autre chose qu'une collection pour les campagnardes locales ! »
Derrière le mépris affiché, Céline a apprécié le travail de la jeune fille. Mais sans challenge, elle ne fera rien de bon. « Les encouragements ne sont faits que pour motiver les faibles » a-t-elle toujours pensé.
Céline a construit son personnage sur ce qu'elle a bien voulu fournir à la presse et aux bloggueuses qu'elle a largement utilisées pour modeler son image. De cette femme, les gens qui la côtoient n'en savent guère plus. Les siens ne sont jamais présents et son passé semble avoir été étouffé par sa présence massive dans les

media aujourd'hui. Elle n'est guère aimée. Son travail beaucoup jalousé. Mais elle est admirée et c'est bien là son seul moteur.

Clara expédie son diner et la discussion du soir. Il lui faut retrouver sa couette pour ne pas cogiter sur son embauche et sur la journée de demain qui s'annonce comme le début de sa nouvelle vie de femme.

Comment s'habille-t-on quand on part travailler chez Céline B Ne pas privilégier des marques concurrentes et éviter les modèles qui portent une signature reconnaissable. Ne surtout pas porter de la « *fast fashion* », ces marques mondiales qui sortent une nouvelle collection toutes les semaines, au mépris de la création et de l'éthique. Un jean bien coupé, une blouse classique fleurie et une vieille paire de Converse, tant aimées, feront l'affaire.

À peine présentée à l'équipe par la secrétaire de Céline, Clara se retrouve vite dans la fosse aux lions. On lui indique son bureau. Pour le reste on verrait plus tard, dans la journée. Chacun s'affaire sous la pression de la créatrice qui scrute son bureau de style depuis sa véranda perchée à l'étage supérieur.

Les bureaux sont jonchés de croquis, de morceaux de tissus, de magazines divers et d'ordinateurs. La pièce bourdonne. Des discussions entre stylistes, des allées-venues des membres de l'équipe, des conversations téléphoniques. La pièce vibre aussi. Des énergies, de la pression, d'un stress latent. Clara a l'impression d'avoir rejoint une équipe de traders, au cœur d'une banque influente. Mais où est l'énergie créative d'un studio et cette faculté à travailler ensemble pour réunir le meilleur de chacun ?

« Bonjour je suis Éric. L'accueil n'est pas très chaleureux j'en conviens. Suis-moi, la cuisine reste encore l'endroit le plus convivial de cette maison. »

En levant la tête vers cette voix amicale, Clara découvre un trentenaire plutôt agréable, sanglé dans son costume ajusté et sa chemise blanche fermée jusqu'à son dernier bouton.

« Bien volontiers Éric. J'étais à deux doigts de me faner. Je dois dire que je ne m'attendais pas à une première matinée tant livrée à moi-même. »

La cuisine rassemble le coin café, le frigidaire mais aussi une série de petits canapés colorés, entourés de plantes vertes. Baignée de soleil à l'heure de déjeuner, elle fait littéralement office d'havre de paix au milieu de la jungle ambiante.

« Il va falloir trouver ta place Clara et ne compte pas trop sur la générosité de tes collègues. Il te faudra faire allégeance à la bande des créatifs pour ne pas te retrouver sur le banc de touche. Autant te dire que ce ne sera pas la meilleure période de cette aventure ! Mais ça ira. Crois-moi. C'est un peu le bizutage maison.

— Je t'avoue Éric que je suis surprise de devoir affronter cela. La nature humaine est décidément bien étrange.

— Qui parle de nature humaine » s'amuse Éric. « On est plutôt dans la déshumanisation ici.

— Je pensais pourtant qu'en province les maisons travailleraient dans une atmosphère plus décontractée.

— Oui mais pas chez Céline. Allez ! Le briefing général est dans cinq minutes et tu ne veux manquer cela pour rien au monde.

— Éric ... quel est ton rôle ici ?

— Je fais office en quelques sorte de directeur de cabinet de Céline. Je sers à tout et je gère l'ensemble de son quotidien, du lundi au dimanche, à ses bureaux comme à sa résidence. *Welcome* ! »

Clara a passé la matinée dans l'attente d'une discussion, d'une mission, du moindre intérêt porté à sa personne. Elle a ouvert les magazines internationaux, posés çà et là, pour s'imprégner des collections européennes et asiatiques. Elle a mis à jour l'ordinateur que le responsable informatique lui a attribué. Éric lui a proposé de le rejoindre à l'heure du déjeuner pour avaler un sandwich rapidement, au café du coin et poursuivre la présentation de l'entreprise et de ses salariés. De nouveau, il l'a encouragée à ne pas se fier à ses premières impressions. Une fois revenue à son bureau blanc, une grande brune austère lui a amené une pile de dossiers, sans même se présenter : « Tiens, jette un œil à cela. Il s'agit de croquis d'étudiants suite au concours qu'a lancé Céline le mois dernier. Regarde si tout est à jeter ou si on peut sauver une ou deux idées. »

Clara a failli répondre : « Bonjour, je suis Clara et je suis, moi aussi, ravie de faire ta connaissance. » Mais elle a finalement attrapé la longue pile, trop heureuse d'être enfin utile au sein de l'équipe.

Sur le chemin du retour, casque vissé sur les oreilles, Clara échappe à cette journée cauchemardesque. Et si elle n'y allait pas demain ? Et si elle allait plutôt s'emparer de Jules dès le petit matin et parcourir les sentiers avoisinants ?

Toute la soirée, elle choisit de raconter à son chien sa journée. Clarisse n'aurait pas compris tant de lamentations et Michèle lui aurait proposé de se lever à l'aube pour mettre en place les cageots de légumes. Certaines plaintes sont irrecevables dans cette maison.

Jules s'est allongé aux pieds de Clara, qui contemple le soleil descendant lentement sur les arbres centenaires.
Jules est d'accord. Il a remué la queue en signe d'approbation.

Les jours passent et se ressemblent. Si les langues se délient, les sourires s'esquissent, et la parole se libère un peu... l'ambiance de l'atelier est étouffante.

Clara a noué quelques liens avec ses collègues les plus proches physiquement dans l'espace. Dans ce carré réservé aux juniors. Ce sont eux qui déboisent, qui font émerger les idées, pour en faire la synthèse aux seniors.

Steeve est marseillais, joli garçon mais un peu gauche. Il est entré dans l'équipe grâce à sa mère, proche de Céline. Brigitte est la plus âgée des juniors. Sans ambition mais douée, on la confine aux travaux qui nécessitent un vrai savoir-faire mais qui n'ont aucun intérêt créatif. Enfin Julia est la plus ancienne du groupe. Professeur de yoga à ses heures perdues, elle considère son travail comme un gagne-pain nécessaire pour payer ses factures en fin de mois. Elle sourit souvent mais parle peu.

Les seniors ne s'adressent aux juniors que par nécessité. Ce sont eux les vrais assistants de Céline. Ils présentent les idées et font redescendre aux juniors les modifications et les projets rejetés. D'ailleurs, Clara n'a pu s'entretenir qu'une seule fois avec Céline. Par hasard, dans les couloirs. Quand celle-ci lui a demandé si elle pouvait la décharger des échantillons qui encombraient ses bras.

« On ne crée pas dans ces conditions se désole Clara. Comment veux-tu que j'évolue, alors que mes missions ne me permettent aucun contact direct avec Céline. » a-t-elle expliqué à Éric, son seul soutien dans la petite entreprise.

« Il faut du temps Clara. Tu verras qu'après quelques mois tu ne feras plus attention à ce qui te paraît du mépris ou de l'arrogance aujourd'hui. Et puis, il est des juniors qui ont connu un avancement fulgurant. »

— Mais alors Éric, suis-je condamnée en attendant le grand jour, à travailler dans cette atmosphère suspicieuse et délétère ? Et à faire un travail si réducteur quand on m'a jugé à l'embauche, sur ma créativité ?

Crois-tu que j'ai rêvé revoir le plissé d'une jupe ? Ajuster la taille d'un col de chemise ? Réviser la couleur d'une couture ? Plonger des heures durant dans la presse people ? Crayonner trente fois le même bouton jusqu'à qu'il passe brillamment la sélection des seniors ?

— Il te faut faire tes armes charmante enfant. Allez ce soir je t'emmène découvrir mon antre de la nuit. Tu verras que l'ambiance y est bien plus agréable. »

Éric se révèle être un excellent guide des nuits d'Aix-en-Provence. Clara a beau y avoir passé une partie de sa jeune vie, elle ne s'est jamais aventurée dans la plupart de ces endroits, à mille lieues de son mas familial.

Éric connait tout le monde et virevolte à loisir tout au long de la soirée parmi une faune multiple et diverse.

Berlin. 6 avril 1933

« Tsipora, tu n'es vraiment pas concentrée. Moi je ne continue pas les répétitions si tu n'es pas a minima dans ton rôle. »

Max, superbe dans son costume de saltimbanque attend le bon vouloir de sa sœur.

— « Je n'aurais jamais dû te donner le rôle de la cartomancienne. Il est crucial dans la pièce et toi tu ne penses qu'à te pavaner au lieu de jouer.

— Non mais regardez-moi ce metteur en scène du dimanche. Tu oublies, Max, que la semaine tu coupes du tissu et piques à la machine. »

Max jette le bouquet de fleurs qu'il est censé présenter à sa promise à l'issue de cet acte et quitte la pièce exiguë qui leur sert de lieu de répétition.

Max est coupeur. Tsipora coud. Comme les trois autres frères et sœurs de la famille. La vie n'est pas toujours aisée mais chacun trouve le réconfort nécessaire dans cette tribu pleine d'amour.

Max n'a pas l'aiguille dans le sang. C'est un artiste. Ce beau garçon blond comme les blés, aux yeux d'un bleu perçant se verrait plutôt sur les planches. Ou créateur. Oui, pourquoi pas créateur finalement. Il a le savoir-faire. Il pourrait mettre à profit ses connaissances pour habiller les femmes du monde. Ces bourgeoises berlinoises qui le considèrent bien peu quand elles viennent à l'atelier.

« Max, vous reprendrez l'ourlet de la jupe. Vous savez bien que je n'aime pas quand il est à la hauteur du talon. »

Et Max refait. Parfois il attend un « merci », un regard amical, une petite preuve qu'il est un peu plus qu'un ouvrier d'atelier finalement. Mais il n'est effectivement qu'une petite main juive dans cet atelier pour « grandes dames » de Berlin.

Depuis quelques temps, Max se pose des questions. L'arrivée d'Hitler a bouleversé le pays. Depuis le début du mois, les textes de boycott des commerces juifs ont été votés et l'on parle d'interdire la fonction publique aux non-aryens. Schmuel, son frère aîné, est déjà parti pour la France. C'est l'aîné de la famille et le seul marié et père d'un petit garçon. Il a plus craint pour la sécurité des siens que pour lui-même. Le départ fut vécu comme un drame. Quand reverrait-on Schmuel, passé de l'autre côté du Rhin ...

« Tsipora je veux bien reprendre la répétition mais tu y mets du tien sinon nous ne serons jamais prêts pour le mois prochain. »

Tsipora puise alors au plus profond de son inspiration et déclame, d'une voix dramatique à souhait, sa tirade. La belle brune est à couper le souffle, quand elle décide d'y mettre le meilleur d'elle-même. Mais pour l'heure, elle ne cherche ni le rôle de sa vie, ni même un producteur zélé dans la salle, terrassé par son génie dramatique.

Tsipora cherche un homme aimant et aisé, pour vivre une vie de plaisirs.

La troupe d'amateurs de Max se produit deux fois par an devant la communauté juive de Berlin. Très appréciée, elle a toujours un joli succès et Max est la proie des regards gourmands des jeunes filles de bonne famille. Un regard, c'est bien la seule chose qui leur est autorisée puisque les alliances entre grands noms de la finance ou des affaires sont déjà scellées depuis le berceau.

Max n'est pas allemand. Max est polonais.
En ces temps incertains en Allemagne, les Goldman ont l'impression que le cauchemar recommence et qu'il va falloir de nouveau partir pour l'exil. Ils ont tout laissé en Pologne et ont fui avec raison. À peine insérés dans l'Allemagne refuge, faut-il de nouveau s'enfuir. Et pour où ?

La montée de l'antisémitisme en Pologne et la succession de terribles pogroms, ont entraîné le départ de la famille pour l'Allemagne. Les Goldman sont partis un 26 décembre, à la hâte, emportant dans les valises les quelques richesses transportables et de précieux souvenirs d'une vie. Ils sont partis un matin, après qu'un groupe d'hommes du village, suffisamment éméchés, aient décidé de célébrer Noël en « égorgeant du juif ». Il y eut près de cinquante victimes ce soir-là. Femmes, enfants, nouveau-nés…sans discernement, ni pitié, ils ont péri sous les lames des assaillants.

34

Alors l'Allemagne signa le salut de la famille.
Ce pays d'intellectuels et de grands musiciens ne pouvait être qu'un havre de paix pour ceux qui fuyaient la bêtise et la haine de l'autre.

L'Allemagne, un si grand pays ...

Max n'a pas dormi cette nuit. Des incidents ont encore éclaté contre des maisons juives. C'est tous les soirs et dans tous les quartiers.
Jusqu'à quand seront-ils épargnés ?

Pour ne pas se laisser envahir par les démons qui ressurgissent Max s'est focalisé sur sa pièce.

Seul dans la petite cuisine mal éclairée, le voici en train de déclamer ses tirades. Puis le voilà en train de s'élancer de l'autre côté pour se donner la réplique. Il virevolte. Il se donne pour oublier. Pour dépasser une réalité qu'il va devoir affronter sous peu. Mais pas demain. Il doit monter sur scène dans quelques semaines et offrir à son public plaisir et divertissement.

Que la nuit soit longue, qu'elle s'étire des heures encore pour ne vivre qu'au travers des textes.

Vers quatre heures du matin, Max s'effondre. La fatigue a eu raison du jeune homme qui rejoint le canapé pour s'y endormir quelques heures. À quelques pas, les autres membres de la famille dorment ou donnent l'illusion d'une certaine sérénité.

En arrivant tôt ce matin à l'atelier, Max prend de plein fouet ce qui lui fait face.

« Juifs dehors. Juifs morts » sont inscrits à la va-vite sur la devanture. Pourtant l'établissement n'appartient pas à des juifs.
Max se précipite au fond de l'atelier prendre un seau d'eau et des torchons et tente d'effacer l'effroyable.
À ce moment-là, il ressent une vive douleur dans le dos, s'effondre et entend au loin :" les juifs hors d'Allemagne", avant de perdre connaissance.

Quand il reprend ses esprits, il est allongé dans l'atelier, sur quelques couvertures de fortune. La lumière crue l'aveugle et son dos le fait souffrir.
Ses frères et sœurs sont là mais ce qui le frappe de prime abord c'est le visage sévère de sa patronne, au-dessus de lui.

« Max je ne peux pas continuer avec vous autres ...
— Vous autres ?...coupe Max
— « Ne le prenez pas comme ça. Je n'ai rien contre les juifs. Ma nièce d'ailleurs a épousé un juif. Un banquier. Mais il est allemand lui. Enfin ce n'est pas le propos. J'ai un établissement à faire tourner. Déjà depuis quelques temps, j'ai des remarques de certaines clientes sur mes

employés. Enfin sur vous et votre famille. Je ne peux plus Max.

Je demande qu'on vous prépare votre solde. J'y mettrais une petite compensation. Je ne peux rien de plus. »

La femme rondelette quitte la pièce sans se retourner. Surtout ne pas leur faire face. Tsipora est en pleurs. Un silence lourd et assourdissant s'est abattu sur l'atelier.

Les quelques autres ouvriers présents sont déjà retournés à leur ouvrage. La plupart sont désolés de l'issue de cette discussion mais chacun a une famille à nourrir. Le temps n'est pas aux palabres mais à la survie. Même si Hitler a promis de redresser cette Allemagne meurtrie par une guerre dévastatrice.

Alors le problème des juifs ...

« Les enfants il nous faut de nouveau partir sur les routes de l'exil. Peuple du Livre mais peuple en perpétuel mouvement aussi. » Le vieux Yenkelé, patriarche de la famille Goldman n'a pas de mots ce soir. Il est anéanti de devoir encore emmener sur les routes du monde ses enfants. Mais vers où ? Fuir. Toujours fuir pour sauver les siens. Face à des combats perdus d'avance.

Berlin. 20 juin 1933

La salle est bien moins pleine que par le passé. Certains juifs, par peur, ne sortent presque plus. Et la vie communautaire se résume à quelques rendez-vous, qu'on annonce de bouche-à-oreille, sans faire grand bruit.

D'ailleurs la représentation a bien failli être annulée. Le directeur ne voulait pas prendre de risques pour cette unique représentation théâtrale. Max l'a convaincu de ne pas le faire :

« Allons-nous laisser la haine gagner ? C'est une poignée d'agités et de fanatiques qui mène ces actions, galvanisée par les discours d'Hitler. Tous les allemands ne sont pas comme ça monsieur Friedman.

— Mais dans quel monde vivez-vous Max ? Ne voyez-vous pas les foules acclamer leur Führer ? N'entendez-vous pas les scènes d'antisémitisme rapportées quotidiennement ? Ne lisez-vous pas les mesures prises contre notre peuple ? Les médecins juifs ne peuvent plus exercer, les avocats ont été rayés du barreau...Nous ne sommes qu'au début de l'enfer Max !

— Ça va s'apaiser. C'est l'effet d'annonce ! Tout va bientôt reprendre comme avant. »

Max ne croit pas un mot de ce qu'il répond à monsieur Friedman mais comment accepter que la haine risque de l'emporter une fois de plus.

« Demain sera un jour meilleur » déclare toujours Max à qui veut l'entendre. À qui veut le croire.

« Faites votre représentation Max. Vous y avez travaillé dur. Et prions pour que tout se passe bien. Je vais inviter nos membres et leurs proches. »

Tsipora est parfaite. La tragédie de son quotidien lui donne une intonation et une posture dramatiques à souhait.

« Il nous faut vivre un drame pour que Tsipora se révèle » pense Max qui joue à la perfection son premier acte.

« Mort aux juifs ! Youpins dehors ! »

Les deux jeunes postés devant la porte d'entrée n'ont pu arrêter la demi-douzaine d'assaillants armés de bâtons. Les coups pleuvent. Les cris fusent. C'est fini. Les familles s'occupent de leurs blessés alors que la troupe reste prostrée, effondrée. Ce drame signe la fin des représentations mais aussi des réunions publiques de la petite communauté à laquelle la famille Goldman appartient. À partir de ce soir, les uns vont vivre cachés quand les autres vont partir pour une terre plus accueillante. Pourtant, des voix s'élèvent encore pour dédramatiser. Ils sont banquiers ou commerçants influents. Ils connaissent les bonnes personnes et ont combattu le communisme avec certains des notables qui sont aujourd'hui en bonne place dans le nouveau régime. Ils trouveront leur rang dans cette nouvelle Allemagne. Chez eux. Et nulle part ailleurs.

L'incident de la représentation a fini de décider Yenkelé. « Nous partirons demain pour la France. Schmuel nous aidera à nous installer de nouveau. Oh mes enfants ! Que nous puissions enfin trouver une terre d'accueil sur laquelle nous pourrons mourir sereinement. »

Alors chacun a mis ses quelques affaires dans les valises que l'on pensait remisées pour toujours. Max y a mis quelques pièces de théâtre et Tsipora quelques étoles et pièces de choix qu'elle s'était achetées après des mois de petites économies. »

On a plié les draps, défait les voilages et empilé les affaires qui trainent de-ci de-là. La voisine les distribuera aux plus démunis du quartier. Pour le reste…

Dans le train pour Paris, Max et les siens protègent les quelques affaires, les quelques souvenirs, et les précieux objets de valeur qu'ils ont sauvés de leurs années allemandes. Demain la France. Pour quelle vie ?

Aix-en-Provence. 22 avril 2017

« Maman ! Maman ! Tu peux venir dans le salon ? Maman ! »

Clara, assise par terre devant des boîtes de papiers et photos en vrac, tient à la main un cliché en noir et blanc, corné par le temps.

Michèle, occupée à lire dans le jardin, rejoint sa fille et découvre avec surprise ce bazar au milieu du salon.

« On peut savoir ce que tu fais ?

— C'est qui ? » lui répond Clara

Sur la photo que Clara tend à sa mère, on aperçoit dans une pièce exiguë trois hommes et quatre femmes, devant leurs machines à coudre. Ils sourient. Ils sourient tous malgré ce qu'a dû être leur quotidien à cette époque, dans cet atelier vétuste d'avant-guerre.

« Montre-moi cette photo ! »

Michèle scrute cette vieille épreuve qu'elle a l'air de découvrir avant de déclarer triomphante :

« Ah ! Là je reconnais le grand-oncle Max. De mémoire c'était le père de la tante de ton père. Mais où as-tu trouvé cela ? Je crois n'avoir jamais vu cette photo. Et ce n'est pas ton père qui va pouvoir te l'expliquer de sitôt. Sur quel continent est-il et dans quel état...

41

— « Et qui est ce grand-oncle ? Il faisait quoi ? Il est devenu quoi ? Pourquoi Je n'en ai jamais entendu parler ?

— Je n'en sais pas grand-chose Clara. C'est le grand-oncle de ton père. Mais il ne l'a pas connu je crois. Je connais quelques bribes de l'histoire de ta famille paternelle pour l'avoir maintes fois entendue, notamment de ton arrière-grand-mère Tsipora. Mais il est vrai que ce grand-oncle Max a également retenu mon attention. Quand quelqu'un l'évoquait c'était, à la fois avec déférence, mais aussi avec une tendresse très émouvante.

Il avait l'air d'être un peu la brebis galeuse de la famille. Artiste, sportif, toujours prêt à aller danser ou faire la fête ... et apparemment moins concerné par les obligations du quotidien. Et pourtant il était la coqueluche de tous ceux qui l'ont connu.

Il faut dire qu'à l'époque on ne choisissait guère ce qui te nourrissait. Et les conditions de travail n'étaient pas la priorité du gouvernement et encore moins des employeurs.

— Tu ne l'as donc jamais rencontré ?

— Non. Jeune, ton père m'a parlé plusieurs fois du magasin de quartier qu'il avait créé avec sa femme et que celle-ci a repris ensuite. L'oncle Max passait apparemment plus de temps à refaire le monde avec les clients et les amis de passage qu'à vendre quoi que ce soit. D'ailleurs il parait qu'on avait plus l'impression d'être dans un bistro de quartier que dans un magasin de confection. C'est ce que la famille m'a raconté il y a bien longtemps.

— Et après ?

— Et après quoi ?

— Qu'est- il devenu ?

— Je n'en ai aucune idée. Un jour il a décidé de tout arrêter paraît-il. Il a fermé le magasin, pris ta grande tante sous le bras, et ils ont quitté Paris. Pour le reste je n'en sais pas plus. Et je ne crois pas que ton père les ait revus un jour. »

Clara reste assise, sur le sol jonché de vieux souvenirs, pendant encore de longues minutes. Puis elle entreprend de continuer ses investigations. Elle trouvera peut-être d'autres éléments sur Max. Max qui es-tu ? Étais-tu toi aussi un artiste ignoré ?

L'idée d'avoir un allié familial venu des temps anciens, séduit Clara. Elle voit dans cette lignée de créateurs apparue tout à coup, un petit coup de pouce du destin. Comme si l'histoire devait continuer et qu'elle se retrouvait alors dépositaire de la mémoire créative de cet aïeul. Ce n'est pas d'hier que Clara se cherche des référents masculins et cela a ouvert la porte à des tentatives hasardeuses depuis des années. Un voisin, un ami de la famille, le grand frère d'une amie. Combien ont-ils compté pour Clara bien plus qu'ils ne se l'étaient imaginés et bien plus qu'ils ne le méritaient. Le départ de son père a creusé des sillons profonds dans sa relation aux hommes. Et cet arrière-grand-père a bien l'air d'être sa nouvelle lubie et son attache à celui qui a décidé de parcourir le monde au lieu de l'élever à affronter la vie.

Après des heures de recherches dans ces grandes boites emplies à la va-vite de mémoires égarées, Clara ne trouve qu'une seconde photo. Celle-ci a été prise dans une petite boutique vieillotte en bois sombre. On y voit Max derrière un grand comptoir de travail et face à lui, quatre femmes de tous âges, souriantes et affables. « Ces fameuses discussions de comptoir » pense alors Clara.

Sur la droite on imagine une cabine d'essayage sommaire faite d'un lourd tissu foncé sur une armature retenant des anneaux coulissants.

Clara met la photo dans son dossier et range le reste. Ce soir-là, elle raconte à Jules ses trouvailles. Et se met à rêver à Max et sa vie pleine de mystères.
Il faut absolument qu'elle parle à son père.

Le réveil du lendemain est plus dur qu'à l'habitude. Non pas que la journée s'apprête à être particulièrement difficile mais Max a perturbé Clara. Son labeur à « l'usine », comme elle aime appeler l'atelier de Céline B, n'est pas à son programme du jour. Du moins pas dans l'agenda de ses envies.
Ira ou n'ira pas, elle se décide finalement à se lever et rate de peu son train pour Marseille.

La journée s'étire et n'en finit pas. Éric est furieux. Céline est odieuse et déverse sa mauvaise humeur sur le pauvre garçon. Pourtant Éric se défend et refuse d'être aujourd'hui encore le bouc-émissaire de la créatrice.

Céline n'a pas mis longtemps à confier à Éric sa vie, ses humeurs et ses dossiers. Elle a perçu très tôt chez ce jeune homme des qualités inhérentes à un assistant idéal. Éric était raffiné mais pas prétentieux. Intelligent mais pas arrogant. Discret mais plein d'humour. Travailleur mais serein. Quand il s'est présenté il y a des années déjà, pour un poste au marketing, Céline a de suite posé les bonnes questions et suggéré qu'il devienne son assistant. « C'est un poste à plein temps » a-t-elle précisé alors, « j 'ai besoin d'être épaulée professionnellement mais aussi dans mon quotidien qui m'étouffe et que je suis incapable de gérer ». Le défi a plu à Éric, qui depuis, subit le tempérament détestable de Céline mais occupe une place prépondérante à ses côtés, qui le fait sentir important et essentiel.

Quand Céline arrive au bureau avec ses problèmes de la veille ou de la nuit, elle gangrène l'ambiance générale en une poignée de minutes. Règne alors dans l'atelier une atmosphère épouvantable où chacun cherche une proie pour se défouler. Si bien que ces jours-là, chacun évite le contact direct avec l'autre pour que les hostilités ne dégénèrent pas en conflits plus saignants.

Chacun travaille alors dans le calme, de peur de réveiller l'animosité de l'autre.

Les juniors, dont fait partie Clara, passent leurs journées à dénicher les bonnes idées : Un drapé astucieux, une manche montée avec élégance, mais aussi l'utilisation d'un tissu spécifique sur un modèle inhabituel. Ils argumentent, font des fiches explicatives et parfois dessinent un premier modèle, pour préciser leurs idées.

La mission n'est pas inintéressante mais à mille lieux de ce que Clara s'était imaginée en présentant ses créations à Céline, lors de l'entretien d'embauche. À la différence des équipes seniors, en constante concurrence, les plus jeunes s'entendent bien et s'entraident plus qu'ils ne s'affrontent. Ils représentent finalement si peu dans la société. La perte de l'un serait immédiatement remplacée sans émoi.

Céline est irascible et son courroux s'amplifie au fil des heures. C'est face à cette scène d'hystérie qui tétanise le studio dans son ensemble, que Clara décide d'en finir avec Céline B Pour Max. Pour Elle. Pour les autres.

« Sommes-nous obligés de subir une fois de plus les contrecoups de la mauvaise humeur habituelle de Céline ? »

Une dizaine de visages médusés quittent alors dossiers, dessins et ordinateurs pour se tourner vers Clara.

« C'est vrai ! On vit déjà dans l'enfer de la pression, dans la crainte de se faire critiquer pour une mauvaise idée ou un coup de crayon inutile... Ce serait bien que celui qui n'est pas d'humeur à partager la vie en équipe décide de rester chez lui pour sauver l'ambiance. Mais comment peut-on travailler dans ces conditions ? »

Clara s'est exprimé suffisamment fort pour que sa voix porte au-delà de l'atelier et atteigne le bureau de la styliste.

« Ça tombe bien. Je te redonne ta liberté de créer dans ta campagne ringarde. »

La créatrice vient de descendre de son trône et se dirige vers la porte principale qu'elle ouvre d'un geste sec :

« Dehors l'artiste ! Tu verras les détails avec Éric. »

Aucun son ne surgit des visages médusés de l'équipe qui assiste, sidérée, à la scène.

« Vous ne pouvez vous séparer de moi d'un geste de la main » s'insurge Clara.

« Si, je le peux. Ça s'appelle la période d'essai et c'est justement fait pour éviter que des esprits néfastes comme le tien ne viennent ternir la cohésion d'une équipe. Éric te prépare ton chèque et tes papiers pour que tu ailles pointer au chômage.

— Éric ne fera rien du tout. Il range son bureau et va s'expatrier dans la campagne ringarde de Clara. Ce sera toujours mieux que cet enfer qui n'a que trop duré ! »

Contre tout attente, le jeune homme a profité de cette brèche pour se sauver de Céline B, et mettre un terme à des années de crampes de ventre, de nausées matinales et d'épuisements de fin de journée.

La vie d'Éric est somme toute un combat depuis longtemps. Son homosexualité cachée aux siens est une souffrance. Et pourtant, comment pourraient-ils comprendre, ces parents aimants qui attendent la belle-fille comme la perle rare depuis des années ? Comment pourraient-ils accepter sans chagrin le deuil d'une descendance naturelle ? Ce fils parfait, élevé dans les meilleures écoles privées, à qui ils ont tout offert puisqu'il était l'enfant unique du couple, en qui ils mettaient tous leurs espoirs.

Se battre contre les préjugés à l'école et se faire traiter de « pédé » parce qu'on le goût des belles choses mais pas des belles filles.

C'est aussi son homosexualité qui a plu à Céline. Ça fait tellement couture l'assistant « gay » ! Quand Éric va-t-il s'affranchir du regard de l'autre et de son jugement ?

« Qu'est-ce ce qu'on a fait Clara ?
— C'est de ma faute Éric. Je suis tellement désolée de cette situation ..."
Éric regarde, amusé, une Clara désemparée et replonge dans son quatrième verre de vin.
— Mais qu'est-ce qu'on a bien fait Clara » lui répond- t-il dans un éclat de rire tonitruant en resservant Clara, qui de toute évidence a l'alcool moins joyeux que son ex-collègue de travail.

« Et que fêtes-tu ce soir Éric ? » s'enquiert une grande brune aux jambes interminables ?
— Ma nouvelle vie !
— En attendant ton amie n'a pas l'air d'être en grande forme. »

Et effectivement Clara vient de virer au vert et quitte précipitamment la table alors qu'Éric commande son cinquième verre de vin en interpellant le serveur resté de l'autre côté du bar.

« Je t'appelle demain. Tu m'inviteras à déjeuner dans le jardin. Il est grand temps que je m'occupe de mon hâle après ces mois passés entre quatre murs bien trop étroits. »

Éric vient de déposer une Clara nauséeuse devant le mas familial alors que Jules arrive à la rencontre de sa maîtresse, certainement conscient que le chemin jusqu'à la chambre risque d'être hasardeux.

« Et maintenant ? »
Michèle est rentrée directement après le marché. Cette nuit, elle a été réveillée par Clara. Son sommeil s'est fait plus léger au fil des années et de toute façon elle n'est jamais tranquille quand sa fille est dehors.

« Et maintenant Clara tu vas faire quoi ? Tu penses vraiment pouvoir jouer la diva dès ton premier poste ?

Tu le voulais ce travail dans cette maison réputée. Tu étais fière d'avoir décroché la mission face à une large sélection de candidats en lice.
Alors quoi ?
Tu as les moyens de jouer l'irrévérence ? »

Michèle est furieuse. Les comportements d'enfant gâtée de Clara la dépassent. Ce n'est pas comme cela qu'elle l'a éduquée, ni ce que la vie lui a enseignée. Elle, la banquière parisienne devenue marchande de légumes sur les étals d'Aix.
Vivre de sa passion. Celle de ce trait de crayon qui symbolise Clara depuis sa plus petite enfance et qui a toujours fait l'admiration de ceux qui découvraient l'enfant dessiner.

« Maman ne crie pas j'ai extrêmement mal à la tête.
— Je sais à quelle heure tu es rentrée et dans quel état. Ce que j'ignore par contre c'est ce que tu comptes faire demain quand tu auras retrouvé tes esprits.
— Notre génération est plus exigeante que veux-tu. On ne désire pas travailler en se levant le matin le ventre noué et vivre les dimanches soirs comme si on allait à l'abattoir le lendemain.
— Mais bien sûr. Pauvres enfants. Vous avez tout loisir de vous amuser le jour comme la nuit. C'est vrai. Il y a du travail pour tous, un taux de chômage bas et les employeurs n'attendent que vous. Vous n'aurez certainement pas de retraite, un système d'assurance maladie qui vous coûtera plus cher,

un coût de la vie en croissance constante ... Franchement vous auriez tort de travailler pour vivre.

— Tu noircis tout. Ce que j'essaie de t'expliquer c'est que nous n'avons pas envie de travailler sans passion.

— Comme je te comprends Clara. Si tu me voyais parler aux courgettes le matin, m'extasier sur la livraison du jour des fraises des bois et rester sans voix devant les tomates locales. Je vis un rêve chaque matin. Qui mieux que moi ne peut te comprendre.

Se lever à l'aube sans coq mais avec ce maudit réveil que je ne supporte plus, ces cageots qui m'économisent l'abonnement mensuel à la salle de sport, me raffermir la peau l'hiver quand il fait frais et fondre l'été quand on traverse les mois caniculaires. Je suis bénie des Dieux moi, je te le dis. »

Sans attendre quelque explication que ce soit Michèle quitte la cuisine et se réfugie dans le jardin avec Jules, toujours là quand les femmes de la maison ont besoin d'un peu de réconfort. « Maman est drôle » conclut Clara. Je vais l'inscrire aux sessions d'été d'improvisation théâtrale.

Michèle est inquiète. Depuis le départ de son mari, elle a oublié les années sereines où les chèques de salaire comblaient les dépenses du ménage, sans se soucier de ce que seraient les lendemains. Alors ce coup de tête de sa fille est un coup de poignard pour elle. Combien de temps va-t-elle encore s'inquiéter de l'avenir de sa fille unique ?

En mettant la main à la poche de son grand gilet, Clara tombe sur la carte de l'homme du train. Paul Limeur, chasseurs de talents.
« Encore un type qui ne cherche qu'à draguer les jeunes filles fraiches » se dit Clara qui ne voit vraiment pas le lien entre son dessin du trajet vers Aix et les compétences de ce monsieur.

« Mamie, crois-tu que tu peux nous faire un petit plat rapide ? J'ai promis à mon ami Éric de déjeuner dans le jardin à midi et mes compétences culinaires sont aussi limitées que les tiennes avec un feutre. »
Clarisse ouvre son frigidaire, ses placards et propose une omelette aux herbes et sa ratatouille maison.
« Madame Clarisse vous êtes juste exceptionnelle » répond la jeune styliste, assiettes et couverts à la main, en partance pour dresser la table du jardin.

Quand Éric arrive, foulant les graviers de l'entrée, avec une bouteille de rosé encore frais sous le bras, les deux femmes sont assises sur le perron de la maison, Jules veillant aux pieds.

Malgré les supplications de Clara de partager leur déjeuner, Clarisse retourne dans le salon frais et reprend sa lecture, là où elle l'avait laissée ce matin, une tisane et un plat de légumes crus posés sur la table basse. Clarisse n'aime pas les conventions. Manger quand il est l'heure de se mettre à table, dormir la nuit quand une lecture l'emmène vers d'autres mondes, faire une sieste après déjeuner quand elle est parfois tellement meilleure en fin de journée. Aujourd'hui Clarisse a juste envie d'être seule dans le salon, les pieds sur le canapé et un roman dans les mains. Les petits mangeront bien mieux sans elle et ils pourront partager des états d'âme sans qu'elle soit au centre de ces conversations.

« Tu penses à quoi ma chère ? Ou alors mon voyage en Islande ne te passionne pas du tout. »
Éric voit bien que son monologue glisse totalement sur son hôtesse.
« Excuse-moi Éric mais en voyant le facteur au loin je me dis que c'est bientôt mon anniversaire.
— Ça a le mérite d'être clair. Décidément tu ne tiens absolument pas l'alcool. Je le saurai pour ta prochaine cuite.
— Pardon » répond Clara semi-amusée. « Mais c'est le seul appel de mon père que je suis certaine de recevoir dans l'année. Les autres sont aléatoires, un peu comme les vents qui le portent, j'imagine.
— Et ...
— Et j'ai retrouvé dans les vieux papiers de la maison une photo d'un grand oncle devant sa machine à coudre. Il m'a inspirée, cet ancêtre élégant qui, paraît-il, était plutôt fantasque. Alors je suis curieuse d'en savoir plus.

— Ah voilà une bonne nouvelle. Ma Clara va puiser dans le passé pour construire son futur.

— Tu peux te moquer. En attendant sais-tu toi-même vers quels horizons tu te destines ?

— Non et je n'ai pas l'intention de m'y atteler dans la demi-heure qui vient. »

Éric se lève pour rejoindre Clarisse dans le salon. Celle-ci a délaissé son roman pour se plonger dans un gros livre de recettes d'un autre temps. Le genre de précieuse bible culinaire que l'on se passe de génération en génération.

« Clarisse je voulais vous remercier pour ce succulent déjeuner et pour cette ratatouille exceptionnelle. Un peu de lavande dans la cuisson ?

— Si je vous dis tout jeune homme vous ne reviendrez plus manger sous ma tonnelle. »

Clarisse s'est penchée de nouveau sur son livre, armée d'un cahier et d'un crayon et prend des notes.

— « Voyez-vous, ce que je préfère c'est réinventer l'existant. Se replonger dans les recettes de toujours en leur donnant une touche créative.

— Clarisse, quand vous serez prête, nous écrirons un livre de vos recettes ensemble. Moi je concocterai de belle descriptions et vous de beaux plats revisités. »

Clarisse embrasse le jeune homme qui ne s'y attend pas et rajoute un ingrédient à sa recette en cours.

À peine rejoint-il Clara, que Jules les entraîne sur les sentiers pour la balade digestive.

« Je vais faire une pause Clara. Ces dernières années ont été harassantes. Il faut que je me reprenne en main. Et puis il est temps que je donne à ma vie un sens nouveau.

— Et moi donc ! Je ne veux pas être l'exécutante d'une créatrice qui n'a de respect que pour elle-même. Ma mère pense que c'est une réaction de petite princesse. Certainement, mais je préfère me construire une vie qui me convient à vingt-cinq ans que me réinventer à cinquante. Même si c'est un challenge dont je mesure toute la portée. »

Les deux amis poursuivent leur escapade sur les chemins tortueux, en silence. Complices mais chacun dans sa propre réflexion. Que la nature est belle en cette journée printanière, que le soleil n'a pas encore brûlée. Éric offre son visage au soleil, les yeux mi-clos alors que Clara ramasse quelques fleurs des champs pour la table de ce soir. Nul besoin de longues phrases. Ils se sont compris depuis leur première rencontre.

« Ils sont comme cela les jeunes aujourd'hui Michèle » l'interrompt Clarisse alors que Michèle bougonne depuis près d'une demi-heure sur le devenir de son enfant unique.

« Et toi, bien sûr, tu as l'air de trouver cela tout à fait normal. Que dis-je, formidable !

— Crois-tu qu'on peut faire un civet de lapin avec du poulet ? » questionne alors Clarisse qui n'a clairement pas envie d'épiloguer sur la question des lendemains professionnels de sa petite-fille.

« Garde ton poulet, ta casserole et ton romarin ! Moi je vais prendre l'air avec Jules ! »

Sur ce Michèle ôte tablier et chaussons et se dirige vers la porte après avoir enfilé ses sandales.

« Ce chien sort beaucoup en ce moment » s'amuse Clarisse qui reprend le romarin abandonné pour l'effeuiller.

Dans cette tourmente, Michèle a conscience d'avoir de la chance. Celle de vivre dans ce décor reposant et lumineux. Celle de vivre avec celles qu'elle aime le plus au monde. Jules vient de la rejoindre, un large bâton dans la bouche, et quémande de jouer au milieu des hautes herbes.

Paris. 10 janvier 1934

Max se lève le premier. Comme tous les jours ou presque. C'est aussi lui qui a fermé l'atelier hier.

En arrivant à Paris, la famille a été accueillie par Schmuel, le frère aîné, venu sans le savoir en éclaireur. Très vite la promiscuité dans son petit appartement ne fut plus possible. Schmuel eut l'idée d'en parler à Samuel, ce cousin sorti de nulle part, qu'il a rencontré, par hasard, chez un ami, rue des Écouffes. Ils se sont trouvé de la famille en commun et ont été ravis de ne plus être des immigrés esseulés dans cette grande ville qui leur est étrangère. Samuel vit à Paris depuis plusieurs années déjà. Difficile de savoir ce qu'il fait vraiment au quotidien. Ce solitaire donne l'impression de bien manœuvrer dans sa vie professionnelle et c'est lui qui a trouvé à Schmuel son premier travail de vendeur en confection chez Weill. Ce salaire honorable lui permet de subvenir aux besoins de la petite famille.

C'est donc naturellement vers Samuel que Schmuel s'est tourné quand il a fallu trouver une solution d'hébergement pour sa famille.

« Cher Samuel, je voudrais te présenter mes parents et voici mes sœurs et frères. »

Rachel, l'épouse de Schmuel, a déposé quelques strudels maisons sur la table, qu'elle a confectionnés en l'honneur de cet invité d'importance. L'appartement n'est pas bien grand mais il comporte tout le confort espéré en ces années trente. La lourde table Art Déco, achetée à une voisine qui n'en avait plus l'utilité, occupe la plus grande partie du petit salon. Il n'est d'autre choix pour les invités de se retrouver autour de son large plateau de bois vernis. Au mur, un grand tableau de vaches normandes dans leur paysage campagnard, semble témoigner de l'attachement de la famille pour cette nouvelle terre d'accueil. Nul ne sait comment Schmuel se l'est procuré et personne ne le lui a demandé alors, trouvant son placement dans le salon harmonieux et réconfortant. Au-dessus du buffet, un large et lourd miroir finit d'habiller les murs de la pièce.

La seule chambre de l'appartement est au fond du couloir et personne ne s'y hasarde. Pas même les enfants pour qui les parents ont créé des chambres de fortune dans le couloir, en tendant de lourds rideaux. Quelques mètres carrés d'intimité. Un petit monde à soi, le soir quand la maison s'endort. Quelques étagères pour préserver les trésors, les rêves d'un lendemain meilleur et accumuler les petits cadeaux de la vie.

Après quelques minutes d'un silence gêné, Samuel aborde l'actualité allemande et très vite chacun entre dans la conversation pour l'alimenter de ses réflexions personnelles.
La gourmande Tsipora ouvre le buffet des pâtisseries et l'atmosphère devient très vite conviviale. Max est interrogé sur son parcours artistique et le cousin « parisien » s'enquiert des compétences de chacun.

« Écoutez mes amis, je ne fais pas de miracles mais j'ai un local rue des Écouffes. Il n'est pas de première fraîcheur mais il y a une pièce au rez-de-chaussée que vous pourriez utiliser pour travailler et au premier étage, il y a une grande pièce qui pourrait vous servir de logement temporaire. Les toilettes sont sur le palier et le lieu dispose d'un évier à l'étage. Il faudra faire un peu de ménage mais si cela peut vous dépanner, voici les clefs. »

Le local est dans un état pitoyable, bien au deçà de ce que les Goldman avaient imaginé. Samuel n'a pas menti. Le quartier juif n'est d'ailleurs pas reluisant en ces années trente. Mais c'est un miracle d'avoir un toit au-dessus de la tête et un local pour se mettre au travail.

Les bijoux de famille et l'argenterie cachés pendant le voyage sont la meilleure monnaie d'échange. Les francs retirés de la vente permettent d'acheter les machines et les premiers tissus. Samuel a ses adresses et les Goldman font de bonnes affaires. « Vous viendrez de ma part » avait-il précisé en remettant quelques noms et lieux sur un papier plié en quatre. Samuel fait partie de ces personnages que l'on craint et que l'on respecte. D'aucuns chez les Goldman n'ont cherché à en savoir plus. Leur installation difficile suffit déjà à leur peine.

Les murs sont lessivés, Schmuel trouve quelques pots de peinture dans une brocante voisine et les francs restants sont investis dans des matelas d'occasion, du linge de maison et un poêle salvateur en cet hiver parisien.

C'est Max et Tsipora qui partent les premiers temps, chaque matin, faire du porte à porte pour proposer les services de l'atelier. Ce sont ceux qui manient le mieux le français, appris en Allemagne mais aussi dans les versions originales de certaines pièces qu'ils ont jouées à Berlin. Ils sont rarement reçus chaleureusement. Loin s'en faut.

Mais il faut persévérer. Continuer d'essuyer les refus et les vexations. Malgré les yeux doux de Tsipora et le sourire ravageur de Max, les portes se ferment sans égards.

« Vous n'y arriverez pas comme ça les enfants » explique Samuel, à qui Max confie son désarroi.

« Il faut changer de quartier et surtout allez voir les immigrés comme vous. Qu'importe d'où ils viennent. La plupart sont passés par ces moments d'errance. Si quelqu'un peut vous donner une première chance, ce sont bien les personnes qui vous comprennent et qui connaissent la faim et la souffrance. »

Les conseils de Samuel ne sont pas vains et petit à petit les commandes commencent à tomber. Forts de leurs résultats, Tsipora et Max prennent confiance, se partagent les quartiers à prospecter et décuplent très vite leur petit chiffre d'affaires.

Les enfants de la tribu entreprennent bientôt de commencer à s'intégrer dans cette nouvelle vie. Les cafés sont d'excellents lieux de socialisation et bientôt Max trouve même quelques volontaires pour constituer une petite troupe de quartier.

Certes le talent n'est pas au rendez-vous mais l'important n'est-il pas finalement d'échapper à son quotidien ? Et puis ces comédiens, dont la vocation a démarré devant une vodka, n'y mettent-ils pas tout leur cœur ?

Max est ravi. La vie reprend des couleurs, même s'il s'inquiète pour ses parents, pour qui ce nouvel exil est une profonde déchirure. En Allemagne les nouvelles qui leur parviennent sont catastrophiques et ils n'arrivent pas à apprendre les quelques mots essentiels pour évoluer sur cette nouvelle terre étrangère. En septembre, les décrets allemands ont interdit aux artistes juifs de se produire et de travailler. Une corporation de plus mise à l'index.

« Nous sommes trop âgés les enfants. Votre avenir est devant vous et vous avez l'énergie des gagnants. Nous sommes au crépuscule de notre vie. Ne soyez pas exigeants » murmure un soir le chef de famille, le vieil Yenkélé devant son bol de soupe.
Max et les siens comprennent ce soir-là qu'il leur faut profiter de chaque instant avec leurs parents parce que les années sont désormais comptées.

Quand ils en ont le courage, Velma et Yenkel les plus jeunes de la fratrie, suivent Max et Tsipora dans les cafés du coin. « Qu'importe la fatigue et qu'il faille se lever demain matin à l'aube ! Nous sommes vivants et allons le prouver une fois de plus ce soir » chantonne Max en soustrayant ses cadets à leur matelas. La résistance n'est que de courte durée et ils sont bien vite dehors, à battre les pavés irréguliers, pour rejoindre la chaleur des bistros d'où les violons pleurent certains soirs.
On boit, on joue, on refait le monde et le ton monte parfois quand on évoque la solution communiste

au monde actuel ou la situation du fascisme galopant en Europe.

Tsipora fait chavirer les cœurs dans le quartier. C'est la plus typée de la famille avec ses cheveux jais et sa bouche gourmande.
Nul ne sait pourquoi elle dénote tant dans cette famille de blonds au type si « aryen » et on s'interroge souvent qui, parmi les lointains ancêtres, a pu contrarier ainsi la lignée des cheveux couleur blé et regard océan.
Très vite Tsipora doit faire face à une ribambelle de prétendants qui se pressent dans la salle du fond du café, dans lequel la mini troupe répète le soir. Et elle en joue avec une pure délectation.

« Dis-moi Sarah Bernard, peut-on se concentrer cinq minutes sur ta prochaine tirade ? » s'agace Max qui compte quand même sur sa sœur pour assurer un minimum de professionnalisme à la troupe.
« Tu t'entends Max ? Toi qui t'évertue à envouter, chaque soir, la gente féminine ! »

Il est vrai que Max fait des ravages dans les cœurs des jeunes célibataires du quartier. Moins auprès des parents qui le trouvent bien trop chétif : « Il n'a que la peau sur les os. Comment veux-tu que ce garçon soit suffisamment résistant pour te nourrir et t'offrir une vie digne de toi » s'entend répondre la jeune Sarah qui parle avec émotion du berlinois arrivé depuis peu.

« Trouve-toi un manuel qui conçoit des biens au lieu de vendre du rêve » reçoit violemment la voluptueuse Esther en réponse à sa demande de permission de sortir avec le grand blond demain soir.

Il n'empêche que Sarah, comme Esther, comme Feiga et bien d'autres, s'endorment le soir dans les bras imaginaires de Max.

Aix-en-Provence. 6 mai 2017

La carte de l'inconnu du train est restée bien en vue sur le bureau de Clara. Entre l'article du magazine Vogue sur les créateurs émergents qui sont pronostiqués pour être les étoiles montantes de la mode de demain et la liste des romans à commander le mois prochain, pour s'évader du quotidien.
Appeler ou pas.
Cela fait plusieurs jours que Clara hésite entre la curiosité et la crainte. L'envie de connaître la motivation de cet inconnu et le rejet d'être confronté à une ordinaire tentative de séduction.

« Je suis très angoissé Clara. J'hésite entre le tranquillisant salvateur et la promenade de fortune avec Jules sur les chemins de terre ". Éric a la voix de ses mauvais jours. La carte de visite sitôt sortie rejoint donc - dans les priorités - la liste des stylistes de talent et des œuvres littéraires à venir. »

Quand Éric arpente la dernière montée vers le mas, Jules est déjà de sortie.

Michèle qui ne travaille pas aujourd'hui, est partie avec le brave labrador se calmer. Voir sa fille « mollusquer » dans la maison la rend folle. Clara lui rétorque qu'elle ne cesse justement de se poser les bonnes questions. Mais pour Michèle, il est temps d'envisager les réponses.

« Je vais tenter de me vendre en consultant Clara. J'aime cette liberté de gérer mon temps et mes clients.
— C'est une bonne idée Éric mais il te faut partir d'une base solide. À qui vas-tu vendre tes services ?
— C'est bien ce qui n'empêche de dormir imagine-toi. Il y a des matins où je n'assume pas ma décision. Comme aujourd'hui par exemple.
— Montons à mon bureau, on va fouiller sur internet pour voir les offres concurrentes et te construire une présentation sur mesure. La France va bientôt s'arracher tes services. »

La lumière vive de cette Provence généreuse balaye la chambre de Clara. Clarisse a tout juste fini de confectionner les petits sacs de lavande séchée.
L'odeur embaume la pièce.
Clarisse est d'une humeur légère ce matin, signe que sa soirée a été prometteuse.

Rien n'a vraiment changé depuis les années difficiles de l'installation dans le mas d'Aix-en-Provence. Les meubles de bois miel sont ceux de l'adolescence. La grosse couette de fleurs anglaise passe les années sans perdre de son élégance. Seuls les murs se sont délestés de leurs posters d'antan pour afficher dessins et photos de mode.

Et puis le Mac a remplacé le premier ordinateur que Michèle a offert à sa fille pour compenser l'exil.

Clara s'installe à son bureau, bientôt rejointe par Éric et commence à pianoter sur le clavier, à la recherche de sites de consulting dans le secteur de la mode.

« Je me demande si c'est bien sérieux de continuer dans cette voie. Et si je me recyclais dans les joints de culasse par exemple. Très grosse activité sur le marché du joint !

— Tu devrais ! J'ai un voisin, un peu plus haut sur le sentier, dans la partie. Celui qui a la magnifique villa blanche, avec la superbe ribambelle de dobermans pour t'accueillir. Si tu veux j'organise une rencontre. »

Sans sourciller, Clara continue d'explorer les méandres de la toile, à la recherche des informations clefs pour aider son ami, visiblement perdu. Pourtant, Éric est ailleurs.

« L'ailleurs », c'est un regard fugace sur une carte de visite, coincée entre une liste de marques de mode que personne ne connaît et de livres que personne n'a l'idée de lire.

« Tu le connais ? »

Éric est tout à coup sorti de sa torpeur, loin de l'effet léthargique de l'anxiolytique de la nuit.

« Qui ?

— Paul Lemeure. Tu as sa carte de visite.

— À peine. En vérité pas du tout. Un vieux beau attiré par mon physique juvénile dans un train Marseille-Aix-en-Provence.

— Ma chère, je suis au regret de te dire que tu n'es pas du tout son genre. »

Et le genre de Paul, ce ne sont ni les jeunes filles en fleurs, ni les femmes de tempérament, ni même les cinquantenaires rayonnantes. Paul aime les hommes réfléchis, pas trop âgés et très drôles.

« Je l'ai maintes fois entendu en colloques ou en interviews. Ce type est génial » explique Éric après avoir dressé le portrait de cet homme qu'il a croisé aussi dans des salles plus obscures, le soir, en galante compagnie.

— Je ne sais même pas ce qu'il fait. Il a aimé mon trait de crayon paraît-il. C'est la première et dernière phrase qu'il a prononcée avant de me remettre sa carte de visite.

— Appelle ! Appelle de suite Clara. Cet homme est ton ange gardien, ton *mazal** comme disait ma grand-mère ! Mais comment as-tu pu me cacher cela si longtemps. »

*mazal : bonheur en hébreu

66

Déjà les effluves de la cuisine se font plus denses. Preuve que l'heure du repas n'est plus très loin.

« Lapin ? » tente Éric

— « Quelle horreur ! Personne ne mange de lapin dans cette maison ...

— Veau ?

— Pauvre petit ! Sais-tu à quel âge on abat un petit veau après l'avoir soustrait à sa mère ? »

Clarisse passe une tête dans l'encadrement de la porte, à ce moment crucial de la discussion

— Je suis venue vous chercher justement ... le rôti de bœuf est prêt. »

Clarisse se tient à présent sur le pas de la porte, le torchon sur l'épaule et les cheveux remontés joliment en chignon. À l'aube de ses soixante-dix ans, Clarisse reste une belle femme, à l'allure agréable et à la coquetterie toujours vaillante. On lui prête d'ailleurs des aventures en ville. Clarisse parle plutôt de parenthèses amoureuses. Et qu'importe que certains jasent. Jalousie !

Ah, si Michèle pouvait aussi, de temps en temps, mettre un voile réparateur sur son passé et penser à refaire sa vie.

Mais Michèle a rangé les hommes dans un tiroir sans clefs. Pour être sûre de ne l'ouvrir et de souffrir. Par peur que de nouveau, l'un d'eux décide de partir aussi un matin, sans raison évidente, mais en la brisant à nouveau. Les hommes ne lui manquent pas, aime-t-elle à se le répéter, comme une petite victoire sur la vie. Et si son mari revenait un jour, aussi promptement qu'il est parti ?

Le déjeuner est expédié. De toute façon personne n'est très loquace aujourd'hui. Clarisse répond sans cesse aux messages qui font vibrer son téléphone, laissant entrevoir une prochaine aventure. Clara se demande comment elle va aborder l'inconnu du train et Éric n'aurait pas dû prendre deux verres de rosé.

« Cher monsieur. Non. Cher Paul. Je me permets de vous écrire ce jour ...
— Passe-moi cet ordinateur ! On a l'impression que tu écris au trésorier des impôts. »
Éric, qui vient d'avaler deux grandes tasses de café, a retrouvé ses esprits et se jette à corps perdu sur la rédaction de cet email.

Paris. 11 juin 1937

Max est superbe dans son smoking croisé. Et il n'est pas peu fier de porter sa création. Il y a mis tout son cœur, chaque soir après avoir traité les commandes du jour. Des heures à dessiner, à ajuster, à couper et à coudre.

Devant la glace de l'atelier il se prend pour Fred Astaire et se met à faire quelques pas de danse, seul dans l'atelier désert.

La semaine prochaine il lui faut finir la chemise. Pas une mince affaire que cette chemise mais Tsipora l'aidera. Sa petite sœur à de vraies mains de fée, au-delà d'un caractère bien trempé.

Dans deux semaines, Max sera le dernier de la fratrie à s'engager. Même les cadets se sont mariés cette année avant lui. Velma avec un poète désargenté qui rédige des documents officiels pour un notaire du quartier. Yenkel avec la ravissante Sarah, dont le père est client des Goldman depuis de nombreux mois. Sa petite marque de corsages plait aux parisiennes et son petit commerce est fleurissant.

Dans deux semaines, Max dira oui à la douce Feiga, tout juste âgée de dix-huit ans. Une vraie parisienne ou presque, puisqu'elle est venue de sa Roumanie natale à l'âge de quatre ans.

Fille unique de madame et monsieur Finkelstein, elle leur a donné une totale satisfaction durant toute son enfance. Appliquée et discrète, elle s'est révélée être une élève studieuse. La famille est arrivée de Roumanie sans beaucoup de moyens, fuyant les tensions et la pauvreté de ces années de guerre, dans les années vingt.

Pourtant très vite, David Finkelstein a su faire fructifier ses faibles économies. Chaque sou était judicieusement investi. Aucune dépense n'était envisagée si elle n'avait de sens. On s'est serré la ceinture pendant les premières années, ne s'autorisant guère de petits plaisirs.

David a commencé par faire les marchés parisiens auprès d'un brave volailler, monté à Paris au début de ce siècle. Levé à trois heures du matin, petit mais d'une force herculéenne, il était d'un précieux soutien pour son patron, et s'est révélé être un formidable vendeur. Ce que le chaland voulait, le chaland recevait en nombre décuplé. Il savait remplir le panier de la ménagère bien plus qu'elle ne l'avait prévu. La crise de 1929 stoppa les belles ardeurs de David. Il dut quitter le patron mais avec les économies des années de dur labeur, il investit dans un local dont personne ne voulait plus. Contre toute attente, il en fit une galerie d'art et d'objets de décoration. Ce dont les gens se débarrassaient pour survivre, il le rachetait pour quelques francs. Il avait de quoi tenir quelques années. Ce qu'il fit, même s'il partait régulièrement en Suisse avec les plus belles pièces, vendre ses « trésors » à une clientèle ravie.

Quand la France recouvra une santé économique stable, ce qu'il avait amassé pour peu devint un fantastique fonds de commerce.

Les années d'adolescence de Feiga ont été heureuses. Son père n'avait de cesse de lui offrir de jolies tenues pour la faire rayonner. Qu'elle était belle son unique enfant dès cet âge pourtant souvent ingrat. Déjà les voisins lorgnaient sur la femme en devenir et l'héritage du père. David

70

refusait systématiquement les invitations à souper dès qu'il soupçonnait qu'il y eût un quelconque intérêt.

Feiga s'orienta à quatorze ans vers la couture, passionnée de mode, et entra dans une petite maison du quartier de Montparnasse. Elle s'y ennuyait la plupart du temps, déçue par la réalité du métier et de la vie en atelier. Alors le soir, elle trouvait refuge dans les livres, happée par des aventures chevaleresques ou des romances où le prince charmant serait sien d'ici peu.

En fin de semaine, David relâchait la pression sur la surveillance de Feiga et l'autorisait à accompagner sa nièce dans le quartier juif du ventre de Paris. Oh, il n'aimait guère cet endroit abandonné des riches, véritable ghetto qui n'incitait pas à l'émancipation de sa communauté. Il a fait promettre à Feiga de ne se lier à personne et de passer la soirée à écouter de la musique en dégustant une assiette de *goulash**.

Malgré les réticences de son père, Feiga avait besoin de baigner dans cette ambiance qu'elle n'avait jamais connue, arrivée si jeune en France. Celle de ses racines, de son histoire, de ses blessures certainement.

*Goulash : spécialité d'Europe de l'est, à base de bœuf mijoté dans une sauce au paprika

Un soir elle a croisé le regard de Max. Il venait de franchir la porte du café, déclenchant des salves d'applaudissement et un accueil des plus chaleureux.

« Max tu étais superbe sur scène hier ». La vieille Léah en profita pour lui attraper le bras sur le passage : « Max, j'ai plein de jeunes filles de bonne famille pour toi. Ne laisse pas les années filer ».

Max n'a pu se détacher du regard de Feiga, de son élégance si parisienne, de la douceur de son visage, de ses gestes si mesurés.

Max, le grand blond aux yeux clairs est tombé fou amoureux de cette jolie brune, discrète et sérieuse. Lui, qui n'est jamais le dernier pour se jeter sur la piste de danse, pour faire entendre son joli brin de voix, pour amuser un auditoire toujours bienveillant, a trouvé en Feiga une sérénité nécessaire, un apaisement rassurant.

Les parents de Feiga ont pourtant œuvré pour que cette union ne se fasse pas. Trop chétif. Trop fêtard. Trop immature. Trop optimiste !
Mais Feiga, derrière sa réserve, n'en est pas moins femme de tête. Elle a donc fini par gagner cette bataille familiale.
« On les aidera » a promis David Finkelstein, à sa femme Bella. Et il tient promesse le jour où il dépose sur la table de la salle à manger un trousseau de clefs.

« J'ai acheté le petit magasin près du mien. Il n'est pas à vous. Mais je vous en laisse l'entière exploitation. Faites ce que vous savez faire et faites-en sorte de gagner honnêtement votre vie et de pouvoir élever une famille avec les revenus de votre labeur. »

La petite boutique n'est pas loin du square Adolphe Chérioux, et sur une rue passante. Max a promis d'en dessiner les plans et de se mettre à l'ouvrage après le mariage.

Oh ce n'est pas un grand mariage que celui de Max et Feiga. Il s'en dégage pourtant une atmosphère de conte de fées.

Il n'est pas toujours de coutume qu'à cette époque un peu chamboulée, on se marie par amour. Et les jolies filles trouvent généralement le bon parti que leurs parents choisissent pour elle. Parfois, elles apprennent à aimer celui qui devient leur époux. Le plus souvent elles entrent « en mariage » comme on entre en religion. Elles acceptent leur condition d'épouse et bientôt de mère et respectent le contrat signé lors de leurs épousailles.

Feiga et Max se sont mariés par amour. Et contre l'avis familial. Et leur passion est la seule chose dont tous les invités sont sûrs en cette cérémonie.

La robe de Feiga a été confectionnée par une cousine couturière. C'est la jeune fille qui a choisi sa dentelle et donné les consignes sur ce qu'elle souhaitait. Sage, la dentelle habille son cou et parfait son maintien de tête. La taille bien enserrée dans un jupon de satin lourd, Feiga est d'une élégance subtile.

Les deux familles ont réuni leurs parents et amis proches. Quelques cousins et fratries présents en France, de rares amis et quelques clients importants dont il faut prendre soin.

Quelques soixante personnes assistent à cette union dans de jolis salons parisiens feutrés, au cœur de Paris, que le père de Feiga a loué à prix d'or. Il en a été convenu ainsi. Le mariage est payé par la famille de la mariée et celle du marié offre le nécessaire pour l'installation du couple.

Feiga pénètre, au bras de son père, dans la salle éclairée de mille lueurs de bougies. Son voile d'organza recouvre son doux visage ému. Les violons tziganes accompagnent le cortège et chacun de féliciter les parents des mariés en chemin. Dans la petite synagogue de la place des Vosges, on est venu nombreux.

Les invités de la réception, mais aussi les voisins de l'atelier où la famille de Max travaille depuis déjà plusieurs années maintenant. Les piliers de bar aussi. Ceux qui écoutent Max et sa troupe amateur répéter le soir avec panache.

Il y a aussi le boucher, la lingère, et quelques *schnorers** du quartier.

Schnorers : clochards en yiddish

Chacun en va de sa petite larme, se rappelant l'arrivée de la famille dans ce local insalubre ente rats et humidité.

Qu'il est magnifique Max aujourd'hui. Encore plus élégant et racé qu'à son habitude.
Sa pauvre maman est bien frêle à ses côtés, l'amenant avec difficulté sous le dais nuptial. Max sent bien que ses parents ont attendu ce jour comme celui de la délivrance. Il sait qu'ils vont désormais s'étioler au fils des mois.

« Tu es le dernier à te marier Max. Ils ont prié pour que ce jour arrive. Je ne suis pas sûre qu'ils estiment encore avoir une autre mission à remplir sur cette terre.
— Je sais Tsipora » répond simplement Max avant de se détourner pour ne pas pleurer devant sa cadette.

Grâce aux relations du père de Feiga, le couple s'installe dans un petit appartement non loin du magasin, pour un loyer très raisonnable.
L'appartement n'est pas grand et Feiga s'inquiète déjà de savoir où les enfants qu'ils auront, logeront. Mais Max savoure pour l'instant sa vie de jeune homme marié. Demain est un autre jour.

« La caisse enregistreuse sera à gauche à l'entrée, surélevée avec un grand tabouret. Le comptoir s'étendra également à gauche sur toute la longueur du magasin. Derrière, je mets les costumes tout du long et les casiers des pulls au-dessus.

De l'autre côté quelques chaises pour que les clients puissent s'assoir pendant l'essayage et au-dessus des étagères pour les chemises.

Et là, au fond à droite la cabine d'essayage. »

Max est ravi. Tout va vite prendre forme. Son beau-père lui a envoyé une équipe de deux charpentiers polonais. Il s'en méfie. Lui, l'enfant de Pologne ayant fui pour l'Allemagne, il lui reste des traces indélébiles de ce passé fait de haine et de sang.

« Ne t'inquiète pas Max. Ceux-là aussi ont fui. Pour d'autres raisons mais ils détestent comme toi pas mal de choses du pays.

— Les juifs aussi certainement » ose Max, qui ne cherche pourtant pas à offenser le père de Feiga.

Max choisit un bois sombre pour l'ensemble du petit magasin. Pour les casiers, le grand comptoir mais aussi pour le parquet. Il choisit un rideau bleu foncé pour une cabine sobre. Un large miroir est accroché au mur, sur la gauche, à la sortie de la cabine d'essayage.

Avec l'argent reçu de ses frères et sœurs pour le mariage, Feiga et Max ont prévu d'acheter les premières pièces de leur stock. Oh pas un inventaire énorme mais de quoi ouvrir officiellement boutique.

Et puis Max va confectionner derrière le comptoir le reste des pièces et le sur-mesure. Il commandera également à ses frères et sœurs des pièces qu'il vendra en magasin.

Feiga et Max décident également de ne pas engager de dépenses futiles pour l'appartement. L'essentiel de leurs économies permettra de développer leur activité professionnelle.

En attendant que la petite boutique prenne forme, Max passe le plus clair de son temps à l'atelier, à préparer quelques pièces qu'il lui suffit d'ajuster.

Son départ de l'atelier familial chagrine énormément le reste de la tribu. Sans Max, rien n'est plus pareil. Qui allège désormais les journées harassantes d'un bon mot ou d'une histoire drôle ? Qui sèche les larmes de celui qui souffre quand le quotidien paraît trop lourd ? Qui trouve les paroles apaisantes quand l'avenir n'apparaît pas aussi prometteur que chacun le souhaiterait ?

Et puis Max va tant manquer au quartier.
Il promet de poursuivre les cours de théâtre mais comment peut-il être là et ailleurs à la fois ?
Il assure qu'il va revenir souvent. Que son foyer est en quelques sortes ici, parmi eux...mais personne n'est dupe dans les rues qui enserrent les Écouffes. Qui se plaindrait de quitter le quartier Saint Paul ? Qui se plaindrait de déserter les

ruelles peu engageantes longées d'immeubles fanés et de cages d'escaliers qui ont tant vécues ?

Max n'est pas revenu. Ou si peu. Quand le rideau de fer du magasin est baissé, il faut encore ranger. Nettoyer. Finir les retouches. Avancer le travail du lendemain. Et s'effondrer sur le lit du petit appartement de la rue de Vaugirard.

« Alors mon garçon comment se passent ces premières semaines ? »
Le père de Feiga est inquiet. Il ne voit guère de passage dans la petite boutique malgré les heures de travail du couple. Sa fille gère l'administratif, la caisse et aide Max au maximum de ses capacités.
Pourtant les chaises du magasin restent rarement vides dans la petite échoppe. Les amis de passage, la famille qui s'ennuie du grand blond, et les quelques clients qui ont pris leurs habitudes en venant papoter avec Max.
Certains amènent quelques verres. Et Feiga fronce les sourcils devant tous ces intrus qui font fuir le chaland.

« Le sur-mesure c'est bien Max mais tu n'es pas le seul dans le quartier. Il faut répondre à la demande mon garçon. De quoi ont besoin les travailleurs ? ... »
Monsieur Finkelstein a bien une idée. Mais elle ne va pas plaire à Max. D'un autre côté, il ne peut prendre le risque de voir son investissement partir en fumée. Et puis qui nourrira le couple si l'entreprise s'avère être un échec.

« Le vêtement de travail ! Voilà ce dont a besoin un ouvrier et dont il ne peut pas faire l'économie ! Et crois-moi la concurrence est faible en ville. Réfléchis-y ! »

C'est vite réfléchi pour Max. Des vêtements de travail et puis quoi encore. Pourquoi ne pas se lancer dans le caleçon molletonné. Il n'en est pas question. Max est un tailleur pas un vendeur de *schmates**.

« Ne fait pas cette tête, chéri. Nous avons promis à papa de faire un essai avec quelques pièces. »
Feiga dépose deux grands sacs de vêtements bleus. Des salopettes. Des pantalons de toiles costauds. Des vestes assorties.

Max prend sa veste et ouvre la porte. La Clochette retentit. « Je vais nourrir les pigeons au square. »

Max retrouve les oiseaux et quelques habitués venus fumer une cigarette, chassés par madame ou le patron, gênés par la fumée ou l'odeur du tabac.

Max a abandonné le théâtre et l'atelier pour remplir son devoir de mari responsable.

* *Schmates* : vêtements, fripes en Yiddish

Le voilà soudain réduit à vendre du vêtement alors qu'il entrevoyait une carrière de tailleur se diversifiant vers la création, pour, petit à petit s'y adonner complètement. Il a tant d'idées ! Une vision de l'élégance masculine dont peu se soucient dans ces années d'avant-guerre.

Il revisite les coupes, ose les couleurs, revient aux extravagances - mesurées - de la cour du Roi !
Vendre du vêtement de travail ...plutôt retourner à l'atelier en famille !

Le lendemain Max se lève sans joie. Il quitte difficilement le lit et prend le temps de lire le journal de la veille devant son café.

« Max, nous devons en parler » l'interrompt Feiga. « Tu démissionnes et cela ne te ressemble pas. Papa tente de nous aider. Nous ne sommes certainement pas les meilleurs commerçants qu'il soit et il faut savoir écouter aussi les avis de ceux qui nous veulent du bien et qui ont l'expérience en la matière. Papa a plutôt prouvé qu'il était un homme de terrain averti et un homme d'affaires capable de faire vivre les siens et de générer des revenus substantiels.

— Mais je n'ai rien demandé Feiga. Ni un magasin. Ni de bons conseils. Et encore moins de changer de vie. Je t'ai épousée parce que je t'aime Feiga. Mais je n'ai pas épousé cette servitude familiale.

Ne m'en veux pas. Je n'ai rien contre ton père. Bien au contraire. Je lui suis redevable de nous aider comme peu l'auraient fait. Mais je ne peux pas ma chérie. Pas comme cela. »

Feiga s'approche de Max et pause sa tête contre la sienne.

« Nous allons trouver une solution Max. Je te le promets. »

Le magasin - aussi petit soit-il - est désormais divisé en deux, la partie droite derrière l'énorme comptoir conserve ses costumes élégants, les chemises et les quelques pulls en réserve. Il est décidé de ne plus en recommander et de liquider les quelques pièces restantes.

Sur la gauche, Feiga installe les vêtements de travail. Les pantalons dans les casiers et les vestes sur une tringle que Max a confectionnée ce matin, avant l'ouverture.

Tout à l'heure, Feiga ira voir l'imprimeur. Elle lui demandera de lui préparer une petite pancarte annonçant l'activité complémentaire. « Enfin dans le quartier ! Vos vêtements de travail sont en vente ici ! »

L'activité du bleu de travail fonctionne bien. Le vieux Finkelstein ne s'y est pas trompé.

Max vend quelques costumes et vestes élégantes. Essentiellement à ses acheteurs d'uniformes pour leurs besoins exceptionnels. Celui-ci marie sa fille. Cet autre enterre son père.

Et puis quelques clients du quartier qui ont pris l'habitude de s'assoir sur l'une des chaises du magasin pour refaire le monde avec Max.

Parfois un frère ou une sœur de Max vient à l'heure du déjeuner les jours de repos. Alors ils se retrouvent dans l'arrière-boutique, autour d'une soupe, assis de part et d'autre de la petite table en bois recouverte d'une nappe à carreaux.
L'antre de Feiga et Max. Cette petite cuisine d'où l'on entend les bruits de la cour et des coursives des appartements populaires.
L'immeuble offre une façade cossue sur la rue et une autre moins glorieuse sur la cour, ses toilettes extérieures et son local à poubelles.

« Max, crois-tu qu'il y aura la guerre ? »

Aix-en-Provence. 8 mai 2017.

« Chère Clara.

Ravi d'avoir de vos nouvelles, même si je me désole que votre expérience chez Céline B fut si courte. Cela étant, je n'en suis pas plus étonné que cela.
Venez me voir cette après-midi après trois heures et amenez-moi vos travaux ! »

Clara découvre le message de Paul à son réveil tardif, et s'aperçoit qu'il est déjà dix heures !
Sa fainéantise s'accroît au fil des jours d'inactivité.
« Elle file un mauvais coton, je te le dis maman. »
Pour Michèle il est grand temps de tirer la sonnette d'alarme
— « Si elle ne trouve rien dans le mois je la prends en renfort sur les marchés.
— Ne dis pas n'importe quoi Michèle", interrompt Clarisse « ton choix de vie t'appartient. Laisse-la gérer le sien. »

Même si partager ses étals avec sa fille ne déplairait pas à Michèle, il est bien sûr hors de question de la perdre dans les méandres de sa médiocrité. « J'ai tout raté. Ma vie se résume aux récoltes des agriculteurs locaux » s'énerve-t-elle certains jours, quand elle a bu un peu plus qu'elle ne le devait. La dernière chose qu'elle désire pour Clara, c'est bien de s'abîmer comme elle le fait depuis dix ans.

Le bureau de Paul est situé rue Fernand Dol, non loin du cours Mirabeau, au sein d'un immeuble mainte fois centenaire, comme il y en tant dans le vieux centre-ville d'Aix-en-Provence. Deux oliviers dans d'énormes pots en faïence bleue ornent l'entrée. C'est Paul qui ouvre la lourde porte et accueille Clara.

« Un café ? Une limonade…maison ? C'est ma fille qui l'a faite.
— Avec plaisir pour la limonade ! »

83

Paul invite Clara à entrer dans son vaste bureau. Située au dernier étage de l'immeuble et malgré l'étroitesse de la rue, la pièce est baignée de soleil. Cette lumière éclaire un décor de bois sombre et de tentures vertes. Quelques œuvres d'art contemporain viennent rajeunir les meubles de style et offrir une belle harmonie à l'ensemble. Sous les peintures, des bibliothèques tout du long, qui regorgent de livres plus ou moins bien ordonnés.

Le bureau de Paul n'est pas en reste. Piles de dossiers et de papiers à classer, crayons de toutes les formes et de toutes les couleurs dans plusieurs pots en bronze et l'ordinateur qui occupe une vaste place au cœur de la pagaille du quotidien.

Paul invite Clara à rejoindre le canapé Chesterfield en cuir vert et sert la limonade maison, accompagnée de petits biscuits
« Ce sont aussi des créations originales de ma fille. Elle n'a que treize ans mais je serais surpris qu'elle ne s'oriente pas vers le monde de la gastronomie. Chaque soir elle bâcle ses devoirs pour finir en cuisine !
— Votre femme doit en être ravie !
— C'est elle l'unique femme de la maison chère Clara. »
La jeune créatrice cache son embarras en se jetant à la fois, sur la limonade et le croquant. Éric l'avait pourtant prévenue.

Paul lui explique d'abord son travail. Celui d'être un chasseur de talents.

« Je ne suis pas un chasseur de tête Clara. Mon métier n'est pas de trouver ou vendre des profils surqualifiés. Beaucoup le font déjà très bien. Mon travail consiste à trouver des jeunes pousses pleines de promesses et leur permettre d'éclore. »

Et Paul de raconter comment il a placé avec succès un artiste-peintre, pour refaire toutes les chambres d'un petit hôtel en ville en créant une fresque différente dans chacune d'elle. Il évoque aussi la fois où il s'est surpris à lire un journal intime, au-dessus de l'épaule d'une jeune fille dans un métro parisien et qu'il lui a présenté un éditeur pour écrire des nouvelles pour enfants, dans un magazine spécialisé.

Plus Paul raconte et plus Clara trouve formidable ce monsieur, sa passion, sa mission et ce concept novateur fantastique.

« C'est génial ! Tout bonnement génial ... et alors qu'allez-vous faire de moi ? »

Attablée à la terrasse des "2 G", Clara repense à sa conversation avec Paul.

Le personnage est captivant et la mission qu'il se donne formidable, mais elle n'est pas plus avancée à cette heure qu'elle ne l'était avant de grimper les quatre étages ardus du vieil immeuble aux plafonds hauts.

Paul va réfléchir. Il a beaucoup aimé le travail de Clara. Son indépendance d'esprit aussi. Mais il a été franc et a avoué qu'il ne serait pas facile pour la jeune fille de travailler pour quelqu'un tant elle a un caractère bien trempé et une volonté d'imposer ses envies.

Éric arrive au loin. Elle reconnaît sa démarche aérienne et cette élégance qui lui est propre. Jolie écharpe en coton nouée autour du cou, Panama vissé sur la tête ... Éric a ce « je ne sais quoi » si français.

« Il m'inspire ce garçon » s'amuse Clara. Je devrais essayer de travailler quelques modèles masculins.

« Pourquoi me regardes-tu ainsi ? » l'interroge Éric inquiet.

— Tu émoustilles ma créativité mon cher Éric ! Et si je travaillais sur des modèles hommes ? Et si je dessinais justement une collection à destination des étrangers qui souhaitent avoir la French Touch !

— Je me félicite de constater que ton rendez-vous t'a enflammé.

— C'est plus complexe que cela en réalité. L'homme est passionnant. J'aime ce qu'il a imaginé et conçu pour promouvoir les talents qu'il rencontre et pourtant je ne vois pas comment m'inscrire dans une aventure à ses côtés. Qu'en penses-tu ?

— Pas grand-chose si ce n'est que je suis devenu, dans les cinq dernières minutes de ma vie, muse pour la créatrice de talent que tu es, donc je vais parfaitement bien. »

L'idée de travailler sur la mise en valeur de l'homme français est devenue une obsession pour Clara. Il est de coutume d'encenser la femme française alors que l'homme élégant reste résolument italien. Pourtant il est un style qui n'appartient qu'à nos mâles français, reconnaissable entre mille, dans les rue de New-York comme de Londres. Qui - par exemple - peut porter la marinière Saint James comme Éric !

Elle s'est mise au travail dès son retour au mas. Avant de prendre son cahier à dessin et ses crayons elle doit commencer par définir son concept.

Concevoir une première collection et trouver un petit point de vente pour tester ses produits. Et pourquoi pas l'appeler « *The Parisian* » avec un ciblage sur les étrangers à Paris. Étudiants, expatriés, touristes. Il y a tant à faire sur ces clients potentiels auxquels personne ne s'adresse en particulier.

Après un lancement en France, il faudra partir à la conquête de New York. Après tout, c'est la ville rêvée pour vendre le style à la française à des américains qui oscillent entre le costume classique et le sportswear nonchalant. Il faudra ensuite développer une collection plus « croisière » pour la côte ouest des États-Unis.

Tout cela semble s'emboiter parfaitement. Sur le papier. Clara n'a pas le moindre euro d'investissement disponible et courir les banques et encaisser les refus consécutifs est un challenge qui n'est pas dans ses cordes.

« Et si j'en parlais à ma mère. Après tout, la banque a été son métier pendant de longues années. Elle saura m'orienter » conclut Clara avec une pointe d'optimisme nécessaire.

— « Mais tu n'as pas un peu fini d'enchaîner les idées stupides et illusoires. Ne veux-tu pas te poser, apprendre le métier et penser à ton indépendance quand tu auras fait le tour du secteur ? » Michèle n'a pas la réaction escomptée et son ton réprobateur n'est pas au goût de Clara, qui commence à être fatiguée d'entendre constamment sa mère critiquer la moindre de ses initiatives.

« Donc tu ne m'aideras pas ?

— Certainement pas. Et je vais te faire économiser pas mal d'argent et l'interdit bancaire qui te pend au nez, après quelques mois de rêve, qui se solderont par une faillite inévitable.

— Ce que j'aime chez toi maman, c'est la prise de risque qui t'anime et la confiance illimitée que tu mets en moi. Avoir Clarisse à nos côtés est tellement rafraîchissant. Être venue m'installer ici dans sa maison, a finalement été la meilleure décision que tu aies prise depuis dix ans. »

Le ton monte et Jules a depuis belle lurette compris le message. Le labrador débarque dans la cuisine, la laisse calée dans la gueule, sachant pertinemment qu'il est de promenade dans ces moments-là.

Clara caresse la tête de son chien et les voilà partis refaire le monde, en quête de nouvelles inspirations, au milieu des pins.

« Comment puis-je encore espérer quoi que ce soit de ma mère Jules ? Est-ce qu'en dix ans elle m'a été une fois d'une quelconque aide ? Est-ce que pendant les années d'une adolescence difficile, faute de père, elle a su m'encourager, m'aider à passer ce cap douloureux et me pousser à poursuivre mes rêves ? »
Quoiqu'en pense Jules, il sait rester à sa place de compagnon intergénérationnel et interchangeable selon l'heure de la journée.

La solution réside peut-être dans l'expertise de Paul. Après tout, elle n'a à ce jour aucune autre alternative.
Quoique. Malgré les promesses de Paul d'un retour rapide après examen de son dossier, Clara n'a toujours pas entendu parler du chasseur de talents, depuis sa rencontre dans le salon feutré de la rue Fernand Dol.

« Éric, tu vas venir avec moi chez Paul. Après tout, tu es l'inspiration de mon projet et je dois vendre le concept avec son produit d'appel.
- Dois-je considérer que le terme produit est une valorisation de ma personne ?
Plus sérieusement, tu sais l'estime que j'ai pour Paul et j'en serai donc ravi… si j'ai l'autorisation de n'être pas seulement un article de promotion. »

À la plus grande déception de Clara, Paul n'est pas libre avant la semaine prochaine. Et puis, il n'a guère de nouvelles pour elle. Mais il ne perd pas espoir de trouver l'écrin idéal pour son talent et sa personnalité.

« Je ne viens pas vous voir avec l'idée que vous m'ayez trouvé une mission rêvée ou un poste miracle. J'ai un projet à vous soumettre et j'ai besoin à la fois de votre expertise et de votre aide pour le concrétiser. » interrompt Clara

« Formidable ! Cela vous laisse donc une semaine pour peaufiner votre présentation et me convaincre. » Ainsi Paul met fin à la conversation, et laisse Clara interloquée et frustrée.

« Je te l'ai déjà dit. Tu n'as aucune patience. Tout ne va jamais assez vite pour toi. Le monde ne s'adapte pas à toi Clara. Tu dois t'y soumettre même en gardant une certaine forme de liberté, je te le concède. » tranche Éric.

Clara met à profit la semaine pour mettre sur papier ses idées et tenter de les organiser.
Elle demande également à Éric de poser dans différentes tenues avec ce « je ne sais quoi » si français qui lui va si bien. Armée de son appareil photos elle le traque aussi en situation. À table. Dans le jardin en train de lire. En jouant avec Jules sur les chemins avoisinants...
Elle organise ses idées et ses visuels pour donner de la cohérence au projet. La voilà prête.

Éric de son côté trouve le temps long. Ce qui fut des vacances salvatrices au lendemain de sa démission, est devenu une oisiveté déprimante. Non pas qu'il n'ait pas mille activités passionnantes pour occuper ses journées. Mais cette impression d'inutilité professionnelle commence à lui peser. Et certes, il est charmant que Clara lui consacre sa nouvelle collection, mais il ne vit guère bien ce statut de potiche mâle.

Il a répondu, sans enthousiasme, à quelques annonces. Ses parents ont bien proposé d'appeler certaines de leurs connaissances, mais il n'en est pas question. Certains matins, il se demande s'il ne lui faut pas quitter la douceur de vivre de sa région pour monter à Paris. Mais les autres matins – plus nombreux – il réfute cette hypothèse et part à son cours de yoga ou rejoint des amis pour visiter une énième fois une exposition en ville.

« Clara ! Clara descend ! Ton père est au téléphone. » s'égosille Clarisse, en pause lecture dans le salon.
« Mon père ? Mon père... Mais ce n'est pas mon anniversaire ! »

Clara s'empare du combiné et part s'isoler dans le jardin. Ces conversations épisodiques ne la mettent pas particulièrement à l'aise. Le temps et la distance ont fait leur œuvre. Ils ne sont certes pas encore des étrangers, mais n'ont plus les relations intimistes qui existent naturellement, entre un père et sa fille.

Comment pourrait-il en être autrement, quand à chaque appel, ils se doivent de renouer le dialogue ? Il n'est pas question d'aborder la journée, reprendre le fil de la conversation de la veille, parler des facéties du petit copain ou s'inquiéter de la santé de la meilleure amie tombée hier dans la rue.

On parle du temps qui passe, des mois écoulés, du travail, de la santé. De tout. De rien. Alors Clara n'a pas l'envie de partager ces discussions stériles devant Clarisse et Michèle. Comme si elle en avait un peu honte. Honte de cette incapacité à aimer son père comme elle le devrait.

« Bonjour chérie. Comment vas-tu ? »

La voix n'est pas assurée. « C'est encore pire que d'habitude » se lamente intérieurement Clara. « Que se passe-t-il papa ? Ce n'est pas mon anniversaire. À moins bien sûr, que tu aies confondu avec une autre date importante. Le couronnement de la princesse Diana peut être ? Ou la mort de Claude François ! »

Clara n'a jamais pardonné ce départ un matin. Cet abandon qui aujourd'hui la place dans cette incertitude constante face à la vie. Ce refus des compromis qu'elle paie, en ce moment même, après avoir claqué la porte de son premier travail d'importance.

« Je te reconnais bien là ma chérie » tente Claude. « Non ... je vais rentrer.

— Tu vas rentrer où ? » coupe Clara

Le dîner ressemble à un conseil de famille. Clara vient tout juste d'annoncer le retour de son géniteur. Si bien que chacun a reposé ses couverts et poussé son assiette pour y mettre mains ou poings fermés.

« Comment ça ton père va rentrer ». Michèle est blême et Clarisse prend le relais :
« Mais que t'a-t-il dit Clara ?
— C'est très confus. Il est depuis quelques années en Australie, moi qui l'imaginais arpenter montagnes et descendre rivières dangereuses. Il est confortablement installé depuis des lustres alors que je me ronge le sang en lui imaginant une vie d'aventurier depuis son départ. Il vit en ville alors que j'ai fantasmé le parcours qu'il doit accomplir chaque année pour trouver un téléphone et m'appeler pour mon anniversaire. »

Les deux femmes restent silencieuses ne sachant pas très bien comment rebondir face à ce plaidoyer accusatoire.
Clarisse sort de sa torpeur pour comprendre ce qu'il leur arrive soudainement :
« Je suis désolée ma Clara mais quand sera-t-il là et surtout pourquoi rentre-t-il maintenant ?
—Tu crois vraiment que j'ai poursuivi cette discussion » hurle Clara désormais en pleurs. « C'est un salaud ! Toutes ces années de mensonges. Mais comment peut-il justifier de nous avoir abandonnées pour vivre comme il le fait ! Je ne sais pas quand il rentre et pourquoi ! Je lui ai dit

d'aller chercher une autre fille à abîmer et que moi personnellement j'étais détruite ! »

Clara quitte la table. Personne n'ose la suivre. Ni Michèle. Ni Clarisse et encore moins Jules qui a compris que parfois la solitude est la meilleure amie de la détresse.

Pour Michèle cette nouvelle est une nouvelle épreuve. Elle a espéré en son for intérieur, que son mari reviendrait un jour et qu'il lui demanderait pardon pour le mal et l'absence. Mais aujourd'hui ? Il ne rentre pas pour elle, sinon il ne l'aurait pas annoncé à Clara. Et quand bien même, veut-elle de lui ? Face à la réalité qui surgit et lui explose en plein visage, elle se doit – enfin – d'être honnête avec elle-même : son mari fait partie du passé pour toujours. Ce jour, elle vient de se libérer de dix ans de souffrances inutiles. Elle est seule, libre et prête à tenter une nouvelle vie privée.

Paris. 2 septembre 1940, la drôle de guerre.

Max est sorti précipitamment ce matin. Quand la rumeur a enflé et que les voisins se sont amassés devant les affiches collées sur les murs dans la nuit.

Deux drapeaux français entrecroisés et l'appel à la mobilisation, décrétée la veille par le gouvernement Daladier.

C'est la stupeur partout dans les rues, les villes et les campagnes.

La vie paisible en France n'aura pas duré. Le temps des pleurs et de la misère est revenu.

Max a fait partie des premiers appelés.
Serrant fort Feiga dans ses bras, il a pourtant l'espoir de revenir bientôt. Enlacés, ils ne cessent de pleurer face au sort qui semble s'acharner.

L'armée française a mobilisé le jeune homme devenu français en ce début d'année. Ils sont des centaines de milliers à affluer vers les gares pour répondre à leur convocation.

Il règne une étrange atmosphère de fin du monde, une cacophonie extrême au milieu de tous ces hommes ne sachant où aller.

Aix-en-Provence. 14 mai 2017

Depuis l'appel de son père Clara n'est plus que l'ombre d'elle-même. Éric vient chaque jour au mas et l'aide à trouver l'inspiration. À finaliser son projet auquel il croit. À continuer à l'aider à tenir debout.

Demain Clara doit enfin présenter son dossier à Paul. Elle n'en a ni la motivation ni la force morale.

« Clara ce n'est pas toi. Tu n'as pas le droit de lui laisser la chance de te détruire une seconde fois. Tu as vécu sans lui. Et tu t'en es très bien sortie. Tu dois poursuivre tes rêves avec cette farouche volonté de réussir et de prouver que tu peux y arriver seule.

— Mais Éric, que sais-tu de cette force et cette grande indépendance que j'exhibe en porte-drapeau ! Je me bats contre mes démons intérieurs depuis plus de dix ans. Chaque bataille gagnée est une avancée sur l'abandon et la peur de ne pas y arriver. Sais-tu combien d'années cet appel a pulvérisé !

Comme je me sens trahi mon cher Éric. Comme j'ai le sentiment d'être cette petite chose dont son père n'a pas voulu depuis son adolescence.

Mais que cherche-t-il à présent ! Qu'il me laisse en paix. »

Éric passe son bras sous celui de Clara et l'entraîne sous les pins. Il va chercher un rosé bien frais et deux beaux verres à pied et en silence verse une belle quantité de vin.

« Nous allons boire à nous Clara. La vie est un combat. Nous l'intégrons normalement très vite, dans la cour de récréation, quand il faut déjà afficher son camp. Parfois nous avons l'impression que les choses se lissent et que notre quotidien affiche enfin des airs de sérénité. Alors nous nous disons bêtement que plus rien ne peut contrecarrer ce que nous avons atteint.

C'est ce moment que choisit la vie pour nous rappeler que cette bataille est sans fin. Que nous devons, non pas la vivre dans le désarroi, mais dans la recherche des victoires à gagner. Chaque épreuve traversée avec brio nous rend plus fort. Ai-je besoin de développer ? » termine Éric en embrasant fort une Clara en pleurs.

Et le combat continue. Clara et Éric sont devant l'ordinateur. Ils impriment les derniers montages photos et la proposition conceptuelle.

Éric se désespère de la lumière de certaines photos qui ne le présente pas sous son meilleur jour, mais ne dit mot et finalise la création de la page de garde.

La soirée est douce et mérite qu'on se perde dans les rues de la vieille ville.

Devant la place d'Albertas, une formation classique excelle sous les étoiles d'un ciel dégagé. Clara et Éric sont adossés au mur de l'immeuble d'en face. Plusieurs dizaines de passants se sont arrêtés également. Personne ne dit mot. Une formidable plénitude s'est emparée de la petite place. Et chacun de rêver très fort, perdu dans ses espoirs et les miracles qui n'arrivent pas.

Éric a pris Clara dans ses bras avec toute l'assurance d'un grand frère protecteur. Ensemble, ils restent prostrés devant ce concert improvisé pendant près d'une heure, avant de descendre la rue vers la Mairie et de s'attabler à l'une des terrasses qui fleure bon les odeurs de la Provence.

Clara et Éric ont prévu de se retrouver une demi-heure avant le rendez-vous chez Paul. Le grand frère tient à s'assurer que Clara est en pleine possession de ses moyens.

« Ah Clara ! Quel plaisir de vous revoir et de savoir que vous m'avez réservé une surprise. Limonade maison ?

— Avec plaisir. Je voudrais vous présenter Éric. En dehors du fait que c'est lui qui m'a poussée à vous contacter la première fois, il est une pièce importante de mon projet. Il est à la fois mon mentor, mon coach et ma muse » explique Clara.

« Je suis ravi de rencontrer un jeune homme aussi complet » répond Paul en serrant chaleureusement la main d'Éric.

Clara expose son projet. Créer pour l'homme dans le but d'exporter une certaine image de l'élégance masculine à l'étranger. Elle précise qu'elle n'a aucun fond propre pour démarrer son activité.

« J'aimerais vous conseiller de proposer votre collection à une marque établie, en lui vendant l'innovation dont elle a besoin pour rajeunir ses collections ou donner une image dynamique de sa maison. Mais aux vues de votre collaboration éphémère avec Céline B, je ne suis pas sûr que ce soit la meilleure option.

Laissez-moi deux petites semaines pour creuser les options et voir si je peux vous venir en aide. Je ne promets rien Clara. Mais ce que je peux vous dire c'est que je souscris à votre projet. »

Aix. 20 mai 2017

L'homme qui est assis dans l'entrée n'a pas une allure très engageante. C'est un ami qui le lui a recommandé. Il a une histoire, paraît-il. Et un héritage.

Paul en voit d'autres. Des rêveurs. Des égos surdimensionnés. Des prétentieux sans talent. Des fils de bonne famille convaincus que l'argent achète tout. Il n'est plus à une rencontre hasardeuse près.

« Claude ? Si vous voulez bien me suivre. Café ou limonade maison ?
— Limonade, ce sera parfait » lui répond l'homme presque en chuchotant.

Claude a passé plus de dix ans en Australie. Il en a oublié ces vieilles bâtisses anciennes, ces intérieurs sombres aux tentures lourdes. Ces décors qui impressionnent, chargés d'histoires.

« Vous allez m'expliquer ce que je peux tenter de faire pour vous, cher Claude, puisqu'apparemment notre relation commune pense que je peux vous aider. »

— Je suis parti il y a douze ans en Australie. J'ai travaillé auprès d'un membre de ma famille, styliste extrêmement réputé dans le pays. J'ai reconstruit une vie sur place, j'ai appris un nouveau métier, je me suis fondu dans une nouvelle famille à vingt-cinq heures de chez moi. Cette personne vient de décéder. Elle m'a tout légué, en hommage à cette relation que nous avons tissée pendant toutes ces années et pour services rendus au sein de sa compagnie.

Je ne sais qu'en faire. Je n'ai pas l'âme d'un dirigeant et je ne saurai prendre les rênes de ce qu'il a construit pendant un demi-siècle. »

Paul écoute cette incroyable histoire mais n'y comprend pas grand-chose :

« Je m'excuse de vous poser la question mais que faites-vous ici ? Enfin, si les affaires de votre parent sont en Australie, que venez-vous régler en France, qui plus est au cœur de la Provence ?

— À dire vrai je ne sais pas. Il n'est pas question que je reste désormais en Australie. Il me faut donc trouver une solution pour que l'affaire soit reprise. Et puis.... Une raison très personnelle m'amène aujourd'hui à Aix-en-Provence. Mon premier réflexe a été d'aller voir un avocat d'affaires. Je l'ai trouvé en ligne. Son nom n'avait l'air engageant. Il m'a conseillé de me tourner vers vous et me voici aujourd'hui. »

Des histoire bancales, Paul en entend souvent. Des problèmes insolvables aussi. Mais des histoires à dormir debout comme celle que cet inconnu lui narre depuis vingt minutes est une première dans ses annales personnelles.

« Un peu de limonade peut être » finit-il par dire
— Avec plaisir. Toute cette discussion m'a assoiffé. »
— Vous me laissez cinq petites minutes. Je vais annuler le rendez-vous suivant. Je pense qu'il nous faut un peu plus de temps cette après-midi pour commencer à démêler votre situation. »

Pendant une heure et demie, Paul pose toutes les questions qui lui viennent à l'esprit. Pour tenter de comprendre d'abord pourquoi ce quinquagénaire a décidé de tout abandonner pour partir à l'autre bout du monde. Ce qu'il a pu fuir. Ce qu'il a pensé trouver aussi en tentant de se construire une nouvelle vie.
Et puis ce qui motive son retour aujourd'hui. Dans une ville qui n'est pas la sienne, où il n'a vraisemblablement aucun repère.

Paul n'est pas prêt de quitter le bureau. Cela fait déjà deux heures qu'il pianote sur son grand ordinateur pour comprendre qui était ce styliste Australien, ce qu'il a achevé et ce qu'il laisse à son client.

Il trouve peu d'éléments d'ordre privé. « Encore un qui a fui quelque chose. C'est un passe-temps récurrent dans cette famille » conclut-t-il avant d'éteindre son écran.

Demain il passera quelques coups de téléphone. Quelques amis devraient pouvoir le seconder dans ses recherches.

Il a donné à Claude quelques adresses pour l'aider à trouver un logement un peu plus stable que la chambre d'hôte près du marché. Et quelques conseils. Mais bon sang, ce type a l'air tellement perdu.

« Dis-moi Michèle, le père de Clara est-il en ville finalement ? » demande Clarisse à sa fille venue la rejoindre dans le jardin pour effeuiller la lavande.
« Mais comment veux-tu que je le sache !
— Il faut que tu encourages la rencontre entre la petite et son père. C'est finalement le meilleur service que tu peux lui rendre. Qu'elle le déteste. Qu'elle lui fasse entendre le fond de sa pensée. Mais qu'elle soit dans l'action pour ne pas ruminer cette colère et cette tristesse à vie.
— Tu as raison. Voyons comment les choses évoluent.
— Et de toi ? Tu veux en parler ?
— Il n'y a pas grand-chose à dire maman. J'ai compris que d'attendre ce retour n'avait pas de sens. Il n'est plus rien pour moi. Son annonce me cause de la colère mais ni joie ni émotion. Je crois qu'il vient de me rendre ma liberté. C'est ma fille que je dois protéger à présent.

Les deux femmes étalent la lavande sur de grands draps sur la table du jardin, sous le soleil ardent de midi.

Jules est, au loin, en train de courir après un fabuleux papillon jaune.

« Tout pourrait être si paisible » pense Michèle en s'étirant sur la grande chaise en bois posée nonchalamment sur l'herbe.

Quelque part en Allemagne. 10 juin 1942.

Les jours passent et se ressemblent. Max ne croupira pas encore longtemps dans ce camp de travailleurs, prisonnier des allemands. Les conditions sanitaires se dégradent et les médecins, venus également des rangs des détenus, ne parviennent ? à endiguer les épidémies récurrentes.

Max a bien essayé de parler à d'autres prisonniers mais aucun ne semble vouloir tenter l'évasion. L'évasion, c'est la mort assurée lui répond-t-on. Sauf que Max est juif et qu'à un moment il y aura forcément des recherches sur l'identité des prisonniers de guerre. Il y aura forcément un tri. Et il y aura forcément un autre avenir pour Max. Lequel ? Il ne le sait pas. Mais les hommes parlent ici. Et l'idée que les juifs sont arrêtés dans plusieurs pays pour être envoyés on ne sait où, se propage dans le camp.

Max va partir. Il a en tête son plan d'évasion depuis déjà quelques semaines. Il n'a pas fui la Pologne et l'Allemagne pour mourir dans un camp de prisonniers de guerre.

Ce matin, il est de nouveau de corvée de couture. Le jeune homme a su, à son arrivée, qu'il devait valoriser ce qu'il faisait le mieux pour échapper aux pires travaux physiques. Et effectivement, il reprend les uniformes, rapièce les manteaux un peu usés et confectionne même quelques pièces civiles pour les gradés qui usent de leurs privilèges.

Ce matin-là, Max prend donc le chemin de la petite pièce exiguë qui sert d'atelier à quelques prisonniers habiles de leurs mains. Les hommes dorment peu. Les hommes mangent peu aussi, malgré les denrées apportées par quelques bonnes âmes, voisines du camp. Et la main d'œuvre n'est pas au maximum de son rendement. Mais le commandement n'en a que faire. Si certains ne résistent pas alors il sera aisé de les remplacer. Ce n'est pas non plus le lieu le mieux gardé du camp. Ni le plus stratégique.
Max va sortir ce jour. Il est prêt.

La surveillance dans le camp se relâche à certains moments de la journée, essentiellement en fin de matinée, quand les hommes sont mobilisés depuis l'aube. Ils se regroupent parfois pour partager une cigarette, parler du pays ou faire quelques pas entre camarades. Se forment alors des zones non surveillées, l'espace de quelques précieuses minutes. C'est ce moment que choisit Max pour mettre en place son évasion. Il va de cabanon en arbre, de pilier en fourré. Il lui faut attendre plus d'une demi-heure, caché et apeuré pour que le soldat de l'entrée décide, lui aussi, de faire une pause. Quelques secondes. C'est le temps qui lui est imparti pour franchir les barbelés.

Max court de toutes ses forces vers les rails. Rejoindre les abords du quai et monter dans un train en marche en sortie de gare. Ses années de sport intensif à Berlin lui ont donné le goût de l'effort. Et il n'a jamais abandonné la pratique de la marche rapide. À Paris, il prend rarement le bus ou le métro et se déplace le plus souvent à pied et d'un bon pas pour maintenir sa forme.

Aujourd'hui la course est difficile mais il tient le rythme. Ne pas se retourner et courir sans perdre de vue son objectif. Son absence n'a pas encore été signalée mais pour combien de temps encore.

Max court à perdre haleine. Les rails ne sont plus loin. La gare est à un kilomètre de là. Il faut rejoindre ses abords sans être vu. Il se débarrasse du superflu et se retrouve bientôt en pantalon et maillot de corps. Il verra comment réagir une fois à bord.

Max est tapi derrière une cabane en bois à plusieurs mètres du chemin de fer. L'endroit est désert et il peut donc attendre le temps qu'il faut.

Enfin un train surgit à basse allure, repartant à peine de son arrêt en gare.

Max se précipite et atteint le marchepied. Il jette un œil à l'intérieur et juge qu'il peut entrer sans se faire remarquer.

À peine entré, il jette un œil au wagon et s'aperçoit qu'il est empli de soldats allemands !

Il ne doit pas paniquer.

Max est un acteur. Peut-être pas le meilleur mais doué a-t-on toujours dit.

Max prend place. Très vite ce type mal fagoté attire les regards. Un soldat chuchote à l'oreille de son camarade, le regard tourné vers Max. Ce dernier se lève et s'approche de lui :

« Tu m'as l'air en piteux état. Mais d'où sors-tu ? »

La scolarité de Max dans les écoles berlinoises lui confère un allemand impeccable et sans la moindre intonation étrangère. Il est facile pour lui de manœuvrer parmi les Allemands. Même ses pires ennemis

« Ne m'en parlez pas. J'étais à l'atelier en train de réparer une meule quand un voisin est venu me dire que ma mère a eu un accident. Je n'ai eu le temps ni de me changer ni de prendre quelque effet personnel puisque je savais que le prochain train était prévu dans les vingt minutes suivantes.

Et me voici dans cet état avec l'angoisse d'arriver trop tard !

— Et dans quelle ville descends-tu ? »

Max n'a pas la moindre idée de la destination de ce train.

S'enfonce-t-il en Allemagne ou rejoint-il la France ? À priori s'il ne s'est pas trompé il est en partance pour l'Hexagone. Mais dans les circonstances actuelles il n'est sûr de rien.

« Oh ! je suis bientôt arrivé. Je descends au prochain arrêt.

Excusez-moi messieurs, mais je vais aller prendre l'air. Je suis extrêmement angoissé par tout cela et je vous avoue ne pas me sentir au mieux de ma forme. »

L'Allemand part d'un grand rire et offre son verre de schnaps à Max avant de lui coller une tape amicale dans le dos.

Max est à deux doigts de vaciller. De peur. D'angoisse. Et de ce coup porté par cette brute épaisse.

Il va descendre à la prochaine ville. Il n'a plus le choix. De toute façon il est trop risqué de continuer le chemin en compagnie allemande. Une question peut le démasquer malgré son physique aryen et sa dialectique parfaite.

À son grand soulagement, c'est la France qui se dessine au loin. Mais le train s'arrête tout à coup. À quelques mètres de la frontière. Et des soldats lourdement armés font irruption dans le wagon.

« Vous ne voyez pas que nous sommes pressés ? Que pensez-vous franchement trouver dans ce train ? » hurle un petit blond sec qui semble être plus gradé que les autres.

Les soldats saluent et s'en retournent à l'extérieur, autorisant le conducteur à poursuivre et sans continuer l'inspection des wagons restant.

Aix. 22 mai 2017

Paul est depuis deux jours sur le dossier le plus étrange de ces dernières années. Au menu, la succession d'une affaire florissante d'un citoyen australien à un ressortissant français, dont ce dernier veut se débarrasser au plus vite. Bien sûr, il n'est pas compétent sur la partie juridique ni sur celle de la société. Par contre la mission qui lui est confiée, est de tenter de trouver un créateur de talent pour continuer de faire vivre cinquante années de passion.

En poursuivant ses recherches, Paul a trouvé que ce styliste a vécu en France. Globalement, entre les années trente et tout de suite après la guerre. Il n'a pas trouvé grand-chose sur son histoire française. Rien avant-guerre ni après d'ailleurs, si ce n'est quelques papiers d'état civil et une vieille boutique quelque part dans le quinzième arrondissement de Paris.

Il a beau réfléchir, la seule personne qu'il voit pour porter le projet est trop jeune, trop inexpérimentée, trop psychologiquement instable. Et pourtant il y a ce tempérament électrique qui l'incite à poursuivre l'idée.

« Clara, Éric .... La limonade et les croquants vous attendent. Je me réjouis de vous voir aujourd'hui et j'ai de bonnes nouvelles pour vous. »
Paul en fait un peu trop et Clara sent que la discussion va être haute en couleurs.
Éric est en retrait, mais analyse chaque gestuelle de Paul pour mieux anticiper ses conseils à Clara.

« Je vais être très honnête avec vous, ce n'est pas ce que vous recherchez en premier lieu mais je suis sûr qu'il y a une connexion à faire. Je sens comme une synergie entre vos envies et celle d'un vieux monsieur qui n'est plus de ce monde. »

Paul déroule son mystérieux jeu de piste sans que Clara comprenne vraiment où il l'emmène.
« J'ai reçu dans mon bureau un monsieur qui cherche un repreneur pour la société australienne d'un de ses proches. Oui je conçois que l'on soit, dans tous les sens du terme, très loin de vos aspirations. Mais je ne vous parle pas de la question monétaire.

Aux vues des chiffres, je ne suis pas très inquiet que nous trouvions repreneur. Mais si investisseur il y a, la seule exigence de l'héritier est de choisir celui ou celle qui conduira la direction artistique de la marque. J'ai donc pensé à vous.
J'en conviens, l'Australie, c'est l'autre bout du monde. Mais c'est de la confection homme. C'est élégant et ce sera un nom magnifique pour installer l'homme français à l'étranger. »

Paul décide de marquer une pause. Cela fait quand même beaucoup d'informations à digérer en une seule fois.

« Merci d'avoir pensé à moi. Croyez-bien que cela me touche mais l'héritier a-t-il spécifié plus en détail sa recherche ? Connaît-il mon travail ? Sait-il que je suis une bien jeune créatrice ? » esquisse Clara.

— Pas encore. Avant toute chose, j'ai besoin de connaître votre ressenti Clara. Quant à le convaincre si l'idée vous séduit, j'en fais mon affaire. Entre vous et moi l'homme a l'air assez aux abois et plus vite cela sera réglé, mieux il s'en portera croyez-moi.

— Mais les maisons connues prennent, la plupart du temps, des créateurs déjà respectés pour poursuivre le travail du fondateur. Je n'ai aucune chance…

— Pas forcément. Nous sommes dans du prêt-à-porter qui a besoin d'un coup de jeune mais pas de la mise en avant d'une quelconque star de la mode, capricieuse et ingérable. Nous ne sommes ni à Paris, Milan ou New York. Nous parlons de

110

Melbourne en Australie, et l'idée d'avoir un très jeune designer doué, séduit à la fois le propriétaire et les investisseurs en lice, qui ont tous hâte de régler la question.

— Vous avez quelques éléments à me donner ? Vous comprenez bien que vous me proposez une vie que je ne m'étais jamais imaginée. Je ne suis d'ailleurs pas sûre de la vouloir. » répond Clara

« Bien sûr. Voici un premier dossier. Je vous laisse regarder cela tranquillement. Mais ne tardez pas à revenir vers moi. » conclut Paul avant de se tourner vers Éric

« Jeune homme avez-vous dix minutes à m'accorder ? »

Un peu surpris, Éric acquiesce tandis que Clara attrape sac et dossier et se dirige vers l'entrée.

« À part muse de Clara, j'ai cru comprendre dans un échange précédent avec notre styliste préférée que vous étiez le bras droit de Céline B ?

— Bras gauche et droit et certainement ses jambes aussi » répond Éric

— Écoutez, le taux d'adrénaline dans ce bureau n'est certainement pas aussi élevé que dans l'atelier de Céline, mais il y a un travail fort intéressant à y faire. Et j'ai vraiment besoin d'un assistant de confiance et dévoué. C'est l'impression que vous me faites. Je peux me tromper mais je dois avouer que cela m'arrive rarement. Devrais-je dire, jamais.

Je n'ai pas besoin d'une réponse dans l'immédiat. Voici ma carte. Appelez-moi. Même pour me dire que vous n'êtes pas intéressé ou en réflexion sur un autre poste plus captivant. »

Paul ne se trompe pas et Éric lui a fait bonne impression dès leur première rencontre. Il a toujours tout géré seul. Pas par manque de confiance, mais déléguer suppose de former et d'expliquer longuement. Et il n'a jamais pris le temps de le faire. Il a eu une assistante à ses débuts. Mais son manque d'enthousiasme sur ses dossiers et son incapacité à suivre son rythme l'ont dissuadé de poursuivre l'expérience. Et puis à quoi bon. Depuis son divorce, il gère sa vie et sa fille seul. Son ex-femme s'en est allée deux ans après leur séparation, d'une longue maladie comme on dit par pudeur ou pour ne pas déranger. Paul en a été très affecté et il a dû décupler tout son amour pour son enfant pour l'aider à supporter cette perte. Il l'a accueillie chez lui et bien vite ils sont devenus l'oxygène de l'autre. Il n'y a jamais un cri, une quelconque dispute, une petite animosité entre eux. Ils filent le parfait amour de deux êtres qui se comprennent et s'assemblent parfaitement.

La lumière rue Ferdinand Dol est délicieuse en cette fin de journée. Les ombres des pots de terre s'estompent et se font moins abrupts. Sur le pas des portes des magasins voisins, les vendeurs sont sortis pour griller une cigarette et attendre que la nuit l'emporte sur le jour.

Assise sur la première marche du perron voisin, Clara piétine d'impatience alors qu'Éric se mue dans un silence amusé. Sachant pertinemment que cela déclenche chez son amie une insupportable impatience.

« J'ai accepté d'être l'assistant de Paul.

— Mais c'est formidable Éric ! Je suis sûre que ça va être passionnant et que Paul est un patron respectueux et agréable. Cela te changera de tes années de terreur chez Céline. Et toi qui a tant d'admiration pour lui, ce ne peut être qu'un travail gratifiant. Par contre tu vas me manquer dans le Jardin.

— Mais si tu crois que tu vas continuer à te tourner les pouces longtemps tu te trompes ma chère Clara. Allons prendre un café et parlons de ce dossier que tu as bien vite remisé dans ton grand sac. »

Par où commencer. Aller vivre à vingt-cinq heures du mas, même partiellement ? Il n'en est pas question. Pourtant le projet est attractif et mérite que l'on fasse des sacrifices. Il n'est pas dit non plus que Clara s'entende avec les repreneurs, d'autant plus si elle est imposée par le propriétaire. Et puis ... Après une phase d'entente, et une période d'essai, qui dit qu'elle sera conservée à son poste, une fois les négociations conclues ?

Et si elle ne correspondait en rien aux attentes de chacun ? Et si elle payait sa jeunesse, son manque d'expérience et ses acquis trop faibles ? Éric balaie d'un revers de main tous ces questionnements en lui proposant de s'attacher à ses qualités et les promesses que lui offrent justement sa jeunesse, sa capacité à s'inventer encore, sa soif d'apprendre et de se construire… Et sa *french touch* qui reste la meilleure carte de visite d'un créateur français à l'étranger.

Clarisse a trouvé au marché, ce matin, de magnifiques dorades qu'elle a marinées avec de l'anis frais et quelques brins de thym. Clara a annoncé, en quittant la maison pour son rendez-vous avec Paul, qu'elle reviendrait avec Éric pour le diner. Cela a suffi à sa grand-mère pour stimuler son envie de passer du temps dans sa cuisine.

« Clarisse, le parfum qui se dégage de votre cuisine, stimule tous mes sens ! »
Éric s'est approché de cette femme qu'il n'a pas mis longtemps à apprécier, pour l'embrasser.
« Oh toi mon garçon, tu es en train de tomber amoureux de moi. Fais attention ! Je rends les hommes fous » répond Clarisse en repoussant par jeu Éric.
« Il paraît, et je suis une âme sensible Clarisse. Vous me briseriez le cœur à tout jamais. »

Clarisse a compris que ce jeune homme, au savoir-vivre quelque peu désuet mais si agréable, ne s'intéresserait jamais à sa Clara. Ni aux autres jeunes femmes que la terre a engendrées. Elle connaît les hommes et les cerne mieux que quiconque. Elle n'en a rien dit à Clara. Ce n'est pas à elle de le faire.

Comme il fait beau en ce mois de mai. Comme le jardin qui se révèle jour après jour, embaume. Alors que les premières étoiles pointent au-dessus des têtes, on se laisse aller à se resservir un petit rosé de la région. Nul n'a vraiment envie de quitter la table si ce n'est pour migrer vers les chaises longues dans l'herbe. Une langueur toute provençale a envahi chacun et la nuit n'est plus très loin.

Éric est parti chercher une carafe d'eau fraiche et contre toute attente, il enlève à Clara tout espoir de rejoindre son lit, le corps alourdi par le dîner et l'esprit embrumé par l'alcool. Clarisse de son côté mime l'endormissement pour ne pas débarrasser immédiatement la table. De toute façon les enfants vont repartir les bras chargés vers la cuisine.

Alors qu'elle s'assoupit, les voix se font plus distantes. Clarisse part dans un sommeil délicieusement enivrant. Sous le ciel parsemé des étoiles de Provence ....

« Qui est ce James M. Taylor ? » Éric vient d'ouvrir l'épais dossier, remis par Paul.

« Quel nom ! s'exclame Clara. À mon avis il y a du pseudonyme - et pas des plus créatif - derrière.

— Je te le concède. Tiens, viens voir… j'ai trouvé une interview de James sur YouTube...et je te confirme que cet accent a des relents bien européens et que James n'est pas né australien.

— Rappelle-toi ce qu'a dit Paul. Du peu qu'il sait, James a une histoire française ! »

Clara et Éric visionnent alors cette vidéo, qui a déjà une bonne dizaine d'années. On y voit un monsieur fort âgé. La parole n'est plus très sûre mais l'œil est toujours clair. L'esprit aussi. James y dévoile sa passion pour la mode jamais démentie, et les motivations sans cesse renouvelées qui ne l'ont jamais abandonné et lui ont permis de devenir ce professionnel reconnu.

Au journaliste qui l'interroge sur ce qui l'a animé au cours de sa vie, James répond : « la haine »

« Pardon ? » sursaute le journaliste interloqué.

— La haine de l'autre mon garçon. On a voulu me tuer cent fois. En Pologne. En Allemagne. Puis en France. À chaque fois, cette haine m'a fait avancer. À chaque fois, elle m'a convaincu que je pouvais continuer de vivre au nom de tous ceux qui avaient péri parce que juifs comme moi. Vivre, mon cher ami. Vivre et se dépasser ! »

Paris. 15 juin 1942

Il faut des jours à Max pour rejoindre Paris. Parfois, il s'arrête dans une ferme et propose ses services contre un dîner et un peu de paille pour dormir. Puis reprend sa route. Il trouve parfois des bonnes âmes sur le chemin pour le conduire pendant quelques précieux kilomètres. Il a retrouvé le sourire et l'espoir que tout rentre dans l'ordre très vite désormais. Il se sent fort comme jamais, prêt à tout pour retrouver les siens et poursuivre son chemin, malgré la guerre. Rien ne peut désormais entraver son destin.

Paris est envahi et Paris est dangereux. Il sait Feiga cachée quelque part en région parisienne. Pour l'instant. C'est ce que lui a dit la voisine de la rue de Vaugirard, protestante et ouvertement antinazie. Feiga s'est confiée à elle avant de délaisser, à contre cœur, son logement et ses quelques biens personnels. Et si jamais Max revient.

« Mais tu es folle Feiga ! Il ne faut se fier à personne. Tu as vécu trop longtemps dans ce pays. Mais nous n'y avons pas que des amis.

— Je prends le risque papa. Sinon comment Max me retrouvera-t-il ? »

Monsieur Finkelstein baisse la tête pour ne pas répondre à sa fille qu'il ne pense pas que son mari revienne un jour de l'enfer dans lequel il doit être.

Max est épuisé. Il a perdu tant de poids, lui qui n'est déjà pas très épais. Il a passé deux jours à dresser la liste des villes de la périphérie parisienne où logeaient des membres de la famille ou des amis proches. Le compte fut vite fait. Après deux tentatives infructueuses, il obtient du cousin Michel une piste valable. « Peut-être y est-elle encore. Je ne peux faire guère mieux Max, c'est la dernière adresse connue que m'a transmise Feiga, dans sa fuite. »

Avec ses allures de prisonnier chétif et usé, Max sonne à la porte du petit pavillon décrépi, où les roses ont perdu leur éclat, envahies par les mauvaises herbes robustes.

La propriété a l'air abandonnée depuis tant de mois, à l'instar des autres mansardes du quartier. Comme si la vie s'était temporairement arrêtée dans les environs, figée dans l'horreur de la guerre, dans la douleur des absents qui ne reviendront plus, dans les plaintes de ceux qui restent et qui se cachent.

Il faut du temps pour qu'un premier bruit émane de la maison. Max entrevoit un visage derrière les rideaux du premier étage. Il comprend qu'on se méfie à l'intérieur du petit pavillon. Après quelques minutes, un pas lourd descend l'escalier et une voix rauque inconnue se fait entendre, de l'autre côté de la porte, abîmée par les saisons. Max se présente, tentant de rassurer l'homme qu'il ne connaît pas. Le mouvement est fugace, mais il n'a pas échappé à Max. Les voilages du premier se sont de nouveau entrouverts, laissant apparaître un visage féminin si familier. Feiga… Cette fois-ci, le crochet de la porte d'entrée cède et Max est invité à pénétrer dans le vestibule.

Ces quelques secondes ont permis à la jolie brune de descendre précipitamment les marches pour se jeter, en pleurs, dans les bras de son mari, disparu tous ces longs mois, dans l'incertitude de revenir vivant un jour.

Feiga est bouleversée de retrouver Max. Mais dans quel état est l'homme auquel elle a joint à jamais son destin, habituellement toujours tiré à

118

quatre épingles, la moustache impeccablement taillée et les cheveux lissés. Quelques années plus tard, ses amies ne manqueront pas de souligner la ressemblance de Max avec l'acteur américain David Niven.

Feiga et Max restent serrés l'un contre l'autre des heures durant, dans le sous-sol humide de cette maison de Fontenay-aux-Roses, appartenant à des amis de ses parents.

« Il faut partir les enfants. Combien de temps serons-nous encore en sécurité aux portes de Paris ? Combien de mois, d'années, allons-nous vivre reclus comme des bêtes dans ce logement de fortune, dans le froid et l'angoisse d'être dénoncés et raflés à tout moment ? Et avons-nous le droit de mettre en jeu la vie de nos hôtes qui ont l'humanité de nous cacher ? »
Comme à son habitude monsieur Finkelstein tient les rênes de la famille et ses questions n'appellent aucun débat. La décision est prise depuis plusieurs jours et l'arrivée de Max n'a fait que précipiter la mise en place de son plan.

Il y a des passeurs. On lui a donné des noms, des contacts. Ils conduiront la famille en zone libre.
Mais Max ne veut plus. Combien de pays va-t-il traverser encore en une seule vie. Faut-il constamment échapper à la terreur, à la battue des militaires sur les chemins de fortune, à la haine

injustifiée d'un peuple qui endure depuis des millénaires cette sauvagerie ?

Après chaque répit la traque reprend.

Il faut quitter l'Europe. Partir loin. Mais comment convaincre Feiga de tout abandonner. Sa famille. Sa culture. Ses vingt années passées dans ce pays qu'elle aime tant.

Il parlera à son père. Qui mieux que monsieur Finkelstein comprendra qu'il lui faut sauver Feiga, leur unique fille. Au prix peut-être de la perdre.

« Laissons passer cette maudite guerre Max. Où veux-tu t'exiler aujourd'hui ? Nous ne savons pas de quoi demain sera fait. Cette situation d'occupation ne durera pas. Allons ensemble dans les Alpes. Et faisons fi de l'orage. Il y aura des jours meilleurs mon garçon. »

Schmuel, Rachel et leur fils se sont cachés à Lyon, hébergés par la famille installée sur place. La belle Tsipora a rejoint son mari à Londres, le cœur bien lourd de laisser les siens sans s'assurer qu'ils sont en sécurité. Yenkel, le cadet de la fratrie, s'est engagé dans la résistance dès qu'il a réussi à identifier un réseau, et à s'y faire accepter. Velma, l'aînée des sœurs, son mari et ses enfants, n'ont pas eu la chance de passer la ligne de démarcation.

Dénoncés par un voisin qui lorgnait depuis longtemps sur leur appartement ensoleillé, ils sont raflés avec les parents de la petite tribu. Ils ne reviendront jamais de l'enfer.

Mais ça, ni Max, ni Tsipora ni Schmuel ne le savent à l'heure de fermer leurs valises de fortune.

Max est parti. Avec Feiga. Avec monsieur et madame Finkelstein. Ils ont échappé à la mort, la peur au ventre, dix fois pendant le voyage. Ils se sont cachés dans les sous-bois alors que les chiens allemands se rapprochaient dangereusement, ils ont effacé les traces de leur passage avec l'aide du passeur expérimenté, les hommes ont enfoui la tête de leurs épouses en leur sein pour raréfier les tremblements et étouffer les pleurs. Demain est un autre jour.

Il a fallu plusieurs jours pour se retrouver en zone libre. Sur le chemin, ils ont été pris en charge par deux autres passeurs du même réseau. Les deux premiers ont fait preuve de beaucoup d'humanité quand le dernier n'en a voulu qu'à leur porte-monnaie. Qu'importe les motivations. Seule compte la finalité de se retrouver en sécurité.

Ils ont passé la nuit dans un abri de fortune au cœur des bois. La femme du passeur est venue leur apporter quelques vivres. Pas grand-chose mais de quoi faire taire la faim. Elle a également mis en garde contre les patrouilles allemandes fréquentes depuis deux jours dans la région. Hier, une famille n'est pas parvenue à échapper aux rafales de mitraillettes. Les enfants n'ont pas survécu et leurs parents ont été arrêtés et conduits à la Kommandantur la plus proche.

Tous sont restés éveillés toute la nuit, retenant leur souffle et n'échangeant aucune parole inutile.

Demain, avant l'aube, ils se remettront en route pour la dernière étape de ce périple vers la vie.

Ils sont exténués, le regard hagard et affamés quand ils se présentent devant la petite ferme des Alpes. Ils se savent attendus pourtant ils doivent attendre devant l'étable que leurs hôtes viennent les chercher. Les citadins, qu'ils ont toujours été, découvrent ce que sera leur environnement des prochaines semaines et cela ne semble pas les ravir. Il n'est âme qui vive aux alentours et le bâtiment a l'air en si piteux état. « C'est une question de quelques mois tout au plus » rassure Max, en offrant son plus charmant sourire à la femme qui vient à leur rencontre.

Ils logeront dans la partie ouest du corps de ferme. Il servait à entreposer les jambons et les produits de la terre récoltés dans les champs. De toute façon, avec la guerre, la production s'est raréfiée. La salle a été aménagée à la va-vite avec quelques matelas usés et des caisses en bois faisant office de rangements. Les Finkelstein et les Goldman sont terrorisés à l'idée de devoir vivre dans ces conditions mais Feiga et Max ont promis de faire preuve d'imagination pour améliorer ce quotidien. Ils sont tous deux habiles de leurs mains, ils feront des miracles.

La famille qui les accueille en échange d'une petite rente mensuelle n'est pas bavarde. Mais ce sont de braves gens. Leur fille s'est prise d'affection pour Feiga, pour qui elle est la grande sœur que ses parents n'ont jamais eue. Leur fils est prisonnier quelque part en Allemagne, à ce qu'ils en savent. Max les rassure. Il en est revenu. Il reviendra.

La guerre s'écoule ainsi. Sans fin. Monsieur Finkelstein avait tort. Les années se succèdent et les nouvelles vont en s'empirant. Les troupes allemandes gagnent du terrain un peu partout en Europe, comme une lèpre qui ne connaîtrait de frontières. Comment un seul pays peut-il remporter tant de victoires contre des armées plus puissantes et des contrées plus importantes ?

Dans ces montagnes des Alpes, la famille vit hors du temps, cachée de tout. Cette bulle protectrice leur permettra de survivre à l'horreur.

Le labeur est dur. Le travail au champ est harassant. La ferme requiert qu'on se lève bien avant l'aube. Du lever au coucher, chacun a sa mission et se retrouve le soir autour d'une soupe ou d'un lapin sacrifié les jours de fête.

Chacun fait, selon sa santé et son âge, et les paysans préservent monsieur et madame Finkelstein.
« C'est normal, c'est moi le tiroir-caisse » grogne certains soirs le sage de la famille
— « Tu es horrible papa. Ils auraient pu nous tuer tous dans la nuit depuis longtemps pour voler tes billets et tes biens.
— Tu as raison Feiga. La vie que nous subissons, me devient juste insupportable. Je suis un citadin

que veux-tu. Quand je pense que tu vendais du bleu de travail. Nous aurions dû partir avec quelques modèles pour les champs ! » s'esclaffe le vieil homme.

Max et Feiga ont tenu leurs promesses. Quand ils échappaient à quelques corvées quotidiennes en raison du mauvais temps, ils en profitaient pour confectionner quelques petits meubles sommaires avec du bois ramassé durant la semaine. Ils ont trouvé des outils et quelques clous dans la réserve et en ont fait bon usage. Une petite table d'appoint, des casiers pour ranger les quelques effets et même quelques semblants de cadres où l'on a glissé les photos de ceux que la famille attend toujours.

Il est des moments dans la vie où le moindre effort fait tant plaisir, où la satisfaction d'avoir amélioré le quotidien est si valorisante… La guerre a remis en place les priorités de vie à tant d'hommes et femmes, marqués à jamais par les privations et les vexations.

Paris libéré. 30 août 1945

Les rumeurs allaient bon train depuis plusieurs jours. On parlait de débâcle. On évoquait les armées alliées en passe de libérer le pays…

Et puis un soir, le cousin de la famille a surgi, sautant allégrement de sa bicyclette, qu'il abandonna devant le portail : « Ça y est... La libération de la France est en cours ».

Il n'aura pas fallu longtemps à monsieur Finkelstein pour payer grassement les paysans, les remercier chaleureusement, promettre de rester en contact et partir pour rejoindre Paris, libérée quelques jours plus tôt.

Sur la route du retour, personne n'a engagé de conversations inutiles, prononcé de paroles vaines...Ils sont libres et cela suffit à combler les silences.

Le magasin de la rue Cambronne est là. Il faut le remettre en état tant il a été saccagé. Sans surprise, la marchandise, cachée en partie dans la cour, a été entièrement dévalisée.

« Nous devons reprendre notre discussion monsieur Finkelstein. »
Max se tourne vers son beau-père. La voix est assurée. Lui aussi.
— Notre discussion Max ?
— Celle d'avant notre fuite. Dans cette cave humide où vous m'avez demandé d'attendre la fin de la guerre pour partir.
— Eh bien la guerre est finie. Tu n'as plus besoin de fuir mon garçon. Tu es vivant et le magasin sera prêt dans quelques semaines. Tu sais que je ne vous abandonne pas. »

Max sent bien qu'il va faire de la peine à son beau-père. Mais il en a longuement parlé avec Feiga. Il n'est plus question de rester en Europe. À quand la prochaine chasse à l'homme. Ils ont tous pris de l'âge en quatre années. Ils ont tous vécu dans l'incertitude d'échapper à l'horreur, mais aussi avec l'espoir que demain sera un jour meilleur. Il est temps de mettre à profit ces rêves et ces espoirs d'une vie meilleure sous d'autres cieux.

Mais où est l'autre bout du monde. Beaucoup rêvent de l'Amérique parmi les proches de Max. D'autres ne veulent plus être chassés comme des appâts et décident de se rendre en Palestine pour rendre à ce bout de terre aride, le passé juif et glorieux qu'il a eu naguère.

Max a d'autres rêves. Il a pointé son crayon sur une immense île du globe : l'Australie.

« C'est un peu radical comme fuite, Max. Que savons-nous de ce territoire ? Comment allons-nous y être accueillis ?
...Et c'est tellement loin de la France, dont nous allons nous couper à jamais » soupire Feiga, qui sait pourtant que Max ira au bout de cette idée complètement folle.

« J'y ai un copain de camps. Nous ne serons pas tous seuls. J'ai encore échangé avec lui ces derniers mois. C'est un pays nouveau, fantastique où l'avenir nous appartient Feiga. Bien loin de la vieille Europe et de ses stigmates. Nous allons être heureux. Et puis nous reviendrons. Pas souvent, je te l'accorde mais alors nous profiterons des nôtres plus pleinement. »

Le discours de Max ne rassure aucunement Feiga. On ne revient pas si facilement du bout du monde.

Feiga part mais Dieu seul sait pour quoi. Cet exil la terrorise plus que ne l'a fait la guerre. Elle perd son monde rassurant pour ne dépendre que de son mari. Malgré tout l'amour qu'elle lui porte, c'est bien peu. C'est surtout terriblement effrayant.

Le vieux Finkelstein ne se résout pas à vendre le magasin. « Dieu seul sait s'ils ne vont pas revenir rapidement » souffle-t-il à sa femme.

Il se décide à reprendre du service et avec l'aide d'une vendeuse, s'installe derrière la grosse caisse enregistreuse. Il liquide le stock de costumes et de vêtements apprêtés et renforce l'offre ouvrière. Il change le nom du magasin pour officialiser cette spécialisation.

Tous les lundis, il part chez les grossistes chercher les tailles manquantes et les pièces qu'il n'a plus en réserve. Le mardi il ouvre boutique pour la semaine et attend le chaland.

Les chaises ont été rangées. Plus personne ne vient discuter et refaire le monde dans cette échoppe de quartier. Les clients viennent pour acheter et en repartent habillés pour l'année à venir.

Dans la cuisine, madame Finkelstein continue de préparer le rituel du déjeuner. Et derrière le grand comptoir, elle tricote pour la petite voisine qui vient d'accoucher de son troisième enfant. « Et Feiga .... Quand me donnera-t-elle un beau poupon tout rose » se lamente-t-elle. « Un enfant de l'autre bout du monde ».

Aix-en-Provence. 30 mai 2017

Éric a débuté sa mission le lundi suivant son entretien. Il a vite compris les attentes de Paul et entre eux, nul besoin de détails superflus. Éric gère d'une main de maître la vie de son patron et l'assiste sur les dossiers.

Sa vie privée ne nécessite guère qu'on y passe beaucoup de temps. Paul sort peu. Il consacre le plus clair de son temps à sa fille et les missions privées d'Éric se résument souvent à organiser quelques sorties, réserver les vacances ou chercher un cadeau en rupture de stock pour contenter la jeune fille. Éric est devenu, à ses yeux, un fabuleux génie qui exécute ses moindres souhaits. Paul aime à rappeler à son seul enfant, que c'est grâce à Éric qu'elle a eu cette inscription à ce cours de danse pourtant complet ou ce jeu vidéo dont le magasin local n'attend pourtant pas un réassortiment avant deux semaines. « Éric, tu es le génie de la lampe » lui rappelle-t-elle en lui collant un énorme bisou sucré sur la joue.

Clara a demandé à Paul de lui laisser deux petites semaines de réflexion. « Votre client peut-il attendre ? » demande-t-elle à Paul
— Oui, ne vous inquiétez pas Clara. Je l'ai logé chez madame Lemaitre. Il est comme un coq en pâte ! Je crois qu'elle a un peu pitié de cette âme esseulée. Entre temps, je le sors un peu à déjeuner. Je dois l'aider aussi à régler un problème personnel. Mais j'ai bien peur que sa volonté de tout finaliser si vite lui cause moult déceptions !
Je tente de le convaincre de ne penser pour l'instant qu'à sa succession. Ce qui ne devrait pas être si compliqué. Vous avez avancé de votre côté Clara ?
— Si peu Paul. Mais je vous promets une réponse vendredi en huit, si vous en êtes d'accord. »

Paul n'a pas essayé de sonder Éric. Il fait confiance à son assistant pour être un juge partial dans cette affaire.
« Si vous le permettez Paul, je voudrais travailler avec Clara sur son dossier. Pouvons-nous nous installer tranquillement dans la salle de réunion demain ? » Éric entend ne pas être dérangé et Paul le comprend parfaitement.

« Éric ! Éric ! Viens tout de suite chez moi ! » s'époumone Clara au téléphone avant de raccrocher précipitamment.

Le jeune homme saute dans son coupé et rejoint le mas quelques minutes plus tard.

Clara est dans sa chambre. Devant son écran qu'elle ne quitte pas des yeux.
Depuis des jours, elle scrute la vie de ce designer mystérieux, dont elle n'a jamais entendu parler. Depuis des nuits elle dort peu et se concentre sur chaque détail pour prendre une décision qui a du sens et qui est motivée par des raisons objectives.

Ce matin, en reprenant le fil de cette recherche, après quelques heures dans les bras de Morphée, elle est tombée sur les premières photos de la carrière de James Max Taylor.
« Regarde bien ce visage Éric ». Clara est comme possédée et son ami s'en inquiète.
« Et ? Que se passe-t-il Clara ? »
Clara ouvre le tiroir de son bureau et en sort une photo jaunie. Sa photo jaunie.
« Je ne comprends pas Clara. Quelle est cette photo ? Qu'est-ce qui te mets dans un tel état ?
— Regarde ce jeune homme. Là. Devant. Regarde son visage et regarde mon écran s'il te plaît. »
La ressemblance est troublante entre le grand-oncle Max et James Taylor
« Mais qui est-ce Clara ? »

Clara raconte alors la photo trouvée il y a quelques semaines, dans les vieux cartons remisés dans le meuble du salon. Ce grand-oncle Max dont sa mère lui a peu parlé, ne connaissant pas grand-chose de ce membre de la famille de son ancien mari. Le magasin. La disparition après-guerre. C'est certes sommaire mais elle n'en sait guère plus.

Pourtant, cet ancêtre a créé une émotion particulière chez Clara. Elle explique à Éric son ressenti et cette impression d'être, elle aussi, en dehors des rails, avec cette volonté de vivre un destin particulier, la construction d'un avenir que personne ne peut lui imposer.
« Tu penses sincèrement que Taylor et Max ne font qu'un ? » hasarde Éric.
— Avoue que tu n'en penses pas moins. »

Rue Ferdinand Dol, il règne cette après-midi, un chaos comme ce bureau n'en a jamais connu.

Paul, qui gère en temps normal, ses affaires comme du papier millimétré, doit bien avouer qu'il se sent un peu dépassé par cette affaire, qui a de toutes façons, débuté dans la complexité.
« Nous allons reprendre les différents éléments que nous possédons à cette heure, en tentant d'y mettre le moins d'affect possible si vous le voulez bien ». Paul est bien obligé de constater que la vie du disparu, avant James Taylor, n'est pas dans le dossier et après tout, cela n'est censé n'intéresser ni un investisseur potentiel, ni un futur directeur artistique.
« Je crois ma chère Clara que le meilleur moyen de découvrir si votre intuition est la bonne,

c'est de nous réunir avec l'héritier. Il saura confirmer vos dires. Mais attendez-vous à rencontrer un cousin éloigné ou un membre de votre famille encore inconnu. L'aventure continue ! » s'amuse Paul.

Melbourne. 15 décembre 1945

Tout recommencer. Mais libres.

Max n'a jamais été si heureux. La solidarité s'est très vite organisée autour du jeune couple, grâce au compagnon de combat avec qui Max n'a cessé d'entretenir une correspondance pour envisager son installation.

L'Australie est à l'époque un formidable vivier de nouveaux immigrants, consciente qu'il faut peupler cette énorme étendue de terre. Tout est fait pour accueillir ces émigrés européens et leur procurer du travail. La peur d'une invasion japonaise, pendant la seconde guerre mondiale, transforme radicalement la société australienne en ces années d'après-guerre, qui s'ouvre alors vers une immigration choisie.

Parmi ces exilés, en quête d'un nouveau départ, de nombreux juifs, usés par la souffrance, avides d'un paradis, loin des affres subies en

Europe. Feiga et Max font donc partie de cette immigration du bout du monde. Ils ne viendront pas nous chercher ici, pensent alors ces survivants de l'innommable.

Très vite, le jeune tailleur a obtenu un poste chez un couturier sur-mesure à Melbourne. Son savoir-faire européen a été apprécié à sa juste valeur et Max n'a pas eu à chercher bien longtemps un employeur. Avant son départ, Max n'avait que de vagues notions d'anglais. Mais il apprend vite. Pendant les mois qui précèdent la traversée, il s'est plongé dans la langue de Shakespeare, la nuit, quand Feiga s'est enfin assoupie, pour ne pas renforcer l'angoisse de sa femme, face à cette vie nouvelle.

Il apprend aussi les pièces, qu'il jouait en allemand ou en français, en anglais. Quelle merveilleuse méthode d'apprentissage qui lui procure un plaisir infini. Celui de jouer et celui de construire son destin australien.

Feiga ne parle pas un seul mot d'anglais. Il est décidé de l'inscrire à des cours pour les nouveaux arrivants.

« Tu verras Feiga, tu te feras bientôt des amies. » Nous sommes des milliers à avoir fui l'Europe. Et je suis sûre que tu vas pouvoir mettre à profit le yiddish que tes parents t'ont enseigné à contrecœur. Max se veut rassurant.

Mais Feiga est totalement désemparée. Le départ de France a été un déchirement. La jeune femme a vécu cet exil comme l'abandon de ses vieux parents. Elle est partie avec le sentiment de leur avoir dit adieu. Chaque jour, Feiga porte un peu plus le poids de cette culpabilité. Et Max n'y peut rien. Ni sa joie, ni sa bonne humeur légendaire, ni sa réassurance quotidienne n'agissent comme pansement sur les plaies de son épouse. Feiga ne va pas bien.

Après quelques mois passés dans l'arrière-boutique, le nouveau patron de Max lui propose de rejoindre l'équipe des vendeurs. Il a désormais pour mission de conseiller les clients avant de concevoir le modèle qu'ils auront choisi ensemble. Max propose que le magasin soigne aussi l'accueil de son public.

« Offrons un thé et disposons quelques fauteuils agréables à l'entrée » suggère Max. Au début un peu étonné par l'idée, le tailleur australien accepte et chaque jour, se félicite de s'être laissé entraîner dans cette petite folie.

En ce mois d'hiver, La vie est agréable sous le soleil australien. C'est la plus belle saison de l'année, avec ses journées qui s'étirent sans fin. Max prend plaisir alors à quitter son lit à l'aube, vers six heures du matin, et à assister au lever du soleil, des minutes durant. On ne perd pas son temps quand on est le spectateur de la beauté du monde. Comme ces petits bonheurs lui ont manqué toutes ces années d'errance en Europe. Depuis son arrivée à Melbourne, Max a mis en place des rituels réconfortants, lui rappelant à la fois d'où il venait et ce qu'il souhaitait conserver, mais aussi des habitudes nouvelles afin de vivre au rythme de cette seconde vie qui commençait. Il compose avec ses souvenirs et ses aspirations, ses petites Madeleines de Proust et ses rêves de jeune homme en quête d'accomplissement.

Max a réussi à remonter une petite troupe de théâtre, avec quelques expatriés aux accents les plus divers. Les répétitions sont pleines de vie et chacun tente – parfois sans succès - de comprendre le texte récité sur scène ou en lecture. Les rires fusent. Les artistes en herbe finissent la soirée autour d'un repas improvisé, autour de plats confectionnés par chacun, avec un peu de ce qu'ils ont laissé en Europe, même si tous sont conscients que pour s'enraciner dans ce pays si différent, pour permettre à leurs enfants d'en devenir de fiers citoyens, ils doivent abandonner des siècles de traditions, d'habitudes et de pensées réductrices.

Feiga rejoint Max après chaque répétition, à l'heure du souper entre amis. Elle a sympathisé avec une jeune hongroise. Elle commence à converser avec un minimum de vocabulaire anglais même si le yiddish reste sa langue de secours. Ce n'est pas la panacée mais cela concourt à la rassurer.

Elle écrit chaque semaine de longues lettres à ses parents. Elle omet de parler des difficultés et du manque terrible des siens, auquel elle n'arrive à s'habituer. Elle enjolive le quotidien pour ne pas avouer qu'elle est partie avec tant de regrets.

Demain elle commence à travailler. Elle aidera une couturière dans ses tâches quotidiennes. Feiga tiendra le livre de comptes, classera les factures et aidera à diverses tâches administratives. Elle s'occupera des petits achats nécessaires et ordonnera l'atelier. C'est sur ces derniers mots qu'elle conclut sa lettre hebdomadaire avant de se diriger vers la poste principale, sur Swanton walk.

Elle a pris soin de vaporiser l'enveloppe de son parfum préféré. Monsieur Finkelstein lui a offert un grand flacon avant son départ : « Je ne suis pas sûr que tu le trouveras au pays des kangourous. Comme cela tu penseras à nous pendant encore quelques mois... »

Après avoir logé quelques temps chez son ami, Max trouve rapidement une adorable maison baignée dans la verdure du petit Jardin, dans un quartier résidentiel de Melbourne. Oh ce n'est pas grand mais pour Max c'est le début de sa conception du paradis. Chaque heure de libre est consacrée à remettre la bicoque en état. Max peint consciencieusement et Feiga étale le papier mural fleuri. Le couple récupère quelques meubles proposés par des voisins ou des amis. Max leur offre une nouvelle vie avec quelques couches de peinture. Le couple achète une chambre à coucher en bois sombre avec la première paie du jeune homme. Feiga a choisi un linge fleuri, dans des tons très doux, qui fait écho à la végétation du quartier.

La jeune femme jardine à ses heures perdues et découvre le plaisir de permettre à la terre d'enfanter des merveilles. La parisienne plante les graines qui donneront des légumes dans quelques mois et arrange un parterre de fleurs à l'entrée.
Max y apporte sa touche en y ajoutant un hamac. Il l'a confectionné avec de la grosse toile et des chutes du magasin. « Il a une drôle d'allure Max ton hamac » s'étonne Feiga.
« C'est une fabrication de luxe ma chérie. Certes les couleurs du patchwork sont un peu austères mais tu seras ravie de la qualité du tissu » s'amuse Max.

Alors le soir, quand Feiga s'endort, Max s'esquive et rejoint le hamac. Le soleil ne descend sur l'horizon que tard dans la soirée en ce mois de janvier. Alors il regarde les étoiles et certains soirs, il pleure en pensant aux siens qui sont aujourd'hui parmi elles.

Aix-en-Provence. 1er juin 2017

« Claude, je vous ai fait venir pour vous présenter la créatrice de génie à laquelle je pense depuis notre première rencontre. Vous allez l'adorer ! »

Paul accompagne Claude dans la salle de réunion et demande à Éric d'engager la discussion sur tout et rien pendant qu'il met une touche finale à la présentation du dossier.

Bientôt la sonnette de la porte retentit et Clara pénètre dans le vestibule qui sent si bon la cire fraîchement enduite sur le parquet.

Éric lui intime l'ordre de rester sagement sur le siège de velours parme. Il viendra la chercher dans quelques minutes.

La limonade et les croquants sont déjà sur la table de réunion et Paul introduit Clara.

Sitôt entrée, la jeune fille pâlit. « Mais que fait-il là » ? De son côté Claude affiche un étonnement tel que chacun sent immédiatement le malaise palpable de cette rencontre. Clara s'effondre sans mot dire.

Alors qu'Éric allonge Clara sur le canapé du bureau de Paul, Claude se tourne vers le chasseur de talent :

« C'est ma fille Paul. Cette jeune fille est mon unique enfant et la raison pour laquelle je suis à Aix aujourd'hui. »

Claude, déjà de nature fragile, apparaît tout à coup agonisant, les traits soudainement tirés et les yeux embrumés par l'émotion qu'il ne sait contenir.

Paul de son côté reste sans voix.

Il lui faut quelques secondes pour reprendre ses esprits et fermer ce dossier tout à coup bien vide d'éléments essentiels à sa compréhension.

Clara reprend ses esprits :
« C'est mon père Éric !
— Qui est ton père ? Tu es sûre d'être en état de te lever ?
— Je te dis que l'homme dans la salle de réunion est celui qui a décidé un jour qu'il pouvait très bien se passer de maman et moi et de ce qu'il a construit durant une dizaine d'années. Mais que fait-il là ? Je ne comprends pas qui l'a prévenu et je croyais que cette réunion était une rencontre avec l'héritier. »

Nul besoin d'explication supplémentaire. Éric a compris. Cette photo de Max où, derrière sa machine à coudre, il est si ressemblant à James Taylor jeune... Ce membre de la famille aujourd'hui seul héritier. Ce père parti à l'autre bout du monde. Échec et mat !

Paul sert un verre de limonade à chacun et propose un merveilleux petit whisky si besoin est. Ce qu'il décide de se servir.
Clara refuse pourtant de réintégrer la salle de réunion. « Je n'en ai pas la force Éric. Comment veux-tu que je m'assois tranquillement parmi vous, comme si cet homme m'était inconnu ? »
Pourtant Éric insiste. Sans brusquer Clara. Mais parce que plus que jamais elle doit reprendre ses droits. Et ce n'est pas un hasard si l'occasion

lui est offerte ce jour sur un plateau. « De toute façon il n'y a pas de fatalité Clara. Ce qui t'arrive est pour le mieux crois-moi. Accompagne-moi et assieds-toi à mes côtés »

Clara s'est installée près d'Éric totalement pétrifiée. Elle n'a pas encore levé les yeux sur ce père, à qui Paul a demandé de rester en retrait pour l'instant.

« Je ne recommande aucune effusion pour l'instant, mon cher Claude. Laissez-moi mener la conversation car je ne vous cache pas que vous ne partez pas gagnant dans cette histoire. »

Claude n'a pas imaginé un seul instant que les retrouvailles - qu'il savait compliquées et hostiles - avec Clara se passeraient de la sorte, au cours d'une réunion de travail sur la conclusion de ses années australiennes. Il est désarmé et décide de faire confiance à Paul. A-t-il de toutes façons une autre alternative.

C'est Clara qui ouvre les hostilités.

« Je suis désolée Paul, mais je ne vais pas poursuivre ce projet. Je ne souhaite pas être associée de quelque façon que ce soit à Claude Monnier.

— Clara. Laissons votre père peut-être donner sa version des faits et... »

Paul ne finit pas sa phrase. Clara a déjà disparu et claqué la lourde porte en bois du bureau.

Éric la rejoint. Clara est assise sur la première marche de l'entrée du petit immeuble en pierres. Elle est effondrée. Éric ne dit mot. Il soulève la jeune fille, en faisant glisser son bras sous le sien et l'emmène à leur quartier général sur le cours Mirabeau.

Après quelques minutes de silence pesant et un café bien serré avalé, Clara se confie à Éric.
« Te rends-tu compte de ce qui m'arrive Éric ? À chaque fois que je tends vers un futur radieux, je me heurte à un nouvel écueil, celui-ci étant au-delà de toute probabilité. Je vis un cauchemar.
— Oui Clara, mais je me rends compte que ton père est aussi le lien à cet aïeul qui te fait tant vibrer et qui décuple ton énergie et ton envie d'entreprendre depuis des mois. Personne ne te demande de pardonner à ton père. Mais écoute le. Son histoire est peut-être les prémices de celle que tu construis aujourd'hui pour demain. »

Il est décidé d'ajourner cette rencontre. De toute façon, il va falloir ajuster les émotions de chacun avant de reprendre toute discussion et il n'est pas dit que Paul arrive à mettre de nouveau Clara à la table des négociations.
C'est à Clarisse que Clara décide de se confier, en rentrant, hagarde, au mas. Elle n'a pas le courage d'affronter Michèle. Et pour lui raconter quoi ? Qu'elle a fait face à son père, cet inconnu qui ne lui a rien inspiré d'autre que du dégoût ? Qu'elle n'a eu à aucun moment envie de s'adresser à lui, même avec colère ou rancœur. Rien. Clara n'a pas plongé son regard dans celui de Claude. Elle a dénié lui offrir toute tentative de dialogue. Et maintenant ...

141

« Que te dire ma chérie. Que je comprends ta peine et ta colère. Que je souscris complètement à ton attitude et pourtant, tu n'auras de cesse de te tourmenter si tu n'apaises pas ce malaise.

Tu dois confronter ton père, quitte à le rayer définitivement de ta vie à l'issue de ce règlement de comptes, si telle est la tournure que tu veux donner à ces retrouvailles.

Et puis, tu t'en voudras de n'avoir pas découvert qui était vraiment le grand-oncle Max » Clarisse sait trouver les mots qui l'atteignent, certainement parce qu'il y a beaucoup d'elle, de ses questionnements, de ses rêves inassouvis dans le destin et la tête de sa petite-fille.

L'expérience d'une vie sert aussi à sauver notre descendance de nos erreurs et égarements pense Clarisse avant d'embrasser tendrement la jeune fille épuisée.

Clara passe l'après-midi avec Jules dans le jardin, tourmentée par tant de pensées et de décisions à prendre.

« Toi Max, tu n'arranges pas mes affaires » souffle-t-elle à la photo jaunie qu'elle vient d'extirper de son sac, avant de s'endormir sur la chaise longue, à l'ombre des pins, son brave chien veillant à ses pieds.

Michèle découvre Clara endormie, les paupières rougies par les pleurs, en rentrant de sa longue matinée au marché.

Elle interroge Clarisse qui ne livre rien. Michèle sent bien l'ombre de Claude assombrir leurs vies.

De nouveau. Elle ne le laissera pas faire. Pas cette fois.

Dans la cuisine, elle termine de touiller le chocolat chaud qui fond dans la casserole en cuivre. Elle en verse le contenu dans une large tasse marquée du prénom de Clara et s'approche lentement de la chaise longue dans laquelle Clara poursuit sa sieste.

Clara ouvre alors les yeux et s'effondre dans les bras de Michèle, lui racontant en détails la rencontre avec Claude, secouée par de profonds sanglots. « Alors il est bien revenu pour de bon » pense-t-elle. « Clara, cette chance de construire tes rêves, il te le doit plus que quiconque. Qu'importe les sentiments, la morale et tes rancœurs…Tu vas accepter son offre et son argent ». Michèle a bien l'intention de demander réparation pour Clara. Pour ses souffrances et ses attentes pendant plus de dix ans. « Si tu ne le fais pas, je le ferai moi-même ».

Rue Ferdinand Dol, la discussion se poursuit dans la salle de conférence de Paul. Claude et Éric - revenu en urgence après avoir déposé Clara chez elle - encadrent le chasseur de talent qui compte bien aller au bout de ce dossier.

« Claude, pourquoi êtes-vous parti de chez vous ? » questionne Paul, qui n'a pourtant pas l'habitude de mélanger émotions personnelles et intérêts professionnels de ses clients.

« Je ne sais pas. Je me suis réveillé un matin avec le sentiment d'être passé à côté de ma vie.

Un travail routinier. Une épouse certes formidable mais qui ne m'inspirait plus de grands sentiments depuis longtemps. Et ma fille. À qui j'étais incapable d'apporter quoique ce soit de constructif. Nous vivions ensemble. Partagions le diner quand je ne rentrais pas à des heures indues. C'était à peu près toute l'étendue de nos relations.

— Les choses auraient pu changer sans choisir un exil si définitif ? Vous auriez pu décider de changer de métier, de vous rapprocher de votre épouse ou d'en divorcer et surtout de prendre le temps de partager avec Clara son enfance, puis son adolescence et d'être un père qui compte.

— Je suis lâche Paul. Je suis sans ambition. J'ai toujours préféré éviter qu'affronter. Je n'aurais jamais dû épouser Michèle et refuser la pression familiale de fonder un foyer. Je n'aurais jamais dû commencer une carrière qui ne m'inspirait qu'un profond ennui. Mais il est tellement plus aisé de dire oui que de refuser. Pour répondre non, il faut être capable d'expliquer les raisons de votre refus et vous justifier. Il est tellement plus simple de tirer la porte derrière soi sans se retourner. »

Paul a envie, l'espace de quelques secondes, de se lever et de gifler Claude. Pour cette lâcheté. Pour ce manque d'amour pour les autres, et surtout les siens. Parce qu'il le mérite.

« Alors pourquoi cette fuite vers l'Australie ? » reprit-il une fois l'émotion retombée.

— Parce qu'un soir, alors que j'hésitais à me jeter par cette fenêtre ouverte de la cuisine, j'ai pensé à mon grand-oncle. Et j'ai trouvé dans son départ la force du mien.

— Mais pourquoi être parti seul ? Vous auriez pu convaincre Michèle ? Et Clara était encore une enfant qui vous aurait suivi vers cette promesse d'une vie exotique. »

Melbourne. 18 mai 1946

L'automne a enveloppé la ville et ses alentours. Les températures sont plus fraîches et les barbecues moins fréquents.

« Je veux rentrer Max. Je n'ai pas ma place ici. Et mes parents me manquent. La France ne cesse de me hanter même si nous y avons aussi de si terribles souvenirs.

Je te sais heureux ici, Max. Et tu le seras sans moi ». Feiga ne peut plus se taire et doit partager avec Max son désarroi et cette incapacité à continuer à faire semblant qu'elle s'est adaptée à cette nouvelle vie, ce nouveau pays et cette séparation plus douloureuse à chaque jour qui passe. Max n'est pas idiot. Il le sait et le voit. Mais il garde espoir que, petit à petit, les choses s'arrangeront. Avec le temps, tout se lisse…

« Et que fais-tu de notre amour Feiga ? Tu pars et je reste ? Est-ce aussi simple que cela pour toi ?

— Mais nous sommes en train de tuer notre relation Max, en s'éloignant, jour après jour, d'une aspiration commune. Nos rêves ne sont plus les mêmes et il ne peut y avoir d'amour heureux quand chacun espère ce que l'autre refuse.

— Alors repartons ! Repartons si c'est ce que tu veux.

— Mais ce n'est pas ce que toi tu veux Max. Par amour, je ne briserai pas tes ambitions ni cette vie tant rêvée. Je vais partir. Tu viendras me voir peut-être une fois l'an si tu le peux. Je ferai de même de mon côté. Ou nous pourrons nous retrouver quelque part sur cette terre, entre Paris et Melbourne ».

Max est dévasté. Feiga a raison. Revenir en France signerait un échec dont il ne se remettrait pas. Il aurait l'impression de tenter de rebâtir sa vie sur des cendres. Celles des siens mais aussi celles de ce magasin qui l'a rendu tant malheureux. Il balaie de ses pensée la simple idée d'un retour à cette vie d'autrefois. Malgré tout son amour pour Feiga, il la perdrait de toute façon s'il décidait de la suivre.

Les jours qui suivent sont de plomb. Un silence de raison s'est installé entre les époux. Ne pas parler pour ne pas blesser. Chacun vaque à ses occupations quotidiennes mais Feiga prépare déjà son départ. Elle trie le soir ses biens et ses effets. Elle apporte, le matin, de grands sacs de papiers à ses collègues avec ce qu'elle n'emportera pas. Max assiste, impuissant, à l'effondrement de son couple. Il perd petit à petit son épouse et il n'y peut rien.

146

Un matin de juin, alors que quelques rayons de soleil ont succédé à des averses automnales, Feiga s'en va.

Elle demande à Max de la conduire à la portière du taxi. Pas plus loin, pour rester digne et conserver de chacun cette image idéale.

« Elle ne reviendra pas » se dit Max en agitant son mouchoir. C'est peut-être mieux comme ça. La souffrance récurrente est certainement le pire des poisons.

Melbourne. 4 juillet 1946

Cheveux au vent, Feiga goûte à ce parfum de liberté retrouvée. Elle quitte Max, l'amour d'une vie pensait-elle en franchissant le dais nuptial. Elle quitte Max et elle ne s'est jamais sentie aussi libre. Retrouver les siens, reprendre sa place dans son appartement, son magasin. Recouvrer ses repères, le sens des mots, la beauté de sa langue, ses amitiés de toujours et ce qui la rend vivante.
Elle quitte Max et sa peine n'a de commune mesure avec la joie de rentrer.

Feiga a bien senti la douleur de Max mais n'a pas su lui donner écho. Elle sait ce soir que cette rupture est définitive et que leur couple a enterré tout espoir de se reformer.

Les jours sont courts et longs à la fois lors de ce voyage de retour. Pour s'éloigner de ce monde nouveau, elle est capable de toutes les attentes, de la promiscuité qui la gêne sur le bateau, des bavardages incessants et fatigants des voyageurs. Mais les jours s'éternisent aussi quand on se lève chaque matin avec l'espoir d'arriver enfin demain et de serrer ceux qui avaient fait le deuil de leur enfant.

Demain est un autre jour, telle est la devise de Max et telle est celle de Feiga, en franchissant chaque matin la cabine du bateau.

Melbourne. 7 juillet 1946

Feiga s'en est allée. Max pleure souvent le soir dans son hamac, au milieu de la végétation qui s'est répandue un peu partout, désormais plus dominée par la main verte de Feiga. Max remonte la couverture d'Alpaga sur son torse. L'air est frais et vivifiant. Il lui rappelle à chaque seconde qu'il est vivant. Chaque inspiration est un hymne à la vie. Demain est un autre jour.

Pendant les semaines qui suivent, Max pleure le soir venu mais il n'a pourtant jamais mis tant d'énergie dans son travail lors de ses longues journées au magasin.

Après quelques mois d'une collaboration fructueuse, le patron de Max décide d'ouvrir un nouvel atelier dans un autre quartier de la ville, là où les européens se sont installés depuis quelques années. Ce devrait être une clientèle captive estime-t-il. C'est le jeune immigré qui en assure la direction. Il choisit les tissus, propose les modèles et s'occupe des clients. Il contrôle le travail de couture à l'arrière et donne chaque soir les chiffres et la caisse à la comptable.

Les lettres de Feiga continuent d'arriver mais s'espacent. Elle y raconte des banalités et son travail au magasin, qui n'a plus la touche si particulière de Max. Elle ne parle pas d'eux. Ni de l'absence.

Max y répond à chaque fois à réception, le soir, quand il se retrouve attablé dans le petit jardin aux mille effluves, couvert du cardigan bien chaud que sa femme lui a offert pour son anniversaire. Il se fait plus tendre que Feiga, certainement en proie à une forme de culpabilité.

Max a recréé son monde. Sa troupe de théâtre excelle et bientôt elle sera capable de monter sur scène, devant un public multiculturel. Max est ravi de chacun d'entre eux et a le sentiment que cette activité est aussi un formidable vecteur d'intégration pour ces immigrés d'Europe. Il a choisi une pièce d'Anton Tchekhov, *La mouette*, pour excuser la force des accents de ses comédiens et faire le lien entre ces exilés d'un

149

vieux continent meurtri et leur terre d'accueil si neuve et si pleine de promesses.

La vie communautaire s'organise aussi. Les moins religieux comme Max montent des cercles dans lesquels on se rencontre, on joue, on danse et on fait de belles rencontres.

Bien sûr Max est courtisé. Mais il n'arrive pas à se défaire de son amour pour Feiga. Non pas qu'il ait le moindre espoir qu'elle prenne le chemin du retour mais comment vivre sans regrets la séparation d'avec une femme qu'on aime. La seule qu'on ait aimée.

La vie passe à un rythme qui convient parfaitement à Max. Il a fait sienne cette terre d'accueil. Pourtant un matin il a un étrange sentiment. Indicible malaise qu'il n'arrive à dépasser même après avoir vaqué à ses activités matinales.

En arrivant devant le magasin principal, où il passe chaque matin saluer son patron et faire le point sur les commandes et les besoins, il aperçoit plusieurs voitures de pompiers et l'épouse du brave homme effondrée et prise en charge par les sauveteurs.

« Kathy que vous arrive-t-il ? Tout va bien ? » s'inquiète Max

« Ce n'est pas moi ... c'est Mike. Il est mort, Max » hurle-t-elle de douleur.

Bientôt le corps sans vie de ce patron exemplaire est amené dans le camion de secours, à la stupéfaction de tous.

Et maintenant ....

Pourtant Max, avec cet instinct de survie qui ne le quitte pas depuis son plus tendre âge, décide d'aller à sa boutique et d'ouvrir comme chaque matin. Il passe la journée à recevoir ses clients, à prendre leurs mesures, à les conseiller sur le choix du tissu approprié à leurs besoins et à donner les consignes à l'atelier.

L'un d'eux lui demande de lui confectionner un smoking bleu nuit. "Très belle idée ! Vous allez être le roi de la nuit" répond-t-il alors.

La journée s'écoule à un rythme effréné et Max doit se résoudre à retourner au magasin principal comme à son habitude. Aujourd'hui n'est pourtant pas comme les autres soirs et il est fort possible qu'il remette alors son dernier rapport quotidien.

Sur place, l'équipe au complet est présente, des petites mains aux vendeurs, des ouvrières spécialisées au comptable. Personne n'a osé quitter les lieux et rentrer à la maison. Ceux qui ont pour mission d'être en magasin, ont passé la journée, désœuvrés, à expliquer aux clients la situation en leur promettant de les informer sur le devenir de la petite entreprise florissante. Les employés de l'atelier ont vaqué à leurs occupations habituelles, refusant que tout s'arrête soudainement, les renvoyant sur le marché du travail, pour certains à un âge où il n'est guère aisé de se faire engager.

Kathy, veuve depuis quelques heures, a trouvé le courage de revenir sur les lieux de son drame. N'est-ce pas ce que son mari attend d'elle à présent ? Qu'elle ne ferme pas la porte à tant d'années de labeur et qu'elle lui rende hommage en gérant sa succession au mieux des intérêts de la société ?

Kathy a franchi, d'un pas las, la porte du magasin. Son corps lourd, avachi par l'âge et le poids de nombre de batailles de la vie, se traine vers les salariés réunis.

Les yeux sont baissés et nul n'ose affronter son regard de détresse. « Il n'était pas très vieux quand même » fait remarquer à voix basse un coupeur. « Et tellement gentil » enchérit la couturière principale.

Quand Max apparait enfin, ils sont tous assis, une tasse de café à la main, attendant les derniers collaborateurs. L'équipe du second magasin ne devrait pas tarder.

« Aujourd'hui peu m'importe ce que représente cette société comptablement ou financièrement. Ce qui n'importe c'est qu'elle continue à vivre.
J'ai pour ma part suffisamment d'économies pour ne pas me soucier de mon devenir. Votre patron était fort heureusement un homme prévoyant et le meilleur mari que Dieu a choisi de me donner. » Il

lui faut alors marquer une pause, la voix bientôt étranglée par l'émotion et le chagrin.

Le silence s'installe quelques minutes, chacun respectant cette douleur si vive.

Bientôt Kathy reprend.
« J'aimerais que vous repreniez cette société, mais en vous y engageant chacun à la rendre plus prospère encore. Pour ce faire, je veux que vous élisiez un comité de direction et que vous vous repartissiez les tâches. Si cela vous semble une décision compliquée à prendre, alors votez ! Mais avant de vous remettre les clefs de cette maison, si chère à mon cœur, je vous demande de m'en faire présidente d'honneur à vie et de signer une profession de foi pour mener au mieux ses intérêts. »

L'étonnement est visible sur chacun des visages. Et la peur aussi. Tout ce petit monde se contentait jusqu'à présent de suivre les consignes et percevait un salaire décent en fin de mois, sans se soucier du rendement, des factures, des taxes à payer, des relations avec les fournisseurs.
Certains déjà commencent à penser que Kathy ne leur fait pas un cadeau et qu'ils ne sauront être à la hauteur de la situation. D'ailleurs une ouvrière d'un certain âge se lève immédiatement en déclinant la proposition.
« Ne m'en voulez pas. Ce que vous demandez, je suis incapable de m'y engager. Et puis, je suis seule à élever mes deux enfants. Je ne peux

prendre le risque de ne pas être payée à la fin du mois, si les résultats sont mauvais. »

La veuve entend chaque voix mais n'écoute pas. Elle s'excuse rapidement de n'avoir la force de continuer ces échanges et laisse les salariés face à leur sort et à celui de la petite société de confection.

Max propose alors qu'on liste les postes et les responsabilités à pourvoir.

Pour le dirigeant, il propose un vote à bulletin secret pour ne mettre personne en situation difficile. La personne désignée aura bien évidemment la possibilité de refuser le poste. Il faudra ensuite faire valider les décisions de ce soir par l'avocat de la société.

Après quelques heures de mise à plat des fonctions, il faut à présent les attribuer. Un jeune homme décide de procéder d'abord au vote du dirigeant, ce qui permettra aux perdants de se diriger vers d'autres fonctions.

« À la majorité de dix-huit voix contre trois, Max est désigné pour reprendre la direction des ateliers et des magasins » annonce alors une jeune femme, à qui il a été demandé de procéder au tirage au sort.

Pourquoi Max n'est-il pas étonné de ce résultat ?
Peut-être parce qu'il croit en son destin.

Aix-en-Provence. 6 juin 2017

Avant d'avancer sur ce projet, Clara a besoin de se reconnecter à Max. Par l'intermédiaire de Paul, elle demande que Claude couche sur papier ce qu'il sait de la vie de cet aïeul avant son arrivée en Australie et de ce qu'il a vécu à ses côtés, jusqu'à la fin de ses jours.

« N'en attendez pas plus de votre fille, Claude. Prenez cela comme un premier pas. Laissez-la venir à vous. Quand elle le pourra, et soyez patient et indulgent.
— Je ne sais que peu de choses finalement Paul. Il y a eu beaucoup d'histoires fantasmées autour de son départ, de sa réussite australienne. J'ai finalement vécu auprès de lui ces dix dernières années, comme le témoin de son crépuscule. Le reste lui appartenait. Je n'étais pas très regardant. Ni très bavard. Je me contentais de ce qu'il voulait bien partager avec moi. La plupart du temps des anecdotes sans vraiment d'importance. Il aimait se souvenir des belles choses de la vie. C'était un optimiste. Et son regard sur la vie était plein d'espoir et de miracles à venir. Demain est un autre jour, répétait-il à qui voulait l'entendre.
Mais rassurez-vous, je vais écrire ce que je sais de Max pour Clara. Et sans contrepartie. »

L'arrivée de la famille en France, la rencontre avec Feiga, la guerre et la disparition de certains, la fuite au bout du monde et le départ de son épouse. Mais aussi l'opportunité professionnelle et la transformation d'une maison de confection en maison de prêt-à-porter renommée dans le pays.

Il décrit aussi la vie dans cette petite boutique parisienne de la rue Cambronne, comme le lui a longtemps raconté sa propre mère. « Il n'y avait pas deux magasins comme cela à Paris, Claude, ni d'autres tailleurs comme ton oncle Max. C'était une belle époque. Nous n'étions guère riches mais nos cœurs valaient de l'or. » Claude se souvient qu'il y est allé après-guerre, petit garçon, de rares fois. Il en garde un souvenir précis, celui d'un enfant qui s'ennuyait et qui aurait préféré retrouver les copains d'école au parc. Alors il avait scruté, des jours durant, chaque petit détail des meubles, et des étagères, ce grand comptoir impressionnant et cette caisse enregistreuse avec laquelle il rêvait de rendre la monnaie aux clients. Il jouait tantôt au menuisier qui construisait le magasin pour un client très colérique, tantôt au vendeur qui faisait l'éloge des finitions à un acheteur qui voulait remplacer les affreux vêtements bleus par des montagnes de bonbons acidulés.

Claude pense avoir fait le tour. Il espère s'épancher davantage sur la vie de Max, autour d'un café de la paix avec Clara ... un jour.

Ce soir Claude n'a pas eu le cœur de rentrer dîner seul. Il s'est attablé à la pizzeria et passe la soirée à écouter les étudiants des tables voisines rire de tout. Il avait oublié cette solitude en Australie auprès de Max. Ce soir il est si seul. Mais il l'a tant mérité.

Éric et Clara sont de sortie. Ils ont un besoin urgent de souffler, d'entraîner leurs esprits, complètement rongés par toute cette histoire, vers des océans plus légers.

Éric a pris la route de Cassis en cette saison où le touriste n'a pas encore complètement pris possession du port et de ses cafés.
Les deux amis ont pris place sur la terrasse de l'Hôtel de La Plage, qui domine le rivage du Bestouan, sur les hauteurs de la ville. Ils font face à la mer, encerclée à sa gauche par le Cap Canaille et à sa droite par la villa qui a accueilli de nombreux tournages de films, dont « French Connection » il y a plus de quarante ans. Les flots rougissent des reflets du soleil crépusculaire.

La température est douce et Éric commande une bouteille du Domaine du Paternel pour soulager les pensées et tenter de s'enivrer pour la soirée.

Les minutes qui s'écoulent avec sérénité paraissent une éternité. Clara et Éric savourent cette tranquillité et le temps qui s'égrène doucement ce soir.

« Que ferais-tu à ma place Éric ?

— Ah non pas de cela Clara ! Que ferais-je à ta place ? Mais personne n'est à ta place Clara. La vraie question est de savoir ce dont tu as envie.

— J'ai beau avoir conscience de cette formidable opportunité professionnelle, je n'ai pas la moindre envie de m'exiler au pays des kangourous. Je suis même tétanisée à la simple idée de quitter la France. »

Clara attend une quelconque réaction d'Éric. Une opposition véhémente à ce caprice de jeune fille. Une acceptation de ses craintes. Un simple signe de la tête au moins, qui signifierait une dose acceptable de compréhension.

Il n'en est rien.

Éric reste silencieux, son verre à moitié vide entre les mains et le regard perdu sur l'immensité de la Méditerranée.

« Et si nous le faisions ensemble ce voyage de prospection. Après tout, cela peut faire partie de l'accord. Il est légitime de se rendre sur place et de valider le dossier avant de prendre une telle décision. Ces frais d'études peuvent très bien s'inclure dans l'enveloppe budgétaire de légation de l'entreprise. »

Clara porte son verre de vin à ses lèvres et à son tour se perd dans l'horizon rougeoyant.

Melbourne. 10 avril 1949

Max a mal dormi. Il n'a cessé de penser à Feiga. Trois années déjà qu'elle est repartie en France, le laissant désespéré. Les lettres se sont maintenant raréfiées sans explication. Elles semblent même répondre à une obligation polie de ne pas cesser tout contact.

Max a travaillé sans relâche depuis la mort de son patron. Il dirige à présent les deux magasins et a ouvert un atelier de fabrication en dehors de la ville pour accélérer les cadences et répondre aux demandes croissantes de la clientèle.

Les fêtes de fin d'année, avec leurs lots d'achats effrénés sont passées, et le mois de janvier devrait certainement être le plus creux de l'année à venir.

Max décide alors qu'il peut se permettre de laisser la gestion des affaires aux autres membres de la direction et s'autorise à rentrer en France pour deux semaines sur place, s'imposant ce très long voyage vers Paris. « Je serai absent plusieurs semaines, certainement plusieurs mois » a-t-il prévenu. Il l'a également annoncé à Schmuel et a prévenu Tsipora qui fera le déplacement de Londres, pour voir son frère chéri qui lui manque tant depuis son départ pour ce nouveau monde.

Et puis Feiga. Il ira voir Feiga bien sûr car comment ne pas avouer que c'est pour elle qu'il délaisse ses affaires australiennes. Sa situation financière le lui permet aujourd'hui, même si cela signifie pour Max des journées et des nuits de préparation, pour que la gestion se fasse le plus simplement possible pour l'équipe. Max n'a jamais été ni raisonnable ni patient. En prenant ses décisions dans le feu de l'action, il a fait de sa jeunesse de misère une vie pleine de passion.

Max arrive épuisé à Paris. Il s'engouffre dans un taxi en direction de l'hôtel. Se reposer enfin. Dormir suffisamment pour paraître à son avantage demain quand il ira surprendre Feiga, puis retrouver les siens le soir même.

Dans le taxi qui s'éloigne de l'aéroport, Max sombre dans le sommeil. À tel point que le concierge de l'hôtel n'arrive pas à réveiller ce voyageur harassé par la fatigue. Il s'en inquiète même et commence à le secouer énergiquement. Max sursaute et ne comprend pas que l'accueil soit devenu si rustre en France.
Une fois dans sa chambre il se défait de ses vêtements et s'enfonce dans la couette confortable pour rejoindre le monde des songes.

Ce Paris de l'après-guerre a déjà bien changé Max prend plaisir à longer les rues et avenues de la capitale. Il ira au Square Lambert à pied, dans le quartier du magasin. Cette bonne heure de marche est une belle occasion de redécouvrir la ville des *Lumières* et de s'imprégner de cette atmosphère à mille lieux de celle des années sombres.

Il s'attache à regarder les silhouettes des femmes et ce qu'elles portent même s'il n'a pas l'intention de diversifier son activité au-delà de l'Homme.

Il s'arrête devant les ateliers de confection, passe des heures dans les grands magasins à prendre des notes et à dessiner quelques croquis. Puis il s'assied en terrasse avec quelques magazines de mode, pour accompagner son déjeuner. Il accueille avec un plaisir non dissimulé le sandwich jambon beurre que le garçon vient de déposer devant lui. Cette baguette croustillante, avec sa couche épaisse de beurre salé et sa tranche de jambon de qualité.

Max hume l'air de la ville avec délectation. Il prend son temps pour rejoindre le quinzième arrondissement. Peut-être recule-t-il ainsi inconsciemment le moment où Feiga lui fera face. Max reprend sa route en direction de la rue de Vaugirard. Son seul point d'ancrage. C'est toujours à cette adresse qu'il continue d'entretenir sa correspondance avec sa femme.

Il est encore tôt et Feiga doit être au magasin. Il ne peut s'empêcher de faire un détour vers la rue Cambronne. Pour jeter un œil furtif à l'intérieur. Certainement pas pour y entrer et se faire recevoir avec mépris par les parents de Feiga ou déranger une vente en cours.

La devanture n'a guère changé même si désormais la spécialité du vêtement de travail occupe toute la vitrine. Qui d'autre que Max de toute façon aurait pu continuer l'activité de tailleur. À part lui, personne n'y croyait vraiment dans la famille. C'est aussi l'une des raisons qui a poussée Max à l'exil. Pour s'accomplir enfin et ne pas être témoin d'une vie qui passe et qui lui échappe.

Depuis tout petit Max ne tient qu'à coup de rêves ! À chaque étape de sa vie, il se présente une échappée qu'il faut saisir pour ne pas s'engluer dans un quotidien souvent oppressant. Survivre ce n'est pas revenir de la guerre, faire face à la mort, au malheur qui s'abat... survivre, c'est aussi lutter contre la facilité, la fatalité et la contrainte qui s'impose à chacun. Et de cela, Max en est convaincu depuis toujours.

Le magasin est plongé dans cette même lumière jaune qu'avant son départ. Le large comptoir a fait place à une table de présentation centrale. La cabine s'est modernisée et le lourd rideau bleu a été remplacé par des parois en verre fumé.
Caché par un mannequin en vitrine, Max voit sans être vu. Feiga est à la caisse, apparemment occupée à trier des factures. Monsieur Finkelstein sert un client, qui hésite entre deux modèles de vestes de travail.

Trois années se sont écoulées depuis le départ de Feiga. Ses traits se sont marqués mais bon sang qu'elle est belle. La trentaine lui va à ravir et elle porte cette maturité de femme avec élégance.

Ému, Max se détourne de la scène et se dirige vers le square André Chérioux. Il a récupéré quelques morceaux de pain et s'en va voir si les pigeons l'ont attendu après toutes ces années.

Le petit square encadré d'immeubles cossus est à sa place. Un bâtiment a été remplacé apparemment par une construction plus récente. Quelques aménagements ont été faits dans le parc mais son banc est toujours là. Et les pigeons se sont multipliés.

« Bonjour, c'est pour quoi ? »
Max a grimpé les quatre étages en prenant soin de ne pas se faire voir par la gardienne.
L'homme qui lui fait face le surprend et il recule pour vérifier le numéro d'étage inscrit sur le mur face à l'escalier.
« Je ne suis pas chez Feiga Goldman ?
— Il y a bien une Feiga mais elle n'est plus vraiment Goldman depuis un moment ». L'homme a l'air de s'en amuser d'ailleurs. Il offre son plus beau sourire à Max avant d'appeler Feiga à venir le rejoindre à la porte d'entrée

Aix-en-Provence. 12 juin 2017

« Je n'irai pas ! »

Clara fait face à Paul et Éric dans la salle de réunion, sirotant sereinement sa limonade. Aujourd'hui, c'est elle qui a amené les petites douceurs du goûter. Clarisse a tenté la recette des éclairs vanille lavande et de l'avis de tous c'est un coup de génie.

Paul aurait pu tenter une négociation, fastidieuse certes, mais souvent payante avec le fin stratège qu'il est. Il n'en fait rien. Il connaît maintenant le mécanisme intellectuel de la créatrice et son fort esprit de contradiction et de résilience.

« Je n'irai pas mais je veux pouvoir créer une filiale en France avec les repreneurs. C'est à prendre ou à laisser. Je participerai à la création des lignes de Paris et me rendrai régulièrement à Melbourne pour suivre les collections.

— C'est un peu compliqué Clara. Car votre défaillance va entraîner la mise en place d'un nouveau directeur artistique local, qui ne permettra certainement à personne de créer à ses côtés. Ce n'est pas à vous que je vais apprendre quelles sont les règles du métier.

— Trouvez un arrangement Paul. À ce jeu-là, il n'y a pas plus fort que vous. »

Clara empoigne son sac, salue bien bas et dévale les escaliers aux hautes marches.

Elle savoure alors sa sortie théâtrale et rejoint Clarisse qui l'attend quelques rues plus loin.

« Les articles sont en soldes dans ton magasin de chaussures préféré. Je t'offre une paire pour fêter ta folie ma petite-fille ! »

Que Clarisse aime l'esprit libre de Clara. « Ce droit à choisir son destin a malheureusement passé une génération » pense-t-elle en déplorant le destin de sa fille et son incapacité à maitriser ses envies. Clarisse est fière de Clara et a bien l'intention de renforcer ce droit à la décision, ce droit au bonheur.

Paul et Éric restent quelques minutes dans la salle, lestés de leur cliente, les yeux rivés sur un moineau venu s'abriter du soleil sur la fenêtre.

« Tu as encore mis des miettes sur le rebord Éric ?

— Si peu. Le reste du déjeuner.

— Tu vérifieras s'il te plaît que les oiseaux ne t'ont pas gracieusement remercié en retour. »

Paul entame alors un marathon diplomatique entre Melbourne et Aix-en-Provence, entre d'éventuels repreneurs et les intérêts de Clara.

« Éric, Peux-tu me dire ce que j'ai à gagner à défendre le vœu pieux de ton amie » s'énerve-t-il en raccrochant violemment le combiné du téléphone.

— Tu défends les intérêts de ton client Paul. Tu sais pertinemment bien que Claude ne permettra pas, plus que jamais, que Clara ne fasse pas partie de l'aventure.

— Mais il n'avait pas la moindre idée de qui elle était et d'une quelconque implication dans sa succession en venant me voir.

— Oui mais la donne a changé. Et ne me fais pas l'affront de feindre de ne pas le savoir. »

Et il en est effectivement ainsi. Claude n'en démord pas. Si aujourd'hui sa fille refuse de le voir, il a conscience que Max est le meilleur chaînon entre eux, à ce jour.

« Paul je vous sais capable de trouver une solution.

— J'aimerais bien savoir pourquoi tout le monde est persuadé que je suis enclin à réaliser tant de miracles. »

Pour Clara, son projet est désormais une évidence. Chaque matin, après une longue promenade avec Jules, elle descend en ville, arpente les boutiques pour y dénicher un détail à retravailler, une idée du vestiaire féminin à détourner ou une association de motifs et de couleurs qui donnent le ton de ses prochaines créations.

Puis elle s'installe en terrasse, vivifiée par le passage de tous ces inconnus sillonnant la ville, et se met alors à dessiner. Parfois elle esquisse le détail d'un col, s'épanche sur une manchette travaillée, ou s'applique à définir un coloris osé sur un gris classique.

Et chaque soir quand elle rentre au mas, elle a la certitude qu'elle a fait ce jour un pas de plus vers un avenir fécond.

Éric est confiant. Paul est en train de travailler sur une idée qui fait son chemin. La société de Max resterait entre les mains d'investisseurs australiens, bien décidés à ne pas perdre ce fleuron local.

Paul discute depuis plusieurs jours sur une option qui lui paraît viable. Après tout, les Australiens mettent de l'affectif dans cette reprise...C'est donc une corde sensible sur laquelle le chasseur de talent a bien l'intention d'appuyer. L'arrivée surprise de l'arrière-petite-nièce de Max est un formidable outil de communication pour redynamiser la marque. C'est un discours que ces professionnels vont accepter et applaudir.

En pleine déambulation citadine, Clara n'entend pas la sonnerie de son téléphone. Ce n'est qu'une fois attablée qu'elle rappelle Éric :

« Ma chère Clara, j'ai trouvé des écrevisses exceptionnelles en sortant du cabinet. Tu es conviée à en profiter ce soir. Vingt heures ? »

Clara a choisi un Pey Blanc, un vin rosé du pays et a malmené Clarisse pour qu'elle concocte un gâteau au chocolat de dernière minute.

C'est Paul qui ouvre la porte, affublé d'un tablier rose mentionnant sa qualité de « Chef de la maison ».

Clara sourit et cherche du regard Éric.

Celui-ci finit de dresser le couvert.

« Tu ne m'en voudras pas mais c'est Paul qui a finalement excellé en cuisine. »

Clara ne dit rien. Pour ne pas gêner certes son ami, mais elle lui en veut terriblement de la mettre dans un tel embarras.

La soirée est délicieuse. La complicité qui existe entre les deux hommes n'est pas de la veille, et le couple se complète à merveille, malgré la différence d'âge. Toute la maturité de Paul alliée à la sagesse bienveillante d'Éric. Le diner est divin et Clara ne pose aucune question. Elle réglera ses comptes avec son ami au moment opportun.

« Tu m'en veux ? » questionne Éric qui a proposé à Clara de la ramener chez elle.

— Oui. Tu m'as mise dans une situation très embarrassante. Penses-tu vraiment que ta vie privée peut influencer le devenir de notre amitié ? C'est le peu de considération que tu me portes ?

— Je te demande pardon Clara. Je n'ai pas annoncé la couleur lors de notre rencontre. J'ai eu peur alors de cette réaction de trahison dont tu fais justement état.

— La trahison, c'est ce soir que je l'ai vécue Éric. D'être obligée de m'immiscer dans une intimité dont je n'ai pas reçu officiellement information.

— Pardon. »

Clara claque la portière et s'en va sans se retourner ni adresser un au-revoir amical à Éric.

« Quelle soirée ! » pense Clara avant de plonger sous la couette de coton brodé.

Ce soir, Éric prend conscience de l'absurdité de sa situation. Il est temps d'assumer ce que certains nomment sa différence, ses sentiments et sa volonté d'aimer en toute liberté.

Il a vexé Clara. Il l'a certainement blessée aussi. Par lâcheté et par peur du qu'en-dira-t-on, par éducation rigide et pensée étroite. Demain il dira tout. À tous.

Paris. 12 mai 1949

Max ne laisse pas à Feiga le loisir de se présenter à la porte d'entrée. Il fait demi-tour et dévale quatre à quatre les escaliers. La concierge, devant le bruit des lourdes chaussures de marches sur le bois, apparait sur le seuil de la loge.

« Monsieur Max ! » s'étonne-t-elle ?

Max s'arrête soudain et lui fait face

« Qu'est-ce qui vous étonne madame Legendre ?

— Ben madame Feiga nous a dit que vous aviez disparu en Australie et qu'elle vous pensait mort, faute d'avoir de vos nouvelles.

— Eh bien vous voyez je suis bel et bien vivant et apparemment pas le seul compagnon de ma femme.

— Mais je... »

Madame Legendre ne peut finir son enquête. Max est déjà dehors, mué par une frénétique envie d'échapper à cet immeuble, cette rue, ce quartier.

En sortant il ne fait pas attention au petit monsieur qui entre dans l'immeuble et percute de plein fouet monsieur Finkelstein.

« Max ! s'écrit le vieil homme.

« Eh oui ! Max est revenu et personne ne s'y attendait. Désolé de déranger les plans bien établis de tous. Mais ne vous inquiétez pas je disparais à jamais. »

Le père de Feiga barre alors la route au grand gaillard blond.

« Viens mon garçon. J'ai quelques croûtons de pain dans mon sac de courses. Allons nourrir les pigeons du square. »

Monsieur Finkelstein raconte alors l'état dans lequel Feiga était à son retour d'Australie. Cette solitude qui la plongeait dans une forte déprime.

« Tu sais Max, on a cru la perdre. Elle fondait à vue d'œil et n'était plus que l'ombre d'elle-même.

Alors on a un peu forcé le destin. On a récupéré au magasin ce jeune neveu de mon ami Yankle. Non pas que j'avais besoin de main d'œuvre à la boutique, mais il fallait amener de la jeunesse auprès de Feiga. David n'est pas le garçon le plus ambitieux qu'il soit, mais il est drôle et il me paraissait parfait pour que Feiga échappe à cette morosité dévastatrice. »

Ainsi c'est de son beau-père qu'est venue la trahison.

« Tu étais si loin Max, avec une chance infime de te voir revenir, tant ton destin semblait tout tracé à l'autre bout du monde. Et puis bon sang ! Tu as laissé partir Feiga ! Tu ne peux t'en prendre qu'à toi-même. Tu n'as pas le droit aujourd'hui d'empêcher ton épouse de vivre. Tu le fais bien sans te soucier d'elle. »

Le ton de monsieur Finkelstein est devenu soudain celui du reproche. Il est trop facile de revenir des années après, la fleur au fusil, et de s'attendre à être accueilli en héros.

« Je ne sais pas ce qu'il s'est passé en haut mais n'y retourne pas Max. Permets au moins à Feiga de t'oublier et d'être heureuse » termine monsieur Finkelstein, en vidant les dernières miettes de pain du sac de courses.

Il se lève enfin. Tapote l'épaule de son ancien gendre, et avant de tourner les talons lui murmure : « Max. Fais les papiers. Donne à Feiga la liberté dont elle a besoin pour vivre sa nouvelle vie. »

Le père de Feiga a raison. Mais Max est anéanti.

« Pauvre idiot. Qu'attendais-tu de Feiga après l'avoir laissée seule toutes ces années. » Max est en colère contre lui-même. Furieux de n'avoir su interpréter ces lettres qui s'espacent, ces lignes qui se finissent sans mots tendres, le ton neutre de ces courriers qui narrent un quotidien, sans s'épancher sur un quelconque manque. Max n'a rien voulu voir, voilà tout. Au pays des autruches il en est un parfait enfant.

Ce soir il est attendu chez Schmuel. Le couple a aujourd'hui trois enfants et a déménagé en dehors de Paris, pour s'acheter un petit pavillon, avec un petit jardin qui permet aux enfants d'y jouer et à Rachel d'en faire un ravissement pour les yeux, tant ses parterres de fleurs sont entretenus avec soin.

Mais avant de rejoindre Malakoff et sa famille, Max retrouve la petite synagogue du quartier Saint-Paul ou tout a commencé dans les années trente.
La petite pièce a été rénovée mais garde cette sensibilité des immigrés d'Europe de l'Est d'avant-guerre qui l'ont tant fréquentée. Beaucoup ne sont pas revenus. Comme ses parents. Comme son frère et sa sœur. C'est pour eux qu'il franchit la lourde porte plusieurs fois centenaire.
Il s'assoit sur un siège dans le fond, et la tête baissée, pleure en silence.

Qu'est-ce qui est le plus terrible finalement ? D'avoir perdu les siens ou de n'avoir pas pu leur dire au revoir. Si ses parents étaient en fin de vie, sa sœur et son frère avaient la promesse d'une existence, à peine commencée. Pour tous, ils ne sont que deux des six millions de victimes juives de la barbarie nazie. Max a perdu une partie de lui, du sang de ses veines, de la chair de la sienne, quatre des membres de sa tribu. Et il se revoit soudain, à quelques rues de là, en train de débarrasser la pièce sordide qu'ils allaient bientôt transformer en atelier de couture. Il se remémore ces longues journées fatigantes, où malgré tout, chacun prenait le temps pour l'autre. Le déjeuner que les sœurs avaient confectionné le matin même, en se levant à l'aube. Les bons mots de Max lors des pauses bien méritées, et même les scènes de Tsipora quand le travail lui semblait sans fin. C'était cela le petit monde de Max. Et il n'y avait aucune raison que cela prenne fin un jour.

Max ne sent pas la silhouette qui se glisse derrière lui. Il lui faut quelques minutes pour s'apercevoir qu'il n'est plus seul. Il sursaute vaguement et se retourne. La vieille femme qui lui fait alors face n'est pas une inconnue et pourtant il n'arrive à mettre ni nom ni souvenir sur cette frêle petite femme.

« Tu ne te souviens pas Max. Je le vois bien. Qui t'en tiendrait rigueur. La guerre nous a abîmés plus que nous l'avions prévu. Et les années de paix n'ont pas réussi à effacer les cicatrices. »
Mais oui ! Bien sûr que Max reconnaît Ada, qui servait les habitués, trois fois par semaine, au café où il avait planté son décor et fait répéter sa troupe avant-guerre.

« Ada. Comment aurais-je pu vous oublier. Votre regard a cette même malice que dans les années trente, croyez-moi.

— Oh je te crois Max. Finalement seul le regard nous trahit. Toi aussi tu as changé. Mais tu es très beau et la maturité te va bien.

Mais qu'êtes-vous tous devenus après votre départ de la rue des Écouffes ? »

Alors Max raconte. Le magasin et son mariage avec la belle Feiga. La guerre et la vie, tapis dans les Alpes. Le départ pour l'Australie et son ascension dans la couture. Il n'évoque ni son retour, ni la trahison de sa femme. À quoi bon. Ada a envie d'entendre de belles histoires. Elle a assez souffert des siennes.

Max fouille dans son sac. Il y a mis quelques souvenirs d'Australie pour les siens. Il trouve celui qu'il a apporté pour Feiga et l'offre à Ada.

« Pour que vous ne m'oubliiez jamais chère Ada. »

La vieille femme sort alors de sa poche un délicat mouchoir brodé à ses initiales.

— Toi aussi tu penseras à moi longtemps après mon départ » et Ada glisse le petit carré de tissu, parfaitement repassé, dans la veste de Max.

Le jour descend lentement sur la place des Vosges. Ce mois de mai est délicieusement doux et les arbres sont déjà fort étoffés. Il est grand temps de rejoindre Malakoff. La fatigue s'empare tout à coup de Max, qui attrape le bus trente-huit, pour rejoindre la Porte de Paris. À la Porte d'Orléans, il traverse Montrouge pour rallier la petite banlieue de pavillons où vivent Schmuel et sa famille.

En traversant le boulevard des Maréchaux, il quitte un peu Paris. Quelques ateliers jouxtent les petits pavillons de banlieue. Aucun ne se ressemble. Certains affichent une belle meulière bourgeoise quand d'autres ont des allures plus modestes derrière les façades uniformes. Les jardins ne sont pas grands mais offrent une véritable oasis dans la ville si proche. Il arrive enfin au numéro cinq. La petite maison blanche a deux étages et un toit de tuiles. Quelques vignes vierges ont envahi l'un des côtés. Quand la cloche retentit, la porte laisse s'échapper trois têtes blondes très excitées de voir cet oncle d'Australie dont on parle tant à la maison.

Sur le perron, Schmuel attend son petit frère. Les larmes aux yeux. Plus de trois années se sont écoulées et combien de moments n'ont-ils pu partager. Max s'est baissé pour embrasser les enfants et a soulevé le plus petit pour le prendre sous son bras. L'étreinte silencieuse entre Max et Schmuel dure une éternité. Rachel attend son tour, derrière son mari, ne voulant pas interrompre ces retrouvailles qui n'ont pas de prix.

« Tonton Max raconte les kangourous.

— Tonton Max c'est vrai que vous mangez des autruches ? »

Schmuel et Rachel s'amusent de voir les petits fascinés par ce tonton du bout du monde.

« Max tu nous as manqués. Ta présence à Paris signifie-t-elle que tu rentres ?

— Non Schmuel. Vous m'avez tous tellement manqué qu'il me fallait faire ce voyage pour me ressourcer auprès de vous. Et puis je découvre mes deux derniers neveux et je sens qu'on va bien s'amuser tous les trois pendant ces deux prochaines semaines. »

Max n'évoque pas Feiga. C'est Rachel qui jette un froid lors du repas.
« Tu as revu Feiga, Max ? Tu sais, nous ne sommes plus en contact avec elle depuis des années. Aucun n'a vraiment cherché à tisser une relation spécifique avec l'autre. »
Rachel s'excuse presque de n'avoir été ce lien entre le couple durant toutes ces années.
— Tu n'as pas à t'en défendre Rachel. Tu n'avais aucune mission et je n'attendais rien de toi. Nous sommes des grands enfants. Et je ne suis pas venu pour Feiga si c'est ta question. »

Max ne poursuit pas la conversation et Rachel ne demande aucune explication supplémentaire. Elle a évacué sa culpabilité et reçu en retour l'assurance que la famille compte plus pour Max que sa femme, rentrée en France.

Les trois enfants partagent la chambre de gauche aux couleurs claires et au parquet sombre. Max est installé dans le salon sur le grand canapé marron que Rachel a transformé en lit douillet pour la nuit. C'est chez son frère qu'il pose sa valise pour les semaines à venir.

Demain Tsipora arrivera de Londres. Enfin. Tsipora ....

Au petit matin en ce dimanche de repos, c'est Max, qui, le premier, est réveillé par le tintement de la clochette. Il croit d'abord à une erreur et se retourne pour tenter de retrouver le sommeil. Mais la clochette retentit de nouveau, ne réveillant apparemment personne à l'étage.

Il enfile un pull sur son pyjama bleu clair et ouvre le volet. Mais rien ne laisse présager de l'identité du visiteur derrière la porte en fer extérieure.

« J'arrive » chuchote-t-il en levant néanmoins la voix.

Feiga est là dans un ravissant tailleur noir cintré, et la mine défaite.

« Max il faut que nous parlions.

— Feiga je ne t'en veux absolument pas d'avoir cherché à te reconstruire. Tu m'as suivi. Cela n'a pas marché et tu es rentrée faute de pouvoir t'intégrer. Tu n'allais pas m'attendre toute ta vie. Par contre, tu aurais pu me l'annoncer avant que je ne le découvre par moi-même. »

Aix-en-Provence. 13 mai 2017

En train d'échapper à un monstre à deux têtes, Clara n'entend pas immédiatement la sonnerie de son portable. Elle tente d'accélérer sa course alors que la bête se rapproche, mais ses pas s'enfoncent inexorablement dans une boue visqueuse. Le téléphone sonne de plus belle et cela n'a apparemment aucun effet sur son attaquant.

Le monstre a disparu et Clara est en sécurité sous la couette fleurie. Ces appels l'ont sauvée de la malédiction de la nuit.

« Allo ?

— Clara ! Je te réveille ? » Paul est en forme comme à son habitude et force est de constater que le dîner de la veille lui permet aujourd'hui une familiarité nouvelle

« Oui. Euh non. Paul ? Déjà debout ?

— Sans porter un quelconque jugement, il est quand même deux heures de l'après-midi... Prends une douche et dévale ta colline. Je t'attends au bureau. »

Clarisse est en plein rangement dans le salon et se perd dans des milliers de photos et documents éparpillés méthodiquement. Une dizaine de petits tas accueillent autour d'elle des éléments les plus divers.

Clara jette un œil furtif mais n'échappe pas à Clarisse qui la retient alors qu'elle franchit la porte :

« Clara ! Tu vas être contente. Je trie les papiers pour retrouver des informations sur l'oncle Max... mais où vas-tu ? Tu n'as même pas pris une collation ! »

Déjà loin, Clara envoie un baiser de la main à sa grand-mère et enfourche son vélo. Un peu de sport n'est pas du luxe, après cette nuit longue et compliquée.

« Voilà. Tout est là. » Paul vient de faire glisser devant Clara un dossier rouge étiqueté de son nom.

« Clara, c'est la proposition du repreneur selon les dispositions exclusives de votre père. Il est prévu une réorganisation au sein de la maison-mère, l'embauche d'un directeur artistique et la relance de la maison après le décès de Max. Une fois la remise en route effectuée, une équipe viendra sur Paris pour superviser votre travail, votre ouverture et la cohérence de vos propositions par rapport à la ligne de la marque. Il est convenu que vous insufflerez une tonalité différente, mettant en avant l'homme français avec pour finalité de diffuser cette gamme différentielle de par le monde.

Vous lisez, vous signez et au travail, car il va vous falloir produire une première inspiration et surtout ma chère Clara, trouver le local et l'équipe dont vous allez avoir besoin. »

Paul marque enfin une pause et Clara note que le tutoiement du téléphone s'est mû de nouveau en vouvoiement de circonstance.

« Merci Paul. Ce n'était pas vraiment mon souhait initial, mais cette proposition me parait plus raisonnable et plus facile à implémenter. J'emmène ce joli dossier rouge.

...Les écrevisses étaient parfaites hier soir. »

Éric est à son bureau. Il ne s'est pas levé et sourit timidement à Clara qui vient de le voir.

« Tu vas bien Éric ? Si c'est pour hier, sois rassuré. Mon coup de colère est derrière moi et mon amitié est bien plus forte que tes petites cachoteries.

— C'est gentil mais ce n'est pas ça. Ce n'est pas que cela devrais-je dire. Tu as cinq minutes avant de devenir la créatrice préférée des Français ? »

Devant son café trop serré, Éric raconte son appel du matin à ses parents. Ils n'ont pas compris. Sa mère s'est mise à pleurer et son père l'a traité de pervers sexuel. Voilà. Trente années d'amour filial s'en sont allées en quelques secondes.

— C'est une réaction à chaud Éric. Ils vont prendre de la distance. Ils ne l'accepteront peut-être jamais complètement mais ils reviendront. Ce sont tes parents et ils n'ont jamais failli dans leur mission.

— Je ne me suis pas contenté de leur annoncer Clara. Je l'ai clamé au monde entier. Tu regarderas ma page Facebook en rentrant.

— Bravo mon ami ! Bienvenu dans le monde des hommes libres. »

De retour au mas et sous son arbre préféré, Jules avachi à ses pieds, Clara n'a de cesse de penser à une idée folle. Cela fait des semaines qu'elle a surgi mais aujourd'hui elle apparaît comme une évidence : Elle va repenser la boutique de Max et la reprendre.

« C'est non ! » se met à hurler l'Australien en conversation avec Paul et Clara à l'autre bout du monde.

« On parle de projet ambitieux et vous me parlez d'un trou à rats au milieu de nulle part...
— Laissez-moi commencer l'histoire là-bas. Même s'il ne s'agit que de ne garder le lieu qu'une petite année. Laissez-moi écrire la légende de Max là où elle a débuté. C'est du pain béni pour les media et de l'or pour vos futurs clients. »
L'idée d'écrire l'histoire ne déplaît finalement pas à l'Australien.
— Un an Clara. Un an et vous ouvrez un magasin sur les Champs-Elysées ! »

Clarisse tend à Clara un petit carton bien rempli : « Voilà ma chérie ton petit trésor. Ce n'est pas grand-chose. J'ai réussi à réunir quelques photos, cartes postales et copies de documents divers. Tu as entre tes mains tout ce que cette maison a conservé, par le plus grand hasard, de ton grand-oncle. Fais-en bon usage.
— Tu ne crois pas si bien dire mamie. Il faut que je te raconte ce qu'il y a dans mon dossier rouge et le pari sur mon avenir. Il ne manque que ma

signature en bas de la dernière page du contrat pour que ma nouvelle vie commence enfin.

— Tu vas me raconter tout cela dans la cuisine en m'aidant à faire ma tarte aux quetsches. Le monde se dessine aussi souvent entre le frigidaire et les fourneaux. »

Une part de tarte maison à la main, Clara découvre plus en détails la proposition des Australiens. Elle a cinq ans pour réussir. Si ses résultats et sa politique de marque ne conviennent pas à la direction, elle sortira donc de l'aventure, avec un chèque de rachat de parts. Elle découvre également qu'elle touchera à la signature une somme assez significative, qui semble correspondre aux parts de la vente de la société et de la marque aux investisseurs.

Plongée dans le dossier rouge, elle ne voit pas Michèle qui se tient au-dessus de son épaule.

« Il est temps que tu parles à ton père Clara. »

Clara n'a voulu ni mise en scène, ni formalité pour ce rendez-vous qu'elle ne sait encore comment appréhender. Elle a demandé à Paul le numéro de Claude et lui a donné rendez-vous, par message, dans l'après-midi même.

Elle arrive en avance en terrain conquis. Le serveur des « 2G » mesure vite l'air grave de Clara et se fait discret. Il lui apporte son chocolat chaud et un grand verre d'eau fraîche et dévisage l'homme qui s'assoit en face de sa cliente habituelle. Ce dernier commande un café et se place timidement en face de sa fille.

Clara ne dit mot.

« Merci pour cette rencontre Clara. Elle me touche.

— Comment as-tu pu nous faire ça ?

— Je n'ai pas d'autres excuses Clara que ma lâcheté et cet état dépressif qui m'accompagne depuis tant d'années. Je ne me défendrai pas face à toi. Tu as toutes les raisons de me détester. Je ne te demande pas de m'aimer mais de me permettre de réparer mes erreurs en te permettant de réaliser tes projets.

— Le premier lien entre un enfant et ses parents est un lien d'amour. Tu comptes le troquer contre des parts de société et une belle promesse d'engagement ?

— Je ne peux revenir sur mes erreurs Clara. Ni sur le mal que j'ai fait à ta mère et à toi. Je ne peux que vous offrir tout ce que j'ai aujourd'hui. Mon amour qui n'a jamais failli, malgré mes décisions arbitraires et ce surplus matériel pour améliorer votre vie. L'un ne remplace pas l'autre. Je vous fais don de tout ce qu'il me reste. Je n'ai besoin de rien. »

La colère ne s'apaise pas. Clara entend bien Claude mais ne se résout à tirer un trait sur ces années volées.

« Pourquoi n'as-tu pas été présent plus souvent. Pourquoi n'as-tu pas téléphoné chaque mois ? Pourquoi as-tu cessé d'être un père à l'année ? »

Clara ne réfrène ni ses larmes ni sa colère.

« Parce qu'il n'y a pas un jour où je n'ai culpabilisé de mon choix. Mais parce qu'il n'y a pas un jour également, où j'ai été capable de prendre mes responsabilités. J'ai fui pour survivre. Mais au détriment de ma famille. Ça ne va pas de pair. Et c'est insurmontable à vivre.

— C'est tellement plus facile de ne devoir penser au mal qu'on fait qu'une fois l'an. Pour le sempiternel appel pour l'anniversaire de sa fille. Trois cent soixante-quatre jours de quiétude et ce foutu trois cent soixante-cinquième jours qui tord un peu les boyaux quand on se lève le matin, mais qui finalement disparaît bien vite la mission achevée. L'an prochain est une autre année n'est-ce pas ?

— Tu n'y es pas Clara. Quand on agit comme moi, il n'y a pas un matin où tu ne te réveilles pas en te dégoûtant. Il n'y a pas un enfant qui passe sur la plage sans que tu pleures le tien, il n'y a pas une chanson qui n'évoque ta mère ou toi. C'est cela la vie d'un pauvre type Clara. Accepte-moi aujourd'hui comme un ami, un soutien, ce que bon te semble. Et si un jour je peux alors retrouver mon statut de père, je serai alors béni des Dieux. »

Le garçon n'a pas manqué une minute de la scène qui se déroule en terrasse. Adossé au mur, il n'a certes pas tout entendu mais a suffisamment saisi de bribes pour comprendre ce qui se joue entre les chaises en osiers, sous les parasols jaunes.

Clara a repris ses esprits et s'adresse sans émotion à Claude : « Parle-moi de Max. Je ne sais expliquer cette connexion avec ton grand-oncle. Le jour où j'ai trouvé cette photo j'ai su que nos destins se croiseraient. Je ne sais dire pourquoi et je n'avais pas idée de la façon dont ce ressenti se matérialiserait, mais Max et moi avions une histoire commune à vivre.

— Je ne sais pas grand-chose de plus que ce que j'ai couché sur papier, sur le Max d'avant l'Australie. Je suis allée au magasin, enfant, dans les années soixante-dix, deux ou trois fois pour saluer Feiga, avec qui ma mère avait conservé des relations cordiales.

Ces après-midis étaient interminables et mon seul refuge était la caisse enregistreuse. Elle était énorme et d'un autre temps, mais elle était pour moi source de plaisir.

Les rares clients qui se présentaient le jeudi après-midi me faisaient oublier les heures passées à m'ennuyer. Sous le regard bienveillant de Feiga, j'avais le privilège de procéder à l'encaissement. Je positionnais les chiffres et de toutes mes forces faisais tourner l'énorme manivelle qui déclenchait l'ouverture de la caisse. J'y glissais le chèque et refermais fièrement le tiroir.

Paul m'a dit que tu voulais tenter de reprendre le local. Je viens avec toi si tu veux. Enfin bien sûr si tu penses que je peux t'être utile. »

Claude baisse soudainement la tête, conscient d'avoir pris le risque de voir Clara ruer dans les brancards et quitter la table. Elle n'en fait rien.

« Je vais pour l'instant me renseigner sur le lieu et s'il y a moyen de faire une quelconque offre. Si j'arrive à mes fins - ce qui reste tout de même extrêmement utopique - alors j'aurai certainement besoin de tes souvenirs. »

Clara se lève et pose une main amicale sur l'épaule de son père et sans se retourner poursuit sa route sur le cours Mirabeau.

Paris. 14 mai 1949

Max invite Feiga à franchir le portail du jardinet. Il s'excuse quelques minutes le temps d'enfiler un pantalon, et revient avec deux tasses de café brûlant.

« Qu'est ce qui te pousse à venir à Malakoff, Feiga ? Tu ne me dois rien et certainement pas d'explication sur l'homme qui m'a ouvert la porte.
— Non, ce n'est pas ça Max. Je vis depuis toutes ces années sur un mensonge ou plutôt une omission coupable. Je ne sais même pas où puiser la force de te l'avouer. »

Feiga marque une pause et tente de reprendre ses esprits. Elle ouvre son sac et en sort une photo joliment encadrée. C'est celle d'une enfant aux yeux bleus rieurs.

« Max voici Marion. Marion est née sept mois après mon retour d'Australie. Marion est ta fille Max.

— Mais qu'est-ce que tu racontes Feiga. Tu deviens folle. Marion est la fille de Tsipora. D'ailleurs je reconnais fort bien l'enfant dont je reçois chaque année une photo. À quoi joues-tu ? »

Max se lève précipitamment, traverse le jardin et franchit la porte verte en fer. Le voici désemparé dans la petite rue tranquille, en ce dimanche matin. Une impression de campagne à Paris se dégage de ces petites allées, à quelques centaines de mètres de la petite ceinture parisienne.

Le cerisier du jardin a pris ses aises avec les années et déborde abondamment sur le trottoir. Max peut sentir le parfum de ses fleurs printanières et le gazouillis des oiseaux qui s'y sont installés avec les beaux jours.

Max ne comprend rien à ce que Feiga vient de lui raconter. Et pourtant, il ne voit pas sa femme traverser Paris un dimanche matin, pour lui narrer une histoire à dormir debout.

« Mais pourquoi ne m'as-tu rien dit et pourquoi Marion est aujourd'hui la fille de ma sœur ?

— Quand je suis revenue, j'ai vite compris, après quelques semaines, que j'étais enceinte. Je ne pouvais faire de cet enfant un objet de chantage. Tu risquais de briser tes rêves en revenant exercer ton rôle de père. Et comme tu sais, il n'était pas question que je revienne. Notre vie de couple était terminée Max. Tu n'as pas eu la lucidité de te l'avouer et j'ai coupablement continuer à te laisser croire que rien n'était fini. Pour ne pas te blesser certainement. J'ai espacé mes lettres. Je les ai écrites avec toute la retenue nécessaire et pourtant les tiennes continuaient de croire à un avenir commun.

J'ai gardé ma grossesse secrète. Il n'était pas question que je fasse passer ce bébé, ni même que je le garde. Il fallait trouver une solution d'adoption qui me convienne. Plus les semaines passaient et plus cela me paraissait insoluble. Et puis un jour Tsipora est venue de Londres pour passer quelques jours chez Schmuel. Et comme à son habitude, elle est venue me rendre visite au magasin. Malgré mes efforts pour ne rien montrer, Tsipora a compris et j'ai confié ma détresse à ta sœur.

Le lendemain, à ma grande surprise, Tsipora est revenue avec cette offre d'adopter le bébé mais dans le plus grand secret. Elle et son époux tentaient depuis quelques temps déjà d'avoir un enfant. En vain. Ce bébé serait notre secret. Et moi je pourrai ainsi continuer de voir grandir cette enfant, qui ne sortirait pas du giron familial. Comment voulais-tu que j'accueille cette proposition. Elle me sortait de cette situation inextricable, tout en m'enlevant cette culpabilité d'abandon qui me réveillait la nuit.

— Et la culpabilité de m'avoir enlevé cet enfant ne t'a pas effleurée Feiga ?

— Si Max. Mais à cette époque, j'étais bien seule face à mes décisions. Tu vivais dans un monde qui était tant éloigné de ma réalité. Partager cette épreuve m'aurait plus encore plongée dans une situation inextricable. Tu le sais bien.

— Va-t'en Feiga s'il te plaît. S'il te plait. »

Feiga n'insiste pas. Elle sait le mal qu'elle vient de faire à cet homme qu'elle a tant aimé et qui ne mérite pas une telle souffrance. Pourtant, elle se retourne avant de franchir la porte du jardin :
« Max, personne ne sait. Et encore moins Marion. S'il te plaît, protège-la. »

Comme il est facile pour Feiga d'exiger de Max le silence. Max allume sa première cigarette du matin et seul au milieu des hortensias, accuse la terrible révélation de Feiga.

Au premier étage, Rachel se tient derrière la fenêtre depuis quelques minutes, réveillée par le bruit de la porte du jardin, ouverte et fermée à plusieurs reprises.

Elle n'a pas entendu la conversation qui s'est déroulée à voix basse mais elle comprend que Feiga n'est pas venue prendre le café, dans son jardin, par un beau dimanche de printemps.

Sur le chemin qui la ramène rue de Vaugirard, Feiga repense alors à ces années et à la venue de Marion. Il avait été décidé qu'elle quitterait Paris pour s'installer à Londres pour vivre clandestinement son troisième trimestre de grossesse. Malgré la petitesse de son ventre, il ne devenait plus possible de cacher l'enfant à venir. Feiga s'installerait chez Tsipora et l'enfant naitrait tout naturellement sur le territoire anglais, dans les bras de sa belle-sœur, comme si de rien n'était.

De son côté, Tsipora entretenait le doute dans le quartier. Elle portait des robes larges et augmentait la taille de sa poitrine avec du coton.

Elle voyait bien le regard des voisins, qui se retenaient de la féliciter. Dans le doute… Les mois passant, elle a avoué une grossesse facile à certains, qui se voyait à peine. Quelle chance !

Marion est arrivée un bel après-midi, après douze heures de travail douloureux et difficile. Quand la petite tête blonde a surgi, Feiga a pleuré d'émotion. Feiga a pleuré de toute la peine accumulée de perdre cet enfant. Les infirmières de la petite clinique avaient tout prévu et les papiers d'adoption ont été signés dans la plus grande discrétion. Rien ne sortirait de ces quatre murs avait promis la Sœur en chef. Feiga est restée quelques semaines encore, pour allaiter Marion et pour se faire à l'idée qu'elle rentrerait à Paris sans elle.

À Paris justement, les clients et voisins demandaient des nouvelles de Feiga. « Elle est partie quelques temps à Londres chez sa belle-sœur. Une envie d'expérience à l'étranger et la volonté de maitriser la langue de Shakespeare » avait expliqué David Finkelstein. « À son âge, ce serait dommage de ne pas vivre quelques aventures passionnantes ! »

Feiga est rentrée. Vide de son enfant. Pleine de culpabilité. Alors son père a embauché le jeune David pour redonner vie à sa fille et a promis des voyages fréquents pour Londres.

Paris. 15 mai 1949

Tsipora est attendue pour le déjeuner. Elle vient seule, prétextant que Marion ne peut manquer les cours, ses résultats scolaires se révélant très moyens. Mais est-ce bien là la vraie raison se dit Max qui comprend que ce ne peut être simple pour Tsipora de jouer cette comédie face à lui. Pourtant il a formé sa sœur à monter sur les planches et à interpréter n'importe quel rôle avec brio. Mais il ne l'a jamais préparée à se jouer de lui.

Pourtant les retrouvailles sont pleines d'émotion. Tsipora étreint si fort ce grand frère qui lui manque tant. Elle a amené pléthore de cadeaux pour chacun, en gâtant particulièrement ses neveux. Max reçoit une belle écharpe en soie pour les journées fraîches australiennes. Tsipora ne cesse de raconter à Max ce qu'il ne sait déjà grâce à leur correspondance fournie.

Rachel a excellé aux fourneaux et tous sont repus.

« Ne nous en voulez pas mais je pars digérer avec Tsipora. Nous ne serons pas très long. »
Max pose sa serviette et tend son bras à sa petite sœur qui n'a absolument pas prévu une quelconque marche, dans son programme de la journée.

« Nous ne serons pas long du tout, mes escarpins détestent les promenades digestives » s'amuse-t-elle en façade, comprenant bien que Max a quelque chose à partager avec elle seule.

« Pourquoi Tsipora ? Comment as-tu pu me faire cela ? »
Il n'en faut guère plus à la petite sœur pour comprendre ce dont Max veut lui parler. Il fallait bien que cela arrive un jour. Et finalement c'est tant mieux. Vivre avec ce mensonge qui la ronge depuis des années, était insupportable. L'affrontement d'aujourd'hui ne peut être que libérateur, quelle que soit la colère de Max
Qu'expliquer à son grand frère ? Qu'elle a fait le sermon à Feiga de garder le secret pour avoir le luxe d'élever Marion ? Qu'il n'y a pas un jour ou Marion lui rappelle Max et son lourd fardeau ?
Que chaque jour est une souffrance de n'avouer enfin à Max que cet enfant exceptionnel est le fruit de son amour avec Feiga ?
« Je veux la voir Tsipora
— Pas maintenant Max. Elle est trop jeune et elle te ressemble trop. Laisse-lui le temps de grandir. Tu la détruirais. »
C'est sans appel. Et Max en a bien conscience.

Max poursuit le reste du séjour sans entrain. Il profite de ses neveux et passe beaucoup de temps dans la maison de Malakoff, véritable cocon chaleureux, où la vie lui paraît d'une normalité réconfortante.

Schmuel part le matin travailler dans la jolie boutique masculine, dans le huitième arrondissement, dont il gère l'équipe de vendeurs et Rachel vaque aux occupations ménagères. Tel est le schéma de la famille, dans le vieux monde, qui paraît avoir des siècles à Max.

Il retourne souvent à Saint-Paul. Il croise quelques têtes connues. Les autres ont disparu ou quitté le quartier. Il revoit à plusieurs reprises le cousin Samuel, qui a marqué sa vie parisienne. Lui aussi a tant vieilli. Quand il n'est pas dans le pavillon, il marche souvent dans les rues parisiennes et se perd dans les marchés de quartiers. Il ramène alors à Rachel de magnifiques poulets ou des fraises au parfum exceptionnel.

Il ne revoit pas Feiga, mais a laissé à la concierge de la rue de Vaugirard, une enveloppe avec une demande de procédure de divorce.

Tsipora vient chaque jour à Malakoff mais il n'est pas question de se retrouver en tête-à-tête avec Max. Ainsi entourés, personne ne peut penser qu'il existe un quelconque malaise entre le frère et la sœur.

C'est avec soulagement que Max quitte Paris deux semaines après avoir entamé ce voyage dont il n'aurait pu imaginer les conséquences.

Max a perdu tant d'espoirs en quelques jours et sa belle énergie positive qui le caractérise tant. Il a vécu plus de trahisons en quelques heures qu'en toute une vie. Il a perdu Feiga, la relation exceptionnelle qu'il a toujours cultivée avec

Tsipora, et une enfant avant même de savoir qu'elle existait.

Il va lui en falloir des mois et des années pour dépasser la douleur. Des heures penché sur ses croquis pour ne pas hurler. Des semaines à exiger la perfection de ses salariés pour ne pas devenir fou. Il va falloir se reconstruire sur les mensonges de celles qu'il aimait plus que tout.

À Melbourne tous attendent le retour de Max. Il a promis de ramener des souvenirs de la *ville lumière* et son entrain a manqué à l'équipe.
Des fleurs sur le bureau, une boîte de confiseries sur la table basse et le sourire de tous, sont le meilleur des remontants pour l'ancien tailleur devenu patron d'une des plus belles enseignes de la ville.

En quelques années le charme de Max a opéré sur une clientèle toujours plus nombreuse, jeune et avide d'accéder à cette élégance mixant le savoir-faire européen à la tradition plus classique de la marque.

L'atelier en dehors du centre-ville est devenu une véritable petite usine. Max est capable aujourd'hui de proposer des pièces de prêt-à-porter, en plus du sur-mesure traditionnel.

Il a également étoffé l'équipe de création et développé des collections annuelles.

Max peut être fier de ce qu'il est devenu, en poursuivant sa quête de se réaliser et surtout de prouver qu'il ne faut jamais renoncer à ses ambitions.

Pourtant Max est seul. Terriblement perdu dans sa petite maison qu'il a conservée, malgré le succès. Il y a eu des femmes bien sûr ces dernières années. Mais elles sont passées dans la vie du tailleur à la vitesse d'une collection hiver.

« La trahison de Feiga va peut-être te libérer mon garçon » lui a dit Samuel avant de quitter la France. Il a partagé ce secret avec ce cousin lointain qui a toujours été là quand il le fallait.
Se libérer d'années d'espoir et de vaine attente. C'est long quand on tisse des chimères au quotidien.

Si Max a gardé son petit havre de paix de ses débuts, il n'a de cesse chaque année de le rénover et de le moderniser. Il a même fait construire une petite piscine en place du jardin potager de Feiga. Ce grand sportif en ses années de jeunesse à Berlin a fait place à un citadin pressé. Max a repris la natation et parcourt chaque matin pendant la saison douce australienne, le petit bassin d'incessants allers-retours.

Ce soir de décembre 1950, il fait particulièrement chaud et les ventilateurs de la terrasse ne suffisent plus à rafraîchir l'atmosphère. Max se dirige alors vers la piscine sans se douter qu'elle n'est pas vide.

Un joli corps bruni par le soleil local, s'alanguit dans l'eau tiède. Max se fige et observe le spectacle de cette jeune femme d'une beauté rare, barbotant dans sa piscine, dans son jardin, chez lui.

Quand les yeux noirs de la belle brune croisent le regard d'acier de Max, la jeune fille se dresse d'un bond et se drape dans la serviette laissée à terre.

« Ne partez pas. N'ayez pas peur. Je suis Max et vous êtes la bienvenue dans ma piscine. »

Étonnée de la réaction de son hôte, la femme revient sur ses pas.

« Je suis désolée. Il faisait tellement chaud chez moi. Je n'ai vu personne dans le jardin et n'ai entendu aucun bruit provenant de la maison alors je suis venue. C'est extrêmement impoli j'en suis consciente... Mais je m'en vais. »

— Vous avez un charmant accent français mademoiselle. Installez-vous en terrasse, je ramène un peu de bière fraiche et quelques fruits et nous parlerons de votre abonnement à ma piscine. »

Elle s'appelle Déborah et a fui - comme Max - la France après des années, cachée, de cave parisienne en grenier de banlieue. De sa famille, il ne reste plus personne. Elle et son père ont suivi un groupe en partance pour l'Australie, après avoir pleuré des années les leurs. Une fois sur place, le groupe s'est désagrégé. Certains ont migré vers Sidney, d'autres sont repartis en Europe. Mais la plupart d'entre eux, par volonté d'intégration, ont coupé les ponts et n'ont plus donné de nouvelles.

Après quelques temps, le climat et la douleur de la perte des siens, n'ont pas convenu au père de Déborah, qui est tombé malade et qu'elle a enterré il y a bientôt trois ans.

Déborah survit seule, serveuse un jour, aide maternelle le lendemain ou enseignante de français certaines semaines. Elle prend tout ce qu'on lui propose, tant que ce soit honnête et de bonnes mœurs.

Cette sublime brune se bat aussi pour repousser les hommes qui lui tournent autour, trop souvent mal intentionnés. Elle saura reconnaître celui qui méritera qu'elle renonce à son célibat. Et il ne s'est pas encore présenté.

Max profite d'une pause dans le récit de Déborah et se lève pour ramener une seconde tournée de bières frappées.

C'est au tour de Max de raconter. Sans vraiment savoir pourquoi, il se livre à cette inconnue. Il raconte Berlin, Paris, les débuts difficiles, le théâtre et puis la guerre. L'armée et la capture de son régiment, l'évasion et la perte des siens. Il raconte Feiga mais ne parle pas de Marion. Pour qui passerait-il de ne pas se battre pour la reconnaissance de son enfant ?

« Déborah, je dirige une petite maison de couture masculine en ville. Je cherche une vendeuse souriante. Je préfère vous prévenir que vous devrez certainement refuser quelques avances chaque jour, mais je vous fais confiance pour gérer cela d'une main de maître. Si le poste peut vous convenir, alors je serais ravi de vous accueillir dès neuf heures demain. Ah... et l'abonnement à la piscine est compris dans le contrat de travail. »

Paris. 2 juin 2017

Éric et Clara vivent cette escapade à Paris comme de chouettes vacances, tous frais payés. Même si l'enjeu est essentiel, ce bol d'air dans la capitale est une bénédiction pour les deux amis. Pour Éric, ce voyage arrive à point nommé. Il marque une pause nécessaire dans la gestion de ses relations familiales. Clara avait raison, ses parents ont nuancé leurs réactions. Ils n'en demeurent pas moins choqués et en parfaite révolte face aux révélations de leur fils. « Peut-être peux-tu en parler à quelqu'un. Certains ont fini par se marier... Parfois il s'agit d'un malentendu, d'un mal-être. Peut-être y sommes-nous pour quelque chose d'ailleurs ». Des paroles qui blessent et un mépris de ce qu'il est et ressent. Voilà comment Éric a réagi à ces phrases prononcées par sa mère, qui accompagnaient une réelle volonté d'apaisement.

Aix-en-Provence est à trois heures de Paris en TGV et le voyage est l'occasion de mettre sur papier les différentes options de travail et les quelques pauses touristiques essentielles. Clara veut aussi revoir son quartier d'enfance et ses lieux de prédilection. Son école, son square, et l'épicier chez qui elle descendait prendre ce qu'il manquait en remerciant : « Sur la liste Samir comme d'habitude. » Et parfois Michèle découvrait en fin de mois des notes à payer au-dessus de ses prévisions.

« La petite a toujours faim » s'excusait alors Samir en encaissant le règlement de Michèle. « Mais si cela fait trop cher ce mois-ci, vous me paierez le mois prochain ».

Samir devint alors le confident de la famille, au départ de Claude. Michèle lui expliqua que son mari ne viendrait plus et qu'il fallait redoubler de gentillesse avec Clara qui était extrêmement perturbée par ce départ soudain. C'est ce que fit Samir jusqu'à leur départ pour Aix-en-Provence. Très vite il est devenu une sorte de figure paternelle pour Clara. Il était chaleureux mais exigeant, compréhensible mais intraitable. Samir prenait son rôle très au sérieux et n'hésitait pas à remettre Clara dans le droit chemin quand elle tentait de s'en éloigner. « Qui est cette bande avec qui je t'ai vu cette après-midi ? Ce ne sont pas de bons garçons ma fille ». « Tu ne vas pas acheter ces soupes, elles sont pleines de cochonneries. Viens avec moi que je te donne celles qu'il te faut. » ou « Tu as oublié ton pantalon ma fille, remonte t'habiller correctement pour être respectée ». Clara n'écoutait pas toujours Samir, mais cela lui faisait un bien fou qu'il s'occupe ainsi d'elle et la réprimande quand il le jugeait nécessaire.

Au programme des tribulations parisiennes de Clara et Éric, quelques musées, les grands magasins bien sûr, des restaurants choisis avec délectation et les grands parcs pour échapper à la ville de temps en temps. Le parc Montsouris et le jardin du Luxembourg ont leur préférence. Chacun pour ce qu'il offre de particulier à ses promeneurs. Montsouris et ses allées qui se perdent dans la végétation, ses cygnes glissant sur les eaux vertes du lac, ses pelouses où les étudiants de la Cité Universitaire voisine, viennent s'abandonner. Le *Luco*, comme le Luxembourg fut longtemps appelé, avec son charme bourgeois et suranné qui contrebalance les nuées de lycéens du quartier. Ses poneys fatigués et ses balançoires en métal lourd, que l'on partage à deux, pour s'envoler plus haut encore.

Leur petit appartement est idéalement situé au cœur de Saint Germain. Entre la Closerie des Lilas et l'université d'Assas. À deux pas aussi des quais, de Saint Michel et de Montparnasse. Et à trois pas … du magasin.

« Nous irons demain Éric. Là, je n'ai qu'une envie.... M'asseoir en terrasse avec une limonade et un éclair au chocolat. »

Comme l'a fait Max des décennies plus tôt, Clara renoue avec Paris et avec plaisir. Elle a déposé ses valises dans l'appartement loué, et avec Éric s'est installée dans le petit jardin de la Closerie des Lilas. À la limonade elle a préféré un chocolat et a succombé aux profiteroles maison.

En cette fin d'après-midi, une agréable douceur envahit la rive gauche, succédant à la chaleur de la journée. Clara et Éric ont remonté le boulevard jusqu'au Jardin du Luxembourg et prennent le temps de s'y perdre. La vie semble si paisible parfois quand on la regarde telle une carte postale. Ici des enfants concentrés sur leur voilier à mener au bout de leur course. Là un jeune couple, sur un plaid posé au pied d'un marronnier, seuls au monde. Plus loin la valse des lourdes balançoires qui ont vu tant et tant d'enfants, vestige intergénérationnel de familles entières.

Une petite fille se perd dans sa barbe à papa alors que son frère, malhabile, tente de s'élancer seul sur son vélo. Ainsi est la vie, ce soir, quelque part dans Paris à l'heure où Clara se demande si elle fait les bons choix.

Éric ne boude pas son plaisir et sa dernière virée dans la capitale remonte déjà à quelques années. C'était l'époque un peu folle ou il partait entre copains, assister à un concert qu'il ne pouvait pas manquer, sans savoir s'ils trouveraient mieux qu'un banc pour dormir quelques heures avant de reprendre la route. Heureuses années que celles de l'insouciance et des escapades qu'on cachait aux parents. On se sentait libre de ne pas respecter les codes. Et ça n'avait pas de prix.

Un peu comme ce soir d'ailleurs.

Marcher sans but, sans rendez-vous et sans pression.

« Qui mieux que nous Clara ce soir ?

— Personne Éric. Personne … »

« Sami ?

Chaussé de lunettes, tentant de ne pas sauter une ligne de la fiche des prix du jour, l'homme ne relève pas de suite la tête.

« Bonjour Sami. Tu me recevais mieux quand je venais dévaliser le coin bonbons de ton comptoir. »

Samir relève la tête. Ce visage ne lui est pas inconnu mais pourtant ce n'est pas une habituée. Mais si elle l'appelle Sami et pas Samir, c'est que fatalement c'est une cliente de l'épicerie.

« Sami.... Ferme les yeux et projette toi douze ans en arrière. »

Ce que Samir fait, avant de les rouvrir en accompagnant le geste d'un cri de joie.

« Ma Clarinette. Ma Clara c'est bien toi ? »

Les bras s'ouvrent alors que la liste des prix s'envole. Clara et Samir restent longtemps accrochés l'un à l'autre alors qu'Éric longe les allées et emplit le panier de quelques gourmandises. Ne pas déranger ces retrouvailles et satisfaire ses entrailles !

Samir a entraîné Clara et Éric sur le banc public, devant l'échoppe et les cageots de fruits. Il a coupé une mangue fraîche en cubes et l'offre « aux petits ». Les voici partis dans le récit de ces douze années passées.

« Je suis fier de toi Clarinette. Regarde ce que tu es devenue ! Maman a un nouveau fiancé ? »

Ni fiancé, ni mari, ni amoureux, ce qui désole Samir, qui a toujours eu une affection particulière pour Michèle.

« Et ton père ce *h'mar** il n'est jamais revenu ?

— Si. Mais pas comme tu le penses Sami.

— Revenez ce soir. Je ferme à dix heures exceptionnellement et on monte manger à la maison. Meriem va vous faire le meilleur couscous du monde. »

Clara et Samir restent encore de longues minutes enlacés, alors qu'Éric entame son troisième Bounty, sur le banc public vert écaillé, devant les cageots de fruits.

« Je suis un peu barbouillé Clara. Je crois que j'ai perdu l'habitude de manger autant de nourriture régressive.

— Marchons ! Ça va te faire le plus grand bien. »

En route vers la rue Cambronne, Clara et Éric ne cessent de regarder la ville comme de grands enfants. Le chemin est long mais qu'importe, aujourd'hui ils ont toute la vie devant eux.

Devant le square Adolphe Chérioux, un vieux monsieur est venu avec le restant de pain de la semaine. Il l'a émietté dans son sac transparent et arrose copieusement les pigeons.

Clara sait qu'au prochain tournant à gauche, elle ne sera plus très loin du magasin.

* *h'mar* : idiot en arabe (littéralement âne)

« Tu es sûre de l'adresse Clara ? »
Devant eux, une boutique ultramoderne de téléphonie mobile leur fait face.

Couleurs criardes. Lumières vives. Bienvenue au vingt et unième siècle.
« D'un autre côté, à quoi t'attendais-tu Éric ? Plus de cinquante ans ont passé et ce magasin a dû connaître plus d'une modernisation et plus d'un propriétaire. »
Pourtant le choc émotionnel est là. Clara a créé un projet romantique sur les cendres d'un passé familial. C'est la base de son futur mais il lui faut faire face à cette réalité qu'elle a, inconsciemment omise, quand elle a proposé de reprendre le magasin de Max.
« Tu veux rentrer ?
— Pas aujourd'hui Éric. Je n'en ai pas le courage. »

Éric franchit seul la porte. Il discute avec un employé, fait le tour rapide du lieu, puis revient vers le comptoir poursuivre la discussion. Qui n'en finit pas !
Clara reste sur le trottoir devant la vitrine de téléphones portables et d'accessoires en tout genre. Elle attend de longues minutes qu'Éric sorte enfin.
« Si tu veux mon avis, c'est une affaire qui ne tourne pas du tout. » se félicite Éric.
« Allez ! Direction les bateaux mouches ! J'ai toujours voulu descendre la Seine comme ces millions de touristes ! »

Clara a de la chance. Elle a l'ami parfait à ses côtés.

À vingt-deux heures, Samir descend le rideau métallique et balaie devant l'épicerie en attendant Éric et Clara, qui surgissent soudain au bout de la rue.

Les effluves du couscous de Meriem envahissent la rue.

« Tu n'as quand même pas demandé à ta femme de cuisinier pour nous !

- Et alors ! Bien sûr que si. C'est un honneur que vous lui faites, toi et ton ami. »

Meriem est au bord des larmes. Cette petite qu'elle a tant de fois gardée, pour rendre service à Michèle. Elle lui a appris à rouler le couscous, longtemps, et sans heurter la semoule.

« Clarinette tu dois respecter la semoule.

— Et pourquoi Meriem ?

— Parce que sinon tu ne le digèreras pas. »

Elles ont aussi fait des séances de henné sur le dessus du pied pour que cela ne se voit pas.

« Meriem, c'est magnifique mais difficile à enlever » avait alors notifié Michèle.

Et puis le soir, parfois, Meriem lui racontait des histoires de *Jnoun**, ces petits lutins facétieux, qui viennent quand les gens dorment, pour chatouiller les pieds qui dépassent des couvertures.

*Jnoun : lutin dans les traditions fabuleuses du Maghreb

« Meriem, est-ce normal si Clara ne veut plus dormir dans le noir à cause de lutins qui habitent chez vous ? »

Meriem et Clarinette, c'était toute la complicité d'une petite fille espiègle et d'une jeune grand-mère de substitution, puisque celle de Clara habitait une maison au milieu de la lavande, dans le Sud de la France.

Meriem a pris de l'âge, mais conserve ce sourire qui chasse les nuages et sauvent les cœurs en détresse. Et celui de Clara est bien lourd ce soir. Entre ce père qui s'est joué d'elle toutes ces années, ses incertitudes sur sa carrière et l'envie de saisir les opportunités sans perdre sa tribu.

« Et toi jeune homme as-tu trouvé ta voix ?

— Rien n'est acquis chère Meriem, mais pour l'heure je vais parfaitement bien et votre couscous ne peut que contribuer à mon épanouissement personnel. »

Tous ont bien ri ce soir chez Samir et Meriem. Le téléphone a sonné à plusieurs reprises.

« Les enfants ont toujours des questions Clarinette, jusqu'à ce qu'Allah décide que notre temps est fini sur cette terre. Alors ils deviennent adultes et attendent les questions de leurs propres enfants. »

Samina est passée aussi. Qu'elle n'a été sa surprise de retrouver Clarinette avec qui elle a partagée tant de jeux.

Éric et Clara rentrent à pied. Il faut bien compter deux tours de la capitale pour évacuer le fabuleux diner de ce soir.

Clara se sent terriblement nostalgique de cette enfance où tout semblait si simple. Comme si le monde pouvait bien s'écrouler sans déranger son quotidien.

Melbourne. 20 décembre 1950

Déborah est le rayon de soleil qui manque à Max depuis si longtemps. Ce matin, il décide de réunir son équipe, qui s'enferre dans une routine qu'il faut un peu malmener.

Il annonce ouvrir un concours en interne pour le lancement d'une collection *juniors*.

« Vous êtes tous les bienvenus pour y réfléchir et y travailler. Mettez-vous en équipes si cela est plus judicieux, et réfléchissez à des basiques pour notre jeunesse qui cherche à rejoindre le camp des adultes, sans pour autant s'enfermer dans un vestiaire austère. Que celui qui sait dessiner s'appuie sur celle qui a des idées à la pelle. À la fin du mois, nous organiserons une grande soirée de présentation de votre travail. Les gagnants recevront un pourcentage sur les ventes de leur collection, et nous présenterons en amont ces modèles à la presse et aux professionnels. »

Un joyeux brouhaha s'élève dans la salle et Max ouvre plusieurs bouteilles de vin en signe de lancement officiel de la campagne de création.

« N'hésitez pas à venir me voir si vous doutez ou si au contraire vous avez un coup de génie ! À nous et à vous ! »

Déborah est restée en retrait pendant le discours de Max, qu'elle juge bien atypique. "Quel drôle de patron" pense-t-elle, tout en appréciant cette décontraction peu habituelle.

Max remarque Déborah et lui fait signe de la rejoindre.

« Et comme une bonne nouvelle s'accompagne bien souvent d'un enchaînement d'autres bonnes initiatives, je vous annonce que cette charmante jeune femme nous rejoint à la vente du magasin principal. Accueillez Déborah s'il vous plaît. »
Une salve d'applaudissements fait écho aux dernières paroles de Max.

Déborah prend vite ses marques au sein de l'équipe. Il est vrai qu'elle est sociable, agréable et spontanée. Très vite, il lui faut remettre à leur place quelques salariés un peu trop pressants, mais son charisme naturel lui permet de mettre à distance ces inopportuns.

Déborah redonne à Max son énergie perdue. Depuis quelques semaines il bouleverse son quotidien. Il augmente la cadence des répétitions théâtrales en y reprenant enfin plaisir. Ils doivent être prêts pour le 30 mars et il est grand temps d'aborder Tchekhov avec un peu plus de sérieux. Max est aussi retourné danser. Parfois jusqu'au bout de la nuit, enivré par la musique et la bière bien fraiche. Il finit parfois la nuit en galante compagnie, sans que cela ouvre un nouveau chapitre dans sa vie amoureuse.

« Déborah, tu fais peu cas de ton abonnement piscine ! Moi qui pensais que j'allais reprendre l'entraînement olympique grâce à toi.
Fixons-nous des objectifs cet été, et même si nous ne faisons qu'étirer nos pauvres corps meurtris par une longue journée en magasin, cela ne sera que bénéfique ! Qu'en penses-tu ? »

Rendez-vous est pris pour le lendemain et de façon régulière trois fois par semaine.

Déborah commencera par des exercices de mise en forme, le corps complètement immergé dans l'eau, puis Max complètera avec l'apprentissage du geste des différentes nages. Il fera bénéficier à la jeune femme d'années de longues et fastidieuses longueurs dans les bassins allemands.

Les équipes se sont formées et contre toute attente, cela a rapproché certains salariés qui n'ont jamais pris le temps de se connaître. Cette convivialité et cette socialisation nouvelle ne sont pas pour déplaire à Max.

Déborah de son côté continue de provoquer des réactions mitigées à son encontre. Les hommes en font assurément trop et certains se sont vexés du peu d'intérêt qu'elle leur manifeste. Les femmes ont des sentiments plus disparates. Les plus âgées l'ont prise en sympathie et s'autorisent des réactions maternelles, comblant l'absence de parents disparus. Les plus jeunes envient parfois sa beauté et son élégance racée et n'hésitent pas à faire courir certaines rumeurs sur des mœurs assez libertines.

Tous ont, en tout cas, le même sentiment que Déborah finira un jour dans les bras de Max. « La seule rumeur qui a du bon sens » s'en amuse-t-il.

Les projets commencent à affluer sur le bureau de Max et il est très fortement surpris de l'implication de tous. Il y a des réelles idées dans les créations imaginées par ses équipes.

C'est Déborah qui est en charge de mettre en place la soirée qui récompensera les travaux les plus méritants, mais qui remerciera aussi chacun pour s'être lancé dans cette idée un peu folle, qui leur coûte en temps et en énergie, alors que leurs semaines sont déjà chargées et harassantes.

Le soir tombe sur la petite maison de Max. Il a disposé quelques bougies sur la table de la terrasse et sur le plancher de bois foncé. Le ciel s'embrase tout à coup, et contemplatif, Max plonge dans ce décor rougeoyant. L'Australie lui offre des sensations qu'il n'a jamais connues auparavant. Les odeurs d'eucalyptus qui embaument le jardin et les allées avoisinantes. Et les couleurs du ciel, qui stimulent sa créativité et son envie de se dépasser.

Déborah rejoint son patron et ensemble ils refont le monde, autour d'un poisson grillé au barbecue, que Max a trouvé, au port, ce matin à l'aube. Le vin est frais et Déborah affiche une insolente jeunesse qui perturbe Max. C'est la jeune femme qui se jette à l'eau la première. Qu'il est agréable de sentir cette fraîcheur sur sa peau chaude et moite. Max ne tarde pas à s'y glisser également et s'étant promis quelques longueurs sportives, les voilà partis, à coup de longues brasses, à l'autre bout de la piscine. Il suffit que Déborah pose sa main sur l'épaule de Max pour que celui-ci l'embrasse. Il suffit à Max qu'il pose un regard tendre sur Déborah pour que celle-ci ose le geste qui bouleverse ce soir leurs destins.

Demain ne sera plus tout à fait pareil pour ce couple qui se forme sous les cieux de Melbourne, à des dizaines de milliers de kilomètres de leur première vie de chagrin.

Max a offert à ses équipes une soirée à la hauteur de leur labeur, leur investissement et leur dévouement. Mais de cela, ses salariés n'en sont pas surpris.

La salle, fleurie avec raffinement, les accueille au son de notes aux réminiscences d'Europe de l'Est, de l'orchestre de jazz.

De chaque côté de la salle de bal, il est disposé un large buffet. Max l'a commandé chez Finkel traiteur, en précisant qu'il voulait un assortiment des spécialités de leur ancien monde et de celui qui les a ramenés à la vie.

L'orchestre s'arrête alors pour laisser la parole à Max, qui dans son smoking bleu marine, s'impose par son élégance et son charme envoûtant.

« Que je suis heureux, mes amis, de vous voir ce soir, réunis avec les vôtres et d'accueillir ainsi vos conjoints respectifs. Mais je suis encore plus fier du travail accompli et de votre engagement dans l'entreprise.
Ceux, qui ont fait partie de l'aventure il y a quelques mois, quand il a fallu se retrousser les manches, savent d'où nous sommes partis. Ensemble. C'est cette énergie commune qui nous permet aujourd'hui d'être fiers de notre accomplissement mais aussi d'être remerciés par des revenus plus que substantiels.

Ce soir nous allons découvrir votre talent et votre capacité à créer et innover ensemble. Mais pour l'instant place à la musique et au buffet ! »

En rendant son micro au crooner de la soirée, Max tend la main en direction de Déborah, qui le rejoint sur la piste de danse pour ouvrir les festivités. À l'étonnement, se succèdent les sourires complices. Bien vite les uns et les autres les rejoignent sur le parquet lustré, tandis que l'orchestre fait retentir les cuivres.

À Paris, Feiga a trouvé ses marques. Elle a allégé sa conscience en dévoilant à Max son lourd secret et fait régulièrement des voyages à Londres pour voir sa « nièce ». Marion grandit, entourée de l'amour de Tsipora et d'une famille marquée par les pertes de la guerre, mais aussi d'une tante qui se fait toujours plus pressante. L'inquiétude chez la sœur de Max est grandissante, à chaque année qui passe : « Feiga m'enlèvera un jour Marion. Mon enfant me pardonnera-t-elle ces mensonges et cette trahison ? »

Feiga donne effectivement l'impression de vouloir rattraper les années gâchées et ces petits moments de l'enfance qu'elle a manqués. Tsipora ne fait pas barrage pour l'heure mais il arrivera un jour où Feiga ira trop loin. Elle n'en a que trop conscience.

Monsieur Finkelstein a définitivement rendu les armes et les clefs du magasin à sa fille et à son second mari. Ce dernier se révèle être un bon vendeur et la boutique tourne doucement. Elle leur permet de subvenir à l'ensemble de leurs besoins et de s'offrir les petits à-côtés qui transforment le quotidien. Cet été, ils partiront sur la Côte d'Azur. Dans une jolie pension de famille à la sortie de Cannes. Feiga a acheté pour l'occasion un ravissant maillot noir et blanc à gros pois avec un large nœud dans le dos. Son premier maillot depuis bien longtemps. Elle se revoit, enfant, sur les plages du nord avec sa cousine, dans ce une-pièce rayé si tendance en ce début des années trente et protégée du soleil par cette ombrelle qui accompagnait les heures passées sur la plage.

La guerre était encore bien loin et malgré un quotidien peu aisé, elle rêvait de lendemains bien meilleurs et de prince charmant qui l'emmènerait vers un autre destin.

Paris. 3 juin 2017

« Bonjour. Je cherche à m'entretenir avec votre patron.
— C'est à quel sujet mademoiselle ?
— Je voudrais acheter un lot conséquent et j'ai donc besoin de le négocier directement avec lui.
— À cette heure-là il est au bistro. Revenez cet après-midi. »
En poussant la porte du magasin de téléphonie de la rue Cambronne, Clara fait preuve d'un courage exemplaire tant cette mission lui paraît compliquée. Et voilà que tout est à refaire dans quelques heures. Se remettre en position de faiblesse. Laisser parler ses émotions alors qu'il ne faudrait réagir que par intérêt professionnel. Affronter son destin et se demander si toute cette initiative de récupérer le magasin n'est pas une énorme bêtise, une madeleine de Proust des années de l'enfance compliquées.

Clara et Éric décident de rejoindre les bords de Seine. Puis la Tour Eiffel. Après tout, l'après-midi est longue et il sera bien temps de retourner rue Cambronne. Le champ de Mars accueille nombre de badauds, profitant du soleil ardant de ce mois de juin. Parmi eux, les touristes prêts à gravir les étages de la Dame de fer, les promeneurs lointains harassés, se posant quelques minutes sur l'herbe, s'imaginant ainsi à mille lieues de la ville, les voisins promenant les poussettes colorées ou les chiens se dandinant au bout des laisses trop longues. Et puis il y a Clara et Éric, qui n'appartiennent à aucune de ces catégories. Ils se sont assis sur un banc, une limonade à la main, contemplant le spectacle de la vie parisienne.

« Tu ne trouves pas qu'il manque l'essentiel ?
— Les croquants de Paul ? répond Éric
— Oui les croquants de Paul. »

Justement Paul a appelé ce matin. Un peu inquiet que les choses n'avancent pas comme chacun le souhaiterait. Un peu seul aussi sans son compagnon et sa cliente la plus chronophage.
Il attend un rapport pour ce soir, après la visite prévue au magasin. Ensemble, ils verront alors comment avancer, en fonction de ces premières discussions et de l'état de la situation. L'inquiétude de Paul reste que ce « sacré » magasin ne soit à vendre et que Clara s'en trouve du coup démotivée. Cette jeune femme a une sensibilité à fleur de peau, malmenée par un amour paternel défaillant et en proie à des colères d'enfant

blessée, qui ne lui permettent pas de juger à bon escient les événements de la vie. Mais c'est aussi là où elle puise le meilleur d'elle-même, cette rage d'avancer, de ne pas se laisser dominer et de laisser libre cours à une création vibrante et généreuse.

« C'est formidable Clara d'avoir des projets qui semblent tracés, mais le cours de la vie ne se déroule pas toujours comme on l'imagine. As-tu prévu une alternative selon la tournure que prendra la conversation ? » lui a suggéré Paul avant leur départ

— Tu veux dire une alternative à la reprise du magasin ? Pas le moins du monde ! »

C'est alors avec résignation et la foi dans sa capacité à créer des miracles, qu'il a missionné Éric pour accompagner Clara dans cette aventure pour le moins hasardeuse.

Après la visite des Invalides, voilà les deux aixois de nouveau en route pour le magasin de Max. Comme si le temps s'était figé après-guerre et avait ignoré la boutique aux néons crus et aux téléphones de second choix en vitrine.

« Sait-on quand Feiga a vendu le magasin ? demande alors Clara à Éric qui se targue de connaître le dossier dans ses moindres détails.

— En 1982 apparemment. Tu vois il s'en est écoulé des années depuis, et certainement des propriétaires et des activités différentes. Le temps des costumes sur mesure, des petits pulls dans les casiers et des vestes de travail de Max est bien loin.

— Tu te trompes. Les personnalités comme Max impriment dans les lieux leur âme. Il reste un peu de Max sur chaque mur de ce magasin, crois-moi. »

Effectivement le propriétaire est enfin revenu du bistro à l'heure prévue. Question de routine. Et tout donne à penser qu'il y passe de longues heures chaque jour, certainement ennuyé de vendre des prises et des téléphones bas de gamme à des clients incrédules qui n'y connaissent rien.

Il ne se lève pas quand Clara se présente à lui.

« Alors c'est quoi votre affaire du siècle mademoiselle ?

Un peu décontenancée par le ton narquois de l'homme, Clara ne se démonte pourtant pas :
« Votre activité n'est pas florissante si j'en juge à votre motivation affichée et, certainement votre entrain à vous retrouver chaque matin ici, à l'ouverture du rideau de fer. Alors permettez-moi de vous enlever une épine du pied. Je vais racheter votre activité et vous allez pouvoir recommencer une vie qui corresponde certainement plus à vos attentes. Une sorte de reconversion finalement ! Installez-vous quelques semaines pour jauger de la situation, déterminer ce qui vous plait dans la vie, et décider de repartir sur une activité nouvelle et stimulante ! »

L'homme se tourne et scrute sa boutique. Ce minuscule espace sans charme, coincé entre un cinéma de quartier agonisant et un traiteur chinois dont la climatisation aurait bien besoin d'être repensée.

Mais qu'est-ce qui peut bien pousser cette gamine à vouloir son magasin avec une telle détermination ?

« Je suis désolée mademoiselle mais il n'est pas à vendre. Certes ce ne sont pas les Galeries Lafayette mais j'y suis attaché. Je l'ai acheté avec l'héritage de mon père. C'est un peu chez lui aussi ici, vous comprenez…

— Mais justement, donnez une autre dimension à cet héritage » interrompt Éric. « Comme l'investissement est en tout état de cause décevant, repartez sur des nouvelles bases et un projet plus flatteur !

— Jeunes gens, puis-je comprendre pourquoi vous convoitez tant ce petit magasin, qui plus est n'est pas disponible ?

— Parce que j'y ai aussi une histoire personnelle coupe Clara, qui dépose sa carte de visite devant le patron nonchalant mais curieux.

« Réfléchissez. Mais vite. Je dois monter rapidement mon projet. Je suis attachée à ce lieu mais si ce n'est pas lui, je devrais faire rapidement un autre choix. »

Clara a déjà franchi la porte quand Éric se lève à peine. Il salue l'homme qui n'en a pas fini de se demander ce que cache toute cette histoire.

« Non mais tu l'as vu cet idiot ? Avachi sur sa chaise en train d'attendre patiemment le chaland perdu ou celui qui se fera plumer par une offre promotionnelle douteuse ! Non mais que croit-il

218

avec son magasin déprimant sur une artère lugubre ? »

Clara l'écoute à peine. Elle est déterminée : il n'est pas question qu'elle ne récupère pas le magasin de Max.

Éric appelle Paul dans la soirée. À sa voix calme et douce succède bientôt celle de Clara, passablement énervée.

« Paul, il faut me sortir de là. Vous avez bien des amis dans la police, aux impôts, dans les ministères que sais-je ...Trouvons la faille et faisons tomber ce prétentieux !

— Ma chère Clara, vous regardez bien trop de fictions et vous me conférez des pouvoirs que je n'ai pas. Mais je vous promets de donner quelques coups de téléphone dès demain. Sur ce, je vous souhaite une jolie nuit, que je vous espère sereine et permettez à Éric de souffler ce soir. Je vous embrasse. »

Éric s'est déjà déchaussé et allongé sur le canapé, un livre ouvert à son premier chapitre et un verre de Sancerre frais sur la table basse, à portée de main. La soirée s'annonce calme et douce et contrebalance parfaitement la pression de la journée.

Pourtant, rivée sur l'écran de son ordinateur, Clara n'a pas freiné le rythme de ce jour et commente à voix haute le résultat de ses recherches.

« Je ne trouverai rien ce soir. Allons dîner Éric.

— Ma Clara, ce soir je n'aspire qu'à une diète arrosée au Sancerre et un peu de quiétude. Une sorte de repos du guerrier mérité, si je puis résumer ainsi mes envies du soir.

— Tu te reposeras après. Tu ne vas pas me laisser dîner seule dans un restaurant sordide où je risque d'être la proie d'hommes mal intentionnés.

— Nous ne sommes pas dans le mélodrame au moins ! »

Éric a remis, bien malgré lui, ses chaussures et se dirige vers la porte d'entrée alors que Clara traîne.

« Dans exactement trois minutes je retourne à mon verre de vin et à mon roman du soir. À toi d'en décider. »

Pendant le dîner, Clara monologue longuement. Éric n'a guère le loisir de l'interrompre et l'entendre, tel un bruit de fond, gazouiller, lui va parfaitement bien. De temps à autre, il hoche la tête en signe d'approbation ou soulève la commissure de sa lèvre gauche pour lui faire part d'un sentiment de doute.

Les coquilles Saint Jacques, qu'il a choisies, sont cuites à merveille et se marient parfaitement avec le trio de purées de légumes qui les accompagnent.

« Tu m'écoutes ou tu attends que tes fruits de mer s'épanchent sur leur enfance ? »

Il est vrai qu'Éric a les yeux rivés sur son plat et pour cause, la mise en assiette est inspirante.

« Tu peux grogner, mais tu seras bien contente que je te serve une assiette aussi jolie la prochaine fois que tu daigneras dîner chez moi.

— Éric je te parle de mon avenir et de la raison pour laquelle nous sommes montés à Paris.

— Ah ça ma chère, je pense l'avoir compris. Ce que je ne conçois pas, c'est que tu ne lâches pas tout ce soir et que tu ne profites pas de ce dîner, de cette agréable salle de restaurant et de ma présence. Tu ne peux absolument rien faire jusqu'à demain et moi non plus. T'ai-je raconté la fois où je suis resté coincé dans l'ascenseur avec ce pervers de Gérard ?

— Non mais j'adorerais que tu le fasses » Clara reçoit bien le message d'Éric plein de sagesse. Comme disait Max : « demain tout ira bien ! »

Clara a acheté sur le chemin du magasin, dans un supermarché de la rue Lecourbe, une chaise de plage et se poste devant la vitrine de téléphonie, interpellant les passants d'un « bonne journée » ou chantonnant les refrains de son enfance.

« Mais qu'est-ce que c'est que ce cirque ? »
Le patron du magasin sort en trombe du local et sa colère s'abat immédiatement sur Clara, qui n'en semble pas affectée.

« Tu vas me ficher le camp de suite sinon j'appelle la police. Mais qu'est-ce que c'est que cette folle !

— La police ? Mais elle va arriver, le temps de rassembler les éléments que je lui ai fournis. Je ne vous ai pas dit ? C'est ma phase deux. Après la proposition à l'amiable ... l'odieux chantage ! »

Furibond, le propriétaire, fait alors demi-tour pour se réfugier derrière son comptoir. La police ? Mais pour quoi faire ? Il n'a rien fait. Enfin rien de grave qui ne justifie leur intervention. Quelques petits arrangements avec la caisse. Des contraventions impayées. Une situation un peu compliquée avec le fisc. Non franchement, il n'y a pas mort d'homme. La petite se joue de lui. Il ne tombera pas dans le piège.

Clara reste plusieurs heures devant le magasin et dissuade du coup tout client potentiel d'y rentrer.

En retournant à l'appartement, elle trouve Éric à la même place qu'hier, en ce début de soirée qui s'annonce agréable. La fenêtre est ouverte sur la rue, calme à cette heure de la journée et un doux soleil envahit la pièce aux murs blancs et aux meubles sombres. Préambule à une certaine idée du bonheur simple...

Clara brise à la fois la quiétude, une légère sonate et une paix intérieure chère à Éric. Elle lui raconte la réaction du propriétaire, qui n'a pas décoléré de l'après-midi et son « jeu », digne d'une pièce de boulevard. Elle avoue pourtant que sans éléments nouveaux en sa possession, elle ne risque guère de faire plier l'individu.

« Du nouveau sur le propriétaire de mon magasin ? interroge Clara « Paul nous a dit ce matin qu'il n'avait pas de retour de ses contacts mais a-t-il pu récupérer quelques informations entre temps ? »

222

— Rien du tout ma chère Clara. Mais chacun a quelques choses à cacher. Et certains plus que d'autres. Et il m'est d'avis que ce lascar a un dossier bien épais. Il trouvera avant toi les raisons de céder à ta proposition. Crois-moi ! »

À peine allongée sur le canapé, prête à attaquer le film du soir, Clara tombe dans un profond sommeil. Éric la couvre et va rejoindre son lit et son livre. La soirée commence enfin.

« Éric, j'ai peut-être la solution à votre odieux chantage à tous les deux.

— Comme tu y vas Paul. Je ne suis complice que des bonnes intentions, pas des coups tordus de mon amie dont tu te fais le partenaire également d'ailleurs.

— Alors passe-moi Clara au lieu de minauder.

— Trop tard. Tu m'en as trop dit. Continue. »

Paul connaît suffisamment la curiosité d'Éric pour ne pas être surpris par sa réponse.

« Il est possible que la provenance de l'argent qui ait servi à acheter le magasin ne soit pas claire. On continue de chercher mais les papiers ne sont pas vraiment en règle et la somme annoncée officiellement ne correspond en rien au prix du marché.

— Et cette transaction date de quand ?

— Cela aussi est étonnant. Le propriétaire actuel le possède depuis plus de trente ans imagines-toi. Il a été transformé, à ses débuts, en centre de copies en libre-service comme il y en avait tant dans ces année-là. Puis, il est devenu un magasin

de gadgets variés, jusqu'à devenir un espace de téléphonie. Il semble que le magasin n'a jamais réussi à dégager de vrais bénéfices et pourtant le propriétaire ne s'en est jamais débarrassé.
— La réponse vient peut-être du vendeur de l'époque
— Un certain Finkelstein apparemment. Il serait le signataire de cet acte de vente douteux. »

Éric raccroche et interpelle Clara.
« Comment s'appelait la femme de Max déjà ?
— Feiga. Feiga Finkelstein, de son nom de jeune fille.

Melbourne. 6 janvier 1951

Ce soir-là, il en est scellé du sort de Déborah et Max. Ils sont désormais, à la scène comme à la ville, un couple. Un joli duo empreint de grâce et d'élégance. La blondeur de Max s'harmonise tant avec la peau brunie et les yeux de jais de Déborah. Ils ont le maintien qu'on ne prête qu'aux nantis, eux, les enfants des faubourgs juifs de Paris, Berlin ou Cracovie.

Déborah a repris en main le jardin qui abonde en mauvaises herbes pour en faire un camaïeu de fleurs. La jeune femme a également planté quelques jeunes arbres fruitiers. Pour plus tard a-t-elle promis. Sans bousculer les habitudes ancrées depuis des années de Max, elle a parsemé la maison de touches personnelles. Ici un joli rideau fleuri. Là une plante verte sur un guéridon de bois foncé. Quelques napperons de part et d'autres et la photo de leur entrée en piste à la soirée de la société. C'est un peu ce soir-là que tout a vraiment commencé.

Déborah cache habilement ses failles. Elle présente au monde une fort jolie personnalité déterminée mais souriante. Et pourtant les meurtrissures de la guerre ne la laissent guère en paix. Les images de l'enfance se sont évanouies avec la douleur de la perte des siens. De ces années en France il ne reste que le désordre, la colère et la détresse.

Quand elle est seule, Déborah est dévorée par ses démons, par les visages de sa mère et de son frère en souffrance. Elle peut rester des heures entières, prostrée sur une chaise, à attendre que la paix revienne enfin en son for intérieur.

Quand Max est à ses côtés, il fait alors fuir les malins, les cauchemars et les idées noires. Max est son ange gardien. Et la Déborah pacifiée, apporte aussi à son fiancé, la consolation de toutes ses souffrances. Deux négatifs s'annulent pour offrir du positif. N'est-ce pas mathématique ?

À l'atelier comme dans les magasins il n'est plus un secret pour personne que la belle brunette a conquis le cœur du patron. Enfin. Même si certaines regrettent de n'avoir fait chavirer le célibataire, tous se félicitent de le voir enfin heureux. L'ombre de Feiga n'est plus.

Déborah apporte une énergie nouvelle à Max, qui ne cesse de créer et de développer l'activité de la maison. Elle l'a ramené à la vie, à ses aspirations premières et à sa soif de se dépasser toujours plus.

« Déborah ! Demain interview dans le journal américain Vogue ! Ils prévoient un supplément australien dès l'an prochain, alors la rédaction s'intéresse à ce qu'il se passe chez nous. Le magazine nous envoie un journaliste local pour faire le tour des installations et m'interviewer sur mon histoire et mes aspirations futures. Déborah je suis heureux ! »

Et il est bien vrai que Max se sent béni des dieux. Chaque soir, ils prennent le temps de diner sous les étoiles en cet été australien. Déborah a aménagé la terrasse avec des grands fauteuils recouverts de tissu fleuri et fait faire par un menuisier local une large table de bois peinte en mauve. Ce qui a laissé perplexe Max quand le charpentier la lui a fait livrer. Mais qu'importe qu'elle soit mauve, framboise ou d'un rouge ardent après tout. Cette fantaisie est tout ce que le couturier aime et partage avec celle qui, désormais, vibre avec lui, le jour comme la nuit.

Et chaque soir, après un repas préparé avec soin par Max et de belles conversations sur l'avenir du monde plein de promesses, ils scrutent le ciel, les yeux rivés sur ses constellations.

Comme des enfants qu'ils n'ont jamais cessé d'être, les voici en train de guetter une éventuelle étoile filante ou une petite ourse scintillante.
Cela peut prendre des heures avant que le premier alerte le second sur un miracle des cieux. Alors ils rentrent verres et fruits frais et se couchent, encore émerveillés, de ne faire qu'un ce soir encore.

L'excitation est à son paroxysme ce matin. Le journaliste de Vogue est attendu dans quelques heures et chacun a bien l'intention d'offrir le meilleur de lui-même. Max a été clair lors de la prise de rendez-vous : « je suis ravi de répondre à vos questions, mais cette maison est une conjonction de talents, d'implications et de personnalités. Et je vous rappelle que nous en avons repris ensemble la succession même si j'en assure la direction. »
« Avez-vous conscience de la chance que vous a donné ce pays ? »
Drôle de première question pense Max même s'il en mesure toute la portée.
« Comme chaque immigré australien qui a échappé au pire. La terre d'accueil d'un sacrifié est sa nouvelle patrie. Il serait inconvenant de penser autrement. Parmi les miens certains ne sont plus que cendres depuis longtemps, morts sans sépultures, dans d'atroces souffrances. L'Australie m'a donné, non seulement la chance d'être vivant, mais de pouvoir devenir quelqu'un. Je me demande bien quelle autre réponse peut appeler une telle question. »

Légèrement courroucé, Max n'en perd néanmoins pas son légendaire flegme britannique et appréhende le ton de la prochaine question. Pourtant il n'en est rien. Comme si le journaliste avait simplement voulu tester le créateur et sa relation à ce pays. Le reste de l'entretien se poursuit cordialement. Max s'emporte avec passion sur son métier, ses idées, sa vision de ce qu'il souhaite développer au sein de la maison, puis l'emmène visiter à la fois les magasins et les ateliers. Il lui présente également les « âmes de la maison », comme il aime à les appeler.

Les petites couturières qui mettent du cœur à l'ouvrage et méticuleusement finissent les boutonnières des costumes. L'équipe de coupeurs, devant leur pile de patrons dessinés par les assistants de Max. Plus loin, l'équipe logistique prend les commandes et assure le suivi des travaux jusqu'à la livraison en magasin. Et puis tous ceux qui, de par leur mission, sont les rouages de la bonne marche de l'entreprise. Des livreurs à la comptable. Des façonniers aux manutentionnaires. Chacun est un anneau de ce chaînon, indispensable au succès et Max n'oublie jamais de les remercier de s'impliquer avec autant de sérieux dans leurs tâches quotidiennes.

« Tu sais ce qu'est un bon dirigeant Déborah ? Non pas celui qui arrive en haut de l'échelle mais celui qui permet aux autres de le faire. Je m'efforce de donner à chacun un emploi digne et bien payé pour que les nuits soient paisibles et les futurs moins incertains.

— Peut-être parce que le début de ta vie d'adulte a été un combat contre la misère, l'injustice et la mort. Tu es un survivant Max. Mais un survivant optimiste, qui voit la vie avec un formidable appétit. Celui d'apprécier chaque jour à sa juste valeur, en voulant profiter de toutes les minutes qu'il t'est donné de vivre. »

Ce jour-là, pendant la visites des ateliers et des magasins, Max ne manque pas de revenir sur ce qu'il défend. À tel point que le journaliste traduira cette bonté d'âme et ce respect d'autrui par « cette pensée communiste qui nous vient d'Europe. »

Et pourtant, cet article documenté va donner un nouvel essor à la société. Des clients curieux se pressent dans le magasin alors que d'autres plus altruistes applaudissent à deux mains les propos de Max. Certaines femmes viennent pour leur mari, mais cherchent du regard le grand blond aux yeux d'acier.

Ce petit succès précoce permet à Max d'engager à nouveau et d'ouvrir une troisième boutique dans un des quartiers en plein développement.

Il est temps, à présent, de s'entourer d'une direction plus confirmée pour l'aider à mener de front toutes ces activités.

Les candidats qui lui sont proposés se succèdent. Mais aux jeunes impatients arrogants s'opposent les vieux loups fatigués. Aucun postulant ne trouve grâce à ses yeux.

« Et si j'embauchais une femme ?

— J'espère que tu ne penses pas à moi » répond Déborah.

— « Certainement pas. Très égoïstement, il n'en est pas question. Tu serais bien trop occupée et tu me négligerais.

— Ceci étant, penses-tu vraiment que ce soit une bonne idée ? Comment veux-tu qu'une femme s'impose à la direction de ton affaire ? Je ne suis pas sûre que tes partenaires et salariés soient prêts à cette petite révolution.

—Tu sais comme j'aime aller à l'encontre de l'attendu. Je te désigne chef de mission. Trouve-moi la perle rare.

Déborah fendit la ville dans tous les sens à la recherche de candidates idéales. Fallait-il déjà trouver une femme dont l'ambition ultime n'était pas de construire une famille et de partager ses journées entre ménage et éducation des enfants. Trouver également une candidate éduquée ou expérimentée pour savoir gérer les missions établies. Enfin une personne qui ait assez de caractère et de poigne pour faire fi des qu'en-dira-t-on et des oppositions internes et externes.

Déborah n'en finit pas d'épingler les offres d'emploi dans les centres culturels, les cafés bien fréquentés, les bibliothèques et tous les lieux auxquels elle pense, pour trouver une personne cultivée et disponible, Elle fait également marcher le bouche-à-oreilles dans les communautés et associations juives. Elle passe du temps aussi dans les restaurants proches des grands magasins et commerces de détail. On lui recommande l'une et on la met en relation avec l'autre. Déborah rencontre, parle un peu et écoute beaucoup chaque candidate.

Au final, une américaine et deux européennes sont retenues pour passer le grand oral. L'une comme l'autre ont de vraies qualités mais aucune n'a le profil idéal.

Max passe de longues heures avec chacune d'entre elles mais n'arrive à se décider. La tête dans les dossiers, il ne voit pas dans l'atelier Madeline prendre en main l'équipe qui n'arrive à terminer les commandes du jour.

En levant la tête il assiste à son ballet parmi les équipes. Madeline. Le jour où il l'a embauchée, il a été séduit par sa volonté de faire et ses promesses qu'il n'aurait jamais à se plaindre d'elle. Madeline... Mais oui ! Pourquoi n'y ai-je pas pensé avant.

Max s'est promis de suivre cette veuve meurtrie par la vie mais décidée à ne pas abdiquer, toute la semaine, pour vérifier si son instinct ne le trompe pas.

« Madeline ? Et pourquoi pas ! Elle est cultivée, intelligente et sait s'imposer dans les équipes fermement mais respectueusement. Je crois que tout le monde l'aime bien, même si certains la craignent. » Déborah abonde dans le sens de Max.

— Tu sais Max ... c'est aussi une écorchée de la vie. Comme nous.

— Eh bien elle saura se battre aussi bien que nous alors. J'ai toute confiance. »

Max a posé un vinyle de Nat King Cole. Dès l'apparition de ce nouveau procédé de fabrication des disques, il a rangé ses vieux soixante-dix-huit tours pour s'offrir ses premiers enregistrements de qualité. Le voilà entraînant Déborah au milieu du salon, dans un déhanché qu'il maîtrise à merveille, au son de *Mona Lisa*.

L'orage se fait sentir au loin. Il rafraîchira la végétation, les corps humides et les esprits enfiévrés.

« Et si tu changeais de nom ? Susurre Max à l'oreille de Déborah.

« Changer de nom ? Mais pour quoi faire ?

— Pour devenir madame Goldman. »

Paris. 4 juin 2017

« Vous n'allez tout de même pas menacer ce pauvre homme pour récupérer le magasin ? »

Éric est blême devant sa tasse de café matinal. La veille, Paul a décidé de les rejoindre pour faire avancer l'affaire et parce que cette aventure promet de le sortir de sa routine.

« Menacer ! Comme tu y vas Éric ! Il n'est pas question d'user de si vils stratagèmes. La pédagogie est encore la plus efficace des méthodes crois-moi. Quand on énonce calmement

232

et clairement les choses, elles ont tendance à se résoudre d'elles-mêmes. Tu verras » répond Paul, écrasant un deuxième citron dans un grand verre d'eau glacée, pour se faire une limonade fraîche.

Éric n'en croit rien. Il connaît son Paul. Et s'il lui fait confiance pour faire des miracles, il le sait suffisamment manipulateur pour être, parfois, à la limite de l'honnêteté intellectuelle.

Pour l'heure Paul a une faim de loup.

« Je vous attend au café du coin. Je rêve d'un croissant chaud et d'un café digne de ce nom. Dépêchez-vous et rejoignez-moi au lieu d'imaginer ce que je peux bien manigancer. »

Il est encore tôt, pourtant la rue grouille d'une faune d'étudiants nonchalants. L'université d'Assas est à deux pas, et les jeunes futurs juristes se mêlent à la population locale aisée. Dans quelques minutes, le grand bâtiment moderne et sans charme, aura déjà aspiré une bonne partie de ses locataires quotidiens. Il ne subsistera alors que quelques quadras, en retard à leur rendez-vous, des poussettes en partance pour le jardin du Luxembourg et des pigeons en quête de miettes du croissant de Paul.

Quand Éric et Clara rejoignent enfin Paul, celui-ci est dans une vive discussion en anglais. Ils comprennent alors que les investisseurs australiens sont en quête, eux aussi, de nouvelles rassurantes.

« Nous avons une semaine. Sept petits jours pour décider ce monsieur de nous céder le magasin. Sinon Clara, il faudra chercher un autre lieu. Et vite. Nos amis veulent que tu démarres l'activité française sous peu. S'ils aiment les histoires qui font pleurer dans les chaumières, ils aiment quand elles se finissent bien et surtout vite. »

Paul sort de son sac un dossier rouge sur lequel on peut lire « rachat de phone express ».
À l'intérieur une seule page. Avec l'essentiel.
« Éric, tu vas remettre en main propre cette chemise au propriétaire avec ma carte de visite et tu vas lui expliquer que je serai au magasin à trois heures cette après-midi. Explique-lui que tu veux donc t'assurer qu'il sera bien présent pour me recevoir. Ne rentre dans aucun détail. » explique Paul.
« Dans quels détails veux-tu que je rentre. Je n'ai pas la moindre idée de ce que tu prépares. »
Affichant une moue vexée, le jeune homme s'empare du dossier et file vers l'arrêt de bus en direction de la rue Cambronne.
« Clara, va te ressourcer au jardin. J'ai du travail et toi tu as besoin de parler aux oiseaux. »
Aux oiseaux ! Quand Paul l'infantilise, Clara a envie de lui sauter à la gorge. Il n'empêche que la jeune créatrice s'arrête en chemin chez le boulanger, acheter une baguette pour aller s'acoquiner avec les volatiles du Luxembourg.

Face au lac si calme sans ses courses de voiliers, elle est bien décidée à ne penser à rien. Que sera demain. « Paul a raison, la meilleure des activités du jour est de nourrir les pigeons et moineaux qui virevoltent autour de moi. »

« Mais qu'est-ce que c'est que ce cirque encore ». Le propriétaire accueille Éric en faisant de grands gestes. En ouvrant le dossier rouge il y découvre quelques données dont l'extrait de l'acte de vente entre lui et monsieur Finkelstein et un prix, imprimé en très gros caractères, au centre de la page, cerclé de rouge.

« Fichez-moi le camp. Vous n'avez pas pitié d'un vieil homme ? Mais que me voulez-vous à la fin ? On a l'impression qu'il y a un trésor derrière les murs de cette vieille boutique. » hurle-t-il.
Éric a déjà fait demi-tour.
« À tout à l'heure » répond-il enfin avant de disparaître.

Samir a mis son fils Rachid à la caisse aujourd'hui, pour accueillir Clara et ses amis afin de déjeuner rapidement au-dessus, dans son petit deux-pièces aux couleurs de l'Orient.

Salades fraîches à la menthe, *chakchouka** maison, et brochettes de poulet mariné au curcuma, sont déjà sur la table quand ils franchissent la porte.

chakchouka : salade cuite orientale de tomates et poivrons grillés

235

« Ma fille, chez nous, l'homme plus âgé est le sage du village. Sa maturité nous enseigne les erreurs à ne pas commettre et il est de bon ton de suivre ses conseils. »

Telle est la conclusion du commerçant alors que Clara vient de lui résumer les développements de ces derniers jours. Paul sourit. Ce Samir est plein de bon sens.

« Je veux bien croire aux miracles Samir, mais rien ne l'a fait bouger du magasin depuis plusieurs décennies. J'aimerai comprendre comment aujourd'hui notre équipe d'aventuriers pourrait le faire changer d'avis.

« Patience ma fille. Fais confiance à ceux qui te veulent du bien. Et à Dieu !

Va savoir si Paul ne t'a pas été envoyé par le Tout-Puissant sur cette terre, pour faire de ta vie un destin. »

Clara éclate de rire et entraine de bon cœur l'assemblée, attablée.

« Yallah ! Mangeons à présent sinon Meriem va se fâcher »

L'épouse de Samir pose sur la console les desserts de miel et de sucre. Et le thé à la menthe infuse dans sa grande théière dorée traditionnelle. Il lui faut du temps pour qu'il devienne ce nectar de sucre et de plantes qui fait saliver de Belleville à Tanger.

Meriem s'assoit enfin et plante ses dents dans une brochette de poulet tiède.

« Écoute-les tant que tu veux Clara, mais n'oublie jamais, que nous les femmes, nous avons des siècles de combats de retard. Cela nous donne une force décuplée, ma fille. Alors oui, tes chevaliers sont à tes côtés pour t'accompagner, mais toi seule maîtrise ton avenir. Venge nos grand-mères, qui t'encouragent de là-haut, à être toi-même, sans attendre que les autres prennent en main ton destin.

— Meriem, quelles idées, tu mets dans la tête de la petite. Je vais te retirer la télévision, moi, si ça te donne des idées féministes.

— Vous êtes mes amis et je vous aime comme ma famille. Merci à vous tous autour de cette table. Vous êtes ce que j'ai de plus cher, avec maman et ma formidable grand-mère. » Clara lève son verre de Boulaouane en direction du ciel :

« Et je ne t'oublie pas Max. Sans toi, je serais certainement tranquillement en train d'ajuster des modèles en atelier. »

« Monsieur Velasquez ? »

L'homme regarde sa montre derrière son comptoir. Il est trois heures. Voilà donc son fameux rendez-vous. L'homme au dossier rouge. Bon sang ! Il ne va pas se laisser impressionner par toute cette clique de snobinards.

« Voilà autre chose ....

— S'il vous plaît monsieur Velasquez. Je ne viens pas en ennemi. Bien au contraire. Pouvons-nous passer dans l'arrière-boutique pour nous parler autour d'un café ? »

L'homme n'est pas convaincu mais se dirige pourtant vers le fond du magasin, suivi de près par Paul.

La table de Formica n'a pas été débarrassée de son déjeuner frugal. Le propriétaire balaie d'un revers de la main les miettes et dispose le carton de pizza dans l'évier.

Cette pièce est dramatiquement immonde pense alors Paul qui s'efforce de ne pas voir l'insalubrité environnante.

« Monsieur Velasquez, je vais vous raconter une histoire ...

— Écoutez, je n'ai pas le temps pour écouter vos fabulations. J'ai une vie simple entre mon café, mon magasin et ma maison. Je n'embête personne pour qu'on me fiche la paix justement. Et vous et votre clique, vous débarquez comme cela dans ma vie en voulant me mettre dehors et m'imposer vos choix. Si vous croyez que vos histoires vont m'impressionner ... »

Paul ne réagit pas. Il attend sagement la fin de la réplique de l'homme transpirant, sous l'effet de la digestion et de son surpoids, mais aussi de la chaleur particulièrement élevée de l'arrière-boutique.

« Je vais donc vous raconter une histoire. Quand vous avez acheté, de façon peu orthodoxe, ce local, vous n'avez certainement pas su que ces murs avaient un passé. Celui de Max et de Feiga, qui ont cru ensemble qu'ils y feraient toute leur vie professionnelle. Celui de la guerre, qui a transformé cette boutique en ruine et qu'il a fallu remettre en état. Celui de ceux qui ont passé des heures sur des chaises de fortune avant de mourir dans les chambres à gaz. Ce n'est pas un magasin comme les autres pour ceux qui ont imprégné de leur sang et de leurs espoirs les colonnes de ce local. »

Monsieur Velasquez regarde Paul, dans son exercice de plaidoirie pourtant convaincante, sans rien y comprendre.

« Que dois-je répondre : je suis désolé ? Bien sombre histoire ? Que voulez-vous que cela me fasse ?

— La jeune fille qui est venue vous voir est la descendante de Max, le propriétaire d'avant-guerre. Elle a vu son aïeul lors d'une vision nocturne l'implorer de reprendre le magasin et de finir son œuvre.

— Une jeune fille ? Moi tout ce que m'avait dit le propriétaire, lors de la signature, c'est que la seule héritière légitime était une fille et qu'elle ne souhaitait pas reprendre l'affaire. Quand à celle qui vivait à Londres, elle ne savait apparemment pas qu'elle appartenait à cette lignée. Et puis en quoi suis-je concerné ? Je n'aurais jamais dû écouter les histoires de ce vieux fou quand il m'a refourgué son magasin !

Paul n'entend pas la fin de la réponse de l'homme suant de gesticuler dans tous les sens, dans sa chemisette à carreaux. Une fille à Londres illégitime ? Mais quelle fille ? Il n'a jamais été question de quelqu'enfant caché que ce soit dans ses recherches. Il existe peut-être un héritier qui n'aurait pas été mentionné mais qui pourrait réclamer sa part du gâteau ? Et quelle pièce serait alors Claude dans ce puzzle, qui n'en finit pas de livrer ses secrets ?

Monsieur Velasquez interrompt sa réflexion :

« Le vieux a mis en vente le magasin après le décès de sa fille, alors il est possible qu'il ait divagué ce jour-là. Et puis franchement, j'en avais peu à faire moi de ses histoires de famille. On s'est arrangé et j'ai signé. Point. Bon, vous avez fini ? Je peux retourner travailler ?

— Je vais vous expliquer très clairement la situation cher monsieur. Ce local reviendra dans quelques semaines à ma cliente. D'une façon ou d'une autre. Soit nous décidons ensemble d'écrire une belle histoire où, attendri, vous décidez de partir à la retraite et céder à un prix très avantageux pour vous le magasin, soit je vous promets de mettre à jour de très vieux dossiers sur l'acquisition véreuse de votre local. Certes après tant d'années vous ne devriez pas être inquiété. Par contre dès que le fisc est alerté sur un profil, il a la fâcheuse habitude de décortiquer votre vie, pour se rembourser des sommes qu'il estime volées.

Sans présager de rien, j'ai comme le sentiment que vous avez eu recours par la suite à d'autres méthodes malhonnêtes.

Je vous propose d'y réfléchir disons....
Quarante-huit heures. Je serai chez vous après demain à la même heure.

Ah… et soyez gentil d'éviter de déjeuner dans l'arrière-boutique, j'ai du mal avec les odeurs de pizza froide. »

Paul ne se retourne pas et quitte le magasin en reprenant son souffle. Une fois dehors, il inspire longuement pour évacuer de ses poumons et narines cette odeur de graisse et s'évente pour se départir de cette puanteur, qui lui colle aux vêtements.

Il fait doux sur la rive gauche de la capitale et les parisiens vaquent à leurs occupations. À cette heure de la journée, la rue est encore paisible et Paul s'attable au premier café qu'il croise en descendant vers la rue Lecourbe.

Il commande une limonade fraîche et une tarte tatin et essaie de rassembler ses idées.

Comment va-t-il gérer cette héritière dont nul n'a entendu parler.

Il serait maladroit d'en parler à Claude. L'homme est suffisamment instable. Et puis si Max lui a si peu parlé du passé, il y a fort à parier qu'il n'a jamais évoqué une quelconque fille cachée ou décédée.

Melbourne. 10 juillet 1951

Les visages sont bouffis par les larmes et l'émotion. Les mouchoirs tentent d'éponger les rivières qui coulent des regards attendris.
Tous sont réunis en ce jour avec émotion dans la synagogue d'East Melbourne. Cette magnifique bâtisse quasi centenaire est la plus vieille synagogue de Victoria. Max voulait un lieu chargé d'histoire et d'émotion pour promettre à celle qu'il aime, de la chérir, la vêtir et la satisfaire toute sa vie durant.
Ce jour Max et Déborah s'unissent pour le meilleur devant les amis, le personnel de la société et les clients fidèles.

Il est de ces unions exceptionnelles parce que les mariés en ont décidé ainsi. De ces mariages où l'intensité du regard transmet la force d'un amour véritable.
Déborah et Max irradient d'un bonheur qui s'est confirmé au fil des mois. Évident pour chacun dès les premiers instants. Un coup de foudre qu'il a fallu protéger pour le faire éclore à point nommé. Quand Max avait définitivement fait le deuil de son passé. Quand Déborah était prête à convoler, en petite orpheline qu'elle était devenue.

La synagogue irradie sous les rayons de soleil de la ville, malgré la fraîcheur de ce mois de juillet. À l'intérieur, il fait une chaleur intenable et pourtant on a baissé les chauffages, à la demande des convives. Les femmes s'éventent alors que nombre de messieurs ont tombé la veste. Max ne leur en voudra pas.

Le dais nuptial est orné de fleurs blanches aux parfums enivrants. Déborah l'a voulu ainsi.

Un violon soliste entame la marche nuptiale avec une émotion immédiatement palpable dans l'assemblée. Ce violon des ghettos, celui qui fait écho à cette vie d'un autre siècle. Celui qui résonnait dans les foyers juifs mais celui qui accompagna aussi les derniers instants de tant des leurs.

Le violon berce les uns et plonge les autres dans une époque révolue. Combien sont-ils dans la petite foule réunie, à frissonner aux premières notes jouées, à se remémorer les soirées dans les *shtetls d'alors.

Puis Le violon est soudain rejoint par un trio de cordes et prend des airs de fête. Il est bien loin le temps de la souffrance. Que la fête commence !

Déborah et Max entrent aux bras de leurs plus fidèles amis. Le marié a désiré que Kathy soit à sa droite. C'est elle qui lui a permis de devenir ce qu'il est aujourd'hui.

*shtetls : ghettos juifs d'Europe de l'Est d'avant-guerre

Son choix de léguer au personnel de son mari sa petite entreprise a été la meilleure décision de sa vie et après chaque réunion elle adresse à son amour défunt, le rapport de l'activité en cours. Si fière d'avoir contribué à sa façon à la perpétuation de ce qu'il a créé.

Les festivités se poursuivent dans la petite salle blanche du charmant hôtel Richmond Hill. Les tables sont dressées de nappes et de fleurs blanches, dans de grands pots de céramique colorés.
Déborah ne veut pas de fleurs coupées et entend bien faire prospérer les décorations florales de ses tables, sur la terrasse de sa maison.

L'orchestre de jazz est de blanc vêtu aussi et le rythme endiablé des cuivres entraîne bientôt les convives, qui dansent jusqu'à l'aube. Le vin frais fait tourner les têtes des plus sages et les buffets sont constamment garnis pour que rien ne manque à cette belle célébration.

C'est un petit mariage. Celui des proches, des gens qui comptent, de ceux qui sont fièrement aux côtés des mariés en ce jour béni. Personne ne pense même à quitter la fête alors que l'aube n'est plus très loin. Certains se sont assoupis sur les canapés en cuir avachis. D'autres se sont installés sur les fauteuils fleuris de la terrasse, malgré la fraîcheur de la nuit. Quand les plus hardis s'enlacent pour danser sur des rythmes plus feutrés en cette heure avancée.

Nul n'ose signifier son départ. Les premiers entraînent toujours la fin des réjouissances et cette nuit, personne ne veut en prendre la responsabilité.

Une camionnette bleue s'arrête bientôt devant l'hôtel. Le traiteur en sort les bras chargés de grands paniers remplis de viennoiseries alors que son commis amène les cafetières encore fumantes.

« Quelle grande idée Sam ! Que ferais-je sans ta bienveillance ! » s'exclame Max qui convie chacun à profiter du petit-déjeuner et du lever de soleil sur la ville au loin.

Le ciel se fait rose. Puis mauve. Le jour pointe finalement et offre une fin de mariage grandiose à l'audience captivée et fatiguée.

Max a donné congé à ses employés invités le lendemain, et tous se retrouvent alors le jour suivant, convoqués de bonne heure.

« Mes amis, laissez-moi vous remercier de votre présence, de votre chaleur, et d'avoir partagé avec moi mon bonheur avec tant d'entrain. Vous avez été les vrais amis dont nous avions envie ce soir-là, Déborah et moi-même.

Ce matin, Je voulais vous annoncer une nouvelle. Professionnelle celle-ci. Celle de la nomination d'un directeur qui m'aidera grandement dans la gestion de notre belle société. Je ne suis pas allé chercher un inconnu que vous n'auriez peut-être pas si bien accueilli. Je vous connais un peu mes amis, depuis ces années à vos côtés. C'est donc dans nos rangs que je pense avoir trouvé la personne adéquate.

Madeline s'il te plaît rejoins moi.

La femme s'avance d'un pas ferme, non sans ressentir les regards inquisiteurs qui se portent sur elle.

« Madeline sera donc mon bras droit. Elle en a les capacités et le tempérament qu'il faut pour me seconder. Je vous demande de l'aider dans sa tâche comme dans la mienne. »

L'assemblée reste silencieuse. Au loin, une femme s'est levée pour applaudir. Bientôt suivie par d'autres puis par l'ensemble de la salle. Personne ne semble vouloir se démarquer du groupe.

« Mais enfin Max, quelle idée de prendre une femme pour diriger des hommes. » Le vieux George n'est pas venu de son plein chef. Il représente clairement la voix d'une partie des salariés.

« Eh bien soyons fiers de faire progresser notre société. Cela nous servira aussi dans notre image. Et puis la révolution n'est pas finie mon vieux. Nous allons travailler sur la création d'une marque !

— Mais pour quoi faire ?

— Pour transformer plus encore l'entreprise, mon cher George ! »

Madeline intègre dès le lendemain le bureau de Max. Après la fermeture, une équipe viendra construire un mur provisoire pour partager la salle et permettre à chacun de travailler plus au calme.

« Max, je vous remercie à nouveau de votre confiance. Vous auriez pu choisir dix hommes plus proches de vous. Vous auriez certainement eu raison de confier cette mission à un des piliers de la société, présent depuis toujours.

— C'est vous que j'ai choisi Madeline et après mûre réflexion.

— Vous avez conscience qu'il va me falloir bien plus de ténacité pour m'imposer. Que nombre m'attendent au tournant, prêts à moquer la moindre faute ou à dénoncer le plus infime manquement.

— Vous allez très bien vous en sortir Madeline.
Max se lève pour prendre sa veste

— Prenez votre manteau. Nous allons parler de tout cela en déjeunant. Ce mariage m'a ouvert l'appétit ! »

Déborah est désormais affectée à l'assistanat de Max. Elle officie pour le soulager sur chaque priorité qui lui incombe. Elle l'a suggéré au lendemain de la noce. Pour être plus près de lui mais aussi pour assurer sa tâche de « moitié » complémentaire.

La nomination de Madeline est indigeste pour de nombreuses personnes de la société. En tête, les anciens qui auraient parfaitement convenu pour une telle mission. De façon générale, les hommes, persuadés que ce n'était pas un poste de femme. Et même certaines d'entre elles qui jalousent cet avancement exceptionnel. Il règne ainsi une ambiance délétère au sein des équipes dans lesquelles le jeu consiste à dénigrer Madeline et à guetter ses erreurs.

« Max, nous voudrions te parler longuement. » Quand Max relève la tête, plusieurs de ses fidèles sont penchés au-dessus de son bureau.

Max se redresse et les invite à s'asseoir autour de la grande table en bois, qui sert à la fois de comptoir de travail, de table de réunion et d'espace pour partager un verre ou quelques gâteaux dans l'après-midi.

« Max, en engageant Madeline sans notre consentement, tu as outrepassé tes droits. Je te rappelle que nous sommes une collectivité d'associés-salariés qui t'avons élu à la grande majorité. Et si nous faisons confiance à ta capacité à diriger la société, tu ne peux pas faire fi de nos arguments dans la prise d'une telle décision.

— Vous n'avez pas tort et je m'en excuse. En prenant cette résolution, je ne pensais qu'au bien de nos intérêts à tous. Et puis, en embauchant mon bras droit, je devais aussi prendre en compte une réalité : celle de trouver une personne de confiance, avec laquelle je peux travailler au quotidien dans le partage de mes tâches.

Je suis désolé de m'opposer à vos avis mes amis mais si quelqu'un doit choisir le titulaire de ce poste plus que quiconque, c'est bien moi.

— Écoute Max, dans les ateliers et dans les magasins on n'approuve pas ta décision. Tu es en train de mettre à mal ce que tu as construit pendant des années. Réfléchis-y. »

C'est tout réfléchi pour Max. La remise en cause de sa décision n'est pas acceptable. Ils vont s'y faire. C'est une question de temps. Ils s'habitueront. L'homme se fait à tout.

En ce soir de réunion annuelle du bureau, l'ambiance n'est assurément pas celle des années précédentes.
Certes Max a prévu de bonnes bouteilles de vin, de la bière fraîche et des bouchées salées, mais l'équipe y touche à peine.
« Passons désormais au vote, mes amis, pour la désignation du nouveau bureau. » annonce alors Max.
Chacun dépose dans le grand saladier en verre dépoli, son bulletin, qu'il a écrit à la main.
Rita, la doyenne de l'entreprise dépouille ensuite les votes et note consciencieusement les résultats.
Elle remet ensuite son décompte, inscrit sur une feuille soigneusement pliée en quatre, à son patron
« Alors ... le résultat... »
Max blêmit tout à coup et se mure dans un silence de quelques secondes qui semble une éternité.
— Le nouveau patron de la société est Michael Blumstein. Félicitations à toi Michael. »

Max se verse un grand verre de vin, sans même en proposer à l'audience. Il reprend la parole, face au bureau des actionnaires, gênés. Au bout de la grande table, Déborah ne peut retenir ses larmes :

« Je profite de cette belle soirée pleine de surprises, pour vous présenter ma démission de toutes mes fonctions salariales. Je reste associé et entend que vous me versiez donc annuellement ce qui m'est dû.

Comme j'imagine que Madeline n'est pas un élément vital à votre survie, je lui propose ce soir même de me suivre dans mes prochaines aventures. »

Dans l'encadrement de la porte d'entrée, Kathy se tient contre le mur, vacillante.

« J'arrive un peu tard. Bien trop tard apparemment pour vous empêcher de faire une erreur dont vous allez assumer les conséquences. Vous n'êtes que des idiots.

Vous salissez la mémoire de mon défunt mari car vous allez entraîner sa société dans le chaos.

Veuillez prendre note de ma démission de la présidence d'honneur qui prend effet immédiatement. »

Paris. 5 juin 2017

Paul n'a pas attendu Clara et Éric pour commander son verre de Saint-Estèphe. Il lui faut bien s'accorder ce petit plaisir pour amorcer ce déjeuner qui s'annonce agité.

« Quelle bonne idée d'avoir choisi un restaurant de poissons Paul. J'ai des envies de sole meunière » s'esclaffe Clara en déposant sa serviette sur ses genoux.

Paul a décidé de convier ses partenaires de crimes à la Coupole, dans le quartier de Montparnasse, dans cette brasserie d'un autre temps, chargée d'histoire. Il est des lieux qui évoquent tant de souvenirs. Celui-ci ramène Paul à ses années parisiennes et ses premiers rendez-vous avec celle qui deviendra sa femme. Cette époque où il s'est tant trompé sur le sens de sa vie. Avocat ambitieux, qui plaçait au sommet de ses objectifs, la rentabilité d'une affaire et sa capacité à lui générer de la visibilité, avant même de s'intéresser à la personne qu'il devait défendre. Ces années où il s'est persuadé d'être capable de mener une vie d'apparence et de se construire une image personnelle lisse. Femme, enfant, maison à la campagne, amis bien placés dans les ministères, relations en vue dans les milieux intellectuels parisiens ... l'écrin était trop beau pour ne pas se fissurer.

Un soir de folie où le monde lui appartenait, il est tombé sur François, chez *Régine*. Diablement attirant, intellectuellement séduisant, François a été le déclencheur de cette bombe à retardement.

Il y eut un avant et un après pour Paul, qui s'est joué sur une piste de danse, dans un club huppé, sous le regard des habitués et sous le charme de François.

Et si François n'a été qu'une jolie parenthèse, il a permis à l'avocat, sans scrupules dans son quotidien professionnel, de s'interroger sur ce vers quoi il tendait et de mettre fin au premier chapitre de son histoire personnelle.

« Comment s'est passée ton entrevue avec le propriétaire ? Je t'avoue avoir passé la pire nuit de ma vie, pleine de cauchemars où une brute armée d'un couteau, hurlait ne plus jamais vouloir nous voir entrer dans son magasin. »

Clara a le visage de celle qui a ressassé toute la nuit les mêmes idées noires, les traits tirés et les yeux cernés. Elle a enfilé un jean et le premier tee-shirt qui s'est présenté avant de quitter la maison.

« Je lui ai laissé un ultimatum de quarante-huit heures. En toute honnêteté, je ne sais ce que donnera mon bluff. Ai-je les moyens de faire peur à un homme à la morale douteuse et qui n'a plus grand chose à attendre de la vie ? Peut-être.
Nous verrons s'il décide de ne pas vouloir accumuler les ennuis à cet âge avancé. Je pense qu'avec la somme que nous pouvons lui offrir, au-dessus du prix du marché, il peut décider qu'il

serait ridicule de se battre et de se créer des soucis inutiles. Verdict dans quelques heures. »

Paul marque une pause et Éric décode très vite qu'il s'agit pour son ami, d'entrer seulement maintenant dans le vif du sujet « encombrant ».

« Clara, il est apparu un élément nouveau lors de ma conversation avec cet homme peu aimable. Feiga aurait eu une fille illégitime qui vivait à Londres en plus de celle qu'elle a eue de son second mariage. Je t'avoue ne pas savoir si le vieux Goldman a, à l'époque, introduit cet enfant dans la conversation, histoire de nourrir la transaction ... Mais je n'ai bien sûr trouvé nulle trace d'une descendance cachée que ce soit du côté de Max ou de Feiga dans mes recherches.

— Enfin Paul, je ne vois pas pourquoi tu prends cette anecdote tant à cœur. Si enfant il y avait eu, tu l'aurais su. Le père de Feiga avait certainement ses raisons quand il l'a évoqué et comme tu le sous-entends, il devait penser que c'était un argument de vente supplémentaire, même si la raison d'un tel boniment m'échappe. »

Clara n'entend clairement pas poursuivre cette nouvelle lubie de Paul et ne s'attache qu'à finaliser les discussions du rachat.

« Ce qui m'a toujours permis d'avancer dans ma vie c'est mon formidable instinct, Clara. Il faut que je poursuive mes recherches pour être certain de ne pas tomber plus tard sur un écueil qui ferait échouer la finalisation de notre accord avec les Australiens. S'il y a un enfant, alors il se peut que ton père ne soit pas l'héritier le plus légitime même si le testament le nomme en ce sens. Il faut éviter qu'une tierce personne remette en cause ton projet. Tu comprends ? »

Non. Clara ne comprend pas l'importance que Paul donne à ce qu'elle juge n'être qu'un détail, une parole provenant d'un type peu recommandable, qui cherche à se défausser des accusations portées contre lui. Mais comme il n'est pas question de se battre contre des moulins à vent, Clara ne reprend pas Paul et lui laisse tout loisir de perdre son temps.

Elle botte en touche.

« Ces coquilles Saint-Jacques sont exquises Paul. Excellent choix ! »

De retour dans l'appartement, Clara et Éric décident de repartir aussitôt flâner vers Saint-Germain-des-Prés, pour découvrir les couleurs et les coupes des vêtements en vitrine et trouver une inspiration supplémentaire. Ils s'aventurent ensuite vers les galeries d'art puis déambulent sur les quais de Seine, pour savourer ce que Paris a à offrir à ceux qui l'aiment.

Paul a du travail et se réjouit des quelques heures de quiétude offertes par le départ des jeunes.

Il passe nombre d'appels mais rien ne semble aboutir. Nulle trace d'une progéniture qui aurait eu pour père ou mère, Feiga ou Max. Et pourtant, il n'a de cesse de penser que Finkelstein n'aurait pas mentionné cet enfant sans raison. Et que Velasquez n'aurait jamais eu la présence d'esprit de glisser cet élément dans la conversation si ce détail ne lui avait été souligné à l'époque.

« Bonjour Claude je ne vous dérange pas ?
— Non Paul, c'est toujours un plaisir de vous entendre.
— En l'occurrence je ne suis pas sûr que la question, qui motive mon appel, vous ravisse. Mais je suis obligé d'en passer par vous pour tenter d'avoir quelques réponses, et par ailleurs vous protéger. »

Claude est intrigué. Inquiet aussi de devoir faire face à un nouveau problème. D'autant plus que Paul requiert rarement l'aide de quiconque. C'est ce qu'il a pu en juger pendant ces longues semaines de recherches et de négociations.

« Claude, ce n'est certainement qu'une bêtise mais je préfère toujours aller au bout des incertitudes, surtout quand elles peuvent remettre en cause l'avancée d'un dossier. Vous avez vécu des années avec votre grand-oncle et s'il n'a été très bavard, peut-être a-t-il évoqué ce qui me trouble aujourd'hui. »

Paul raconte alors la discussion pénible dans l'arrière-boutique du magasin.

« Ce type, en qui je n'ai aucune confiance, me parle donc d'une fille illégitime qu'aurait eu Feiga. Je ne trouve rien dans mes recherches et elle n'a certainement jamais existée mais dans le doute ...
— C'était ma mère Paul. Elle était l'enfant cachée de Feiga et Max. »

Melbourne. 17 octobre 1951

En son for intérieur, Max bout littéralement de colère même s'il continue d'afficher un air détaché.

« Max tu ne peux pas partir. Il ne s'agit pas de t'écarter avec ce vote mais de diminuer ton pouvoir. Tu ne te rends pas compte que tu exerces de plus en plus une dictature sans contrepouvoir. L'engagement de Madeline a été la décision unilatérale de trop.
Nous pensons tous qu'il est plus sain que tu te concentres sur la stratégie artistique de la maison et que tu laisses les rennes à quelqu'un de moins charismatique certes, mais de plus pragmatique. »

Max n'est guère intéressé par cette conversation. Il finit de mettre dans un grand carton ses effets personnels et écarte de la main les hommes qui se sont postés devant sa porte.
« Max... »

Mais Max a déjà franchi le seuil du bâtiment alors que Déborah l'attend dans la voiture.

Madeline s'adresse alors aux salariés médusés, qui ne tentent pourtant pas de poursuivre Max :

« Je serais partie bien évidemment dans l'heure. Je ne m'abaisserai pas à échanger quelques mots que ce soit avec vous. Je lirai dans la presse la faillite de la maison sous peu. Je ne vous salue pas non plus. Vous pouvez quitter mon bureau à présent. J'aimerais ranger mes affaires tranquillement. »

« Et maintenant ? interroge Déborah.
— Nous étions en train de travailler à la création d'une marque... et bien il est grand temps de finaliser ce projet. Nous avons de belles économies et je ne me fais pas de soucis pour trouver le personnel dont j'ai besoin. »

La presse de Melbourne évoque l'affaire les jours suivants. Certains s'interrogent déjà sur la pérennité de l'affaire sans son fringuant dirigeant. Quoiqu'il en soit, Max est attendu sur ses projets futurs. Cette campagne de relations presse inopinée est déjà une victoire en soi et la promesse d'une formidable publicité.

Les jours qui suivent sont une course contre la montre pour être prêt au plus tôt. L'excitation a fait place à la colère. Comme à son habitude, Max a tiré un trait sur les conséquences négatives de toute cette affaire, aussi humiliantes ont-elles été. Ne pas se retourner sur son passé et aller de l'avant, comme toujours.

Trois salariés proches de Max se présentent le lendemain à son domicile. Ils sont prêts à le suivre dans une nouvelle aventure, même à salaire moindre.

« Il n'est pas question de vous payer au rabais mes amis. Nous avons tous besoin d'avoir des salaires décents pour vivre correctement et avoir envie de s'investir dans nos vies professionnelles. »

Ce soir-là, Déborah semble inquiète alors que Max goûte aux joies d'une liberté retrouvée.
« La liberté a souvent un prix Max.
— J'en suis bien conscient mais quel bonheur de vivre plusieurs vies dans une existence. De se renouveler, de partir vers une nouvelle destinée et de se confronter à des défis passionnants. Se mettre en danger, c'est exister Déborah. Nous allons y arriver ma chérie. N'as-tu plus confiance dans mes capacités à réussir ce que j'entreprends ?
— Oh que si, mais j'aspire aussi à la sérénité après tant d'années d'incertitude, Max. »

Déborah pose sa tête sur l'épaule réconfortante de son époux. Un léger vent fait bruisser les branches des arbres. Cette petite brise qui fait frissonner de plaisir après une journée anormalement chaude en cette période de l'année. Ne dit-on pas qu'en un seul jour, l'Australie peut offrir les quatre saisons de l'année, à ses habitants ? La lune est si jeune que la pénombre domine ce soir.
« Rentrons. »
Déborah se lève et attire Max à l'intérieur de la maison, après avoir soufflé les bougies de la terrasse abritée du vent par ses eucalyptus l'encadrant.

C'est dans une jolie boutique aux murs clairs que Max décide d'investir pour la création de sa nouvelle marque.

Madeline est chargée d'en gérer les détails locatifs. Max s'assure ainsi qu'elle fera la meilleure offre en ne signant pas sur un coup de cœur mais sur une équation économique favorable. L'artiste qu'il est en serait bien incapable.

Le rendez-vous avec les équipes de ravalement est pris pour le jour même. Peinture, tentures élégantes, grand comptoir et casiers... Max ne donne que deux semaines aux ouvriers pour finir le chantier. Il installe provisoirement ses bureaux à la maison, rejoint chaque matin par Madeline. Les petites mains, coupeurs et tailleurs ne commenceront que la semaine qui précédera l'ouverture.

« Mais comment veux-tu réaliser une collection en une semaine Max ? » s'inquiète Déborah.

Telle n'est pas l'idée de Max. Il va convier ses invités à entrer dans un atelier éphémère. Le 10 mai, la centaine d'anciens clients, amis et personnalités dont il est proche, participeront à l'inauguration du lieu et ne trouveront rien à acheter.

Au matin du 10 mai, les lettres élégantes, en laiton doré, sont enfin apposées sur la devanture, pour annoncer le nom de l'entreprise :
« James Taylor by Max »

Le soir même, ce sont plus de cent cinquante personnes qui lèvent leur verre au succès de cette nouvelle marque et de son créateur, que tous encensent.

Max virevolte, passant d'un invité à l'autre avec son sourire légendaire, s'adonnant à fredonner quelques paroles devant le petit trio musical réuni dans le fond du magasin. C'est une très belle boutique. Vaste et élégante. À l'image des rêves de Max.

« Merci de votre amitié !
Ce soir j'ai voulu vous réunir pour m'accompagner au départ de cette nouvelle aventure. Je n'ai pas une pièce à vous montrer, ni un cintre accroché sur les portants. Je n'ai que mon envie, ma passion, mon amour du métier et de mes clients, et cette sacrée volonté de faire toujours mieux. J'ai donc souhaité lever mon verre à chacun d'entre vous et à mon équipe de départ, fidèles parmi les fidèles.
Je vous donne rendez-vous dans un mois exactement pour l'ouverture officielle de la première boutique James Taylor.
Et maintenant ... dansons ! »

Au total, ce sont quinze employés qui ont été recrutés pour démarrer en trombe cette première collection.

Max a déjà sous le coude une grande partie des modèles, qu'il pensait développer pour son ancienne société. Les tissus ont été commandés et reçus lors des deux semaines de travaux. Il ne reste qu'à réaliser les premières pièces.

La plupart des salariés font partie de l'ancienne équipe. Madeline n'a eu aucun scrupule à les débaucher. Ils ont accueilli l'offre avec bonheur et le plaisir de rejoindre Max.

Les journées sont longues. Max le sait et met un point d'honneur à remercier, par de petites attentions, son équipe qui ne relâche pas la cadence, pour que les pièces soient prêtes à temps.

Déborah arrive avant tout le monde pour préparer le café, servi avec quelques douceurs, pour démarrer la journée de labeur.

Deux fois par semaine, Max interrompt le travail en cours et convie l'équipe dans l'un des restaurants de la ville.

Le vendredi, chacun est libre de rejoindre, accompagné ou non, le jardin des Goldman pour le barbecue hebdomadaire, au son des meilleures mélodies de jazz du moment. Comme toujours, il fait bon profiter de la vie sous les étoiles. Le rosé, les viandes grillées et la musique font de ces soirées de grands moments de « petits bonheurs ». Ceux qui régissent notre montée de sérotonine et qui s'inscrivent dans nos mémoires à jamais. Les plaisirs simples qui sont le moteur de Max depuis toujours.

« Max, nous avons dépensé énormément d'argent en quelques semaines. Si l'activité ne démarre pas rapidement nous allons nous retrouver sans économies.

— Comment peux-tu douter du talent de ton mari ?
J'ai confiance en ma bonne étoile et en nos
formidables équipes. Gary nous a aussi assuré la
présence de quelques journalistes lors de
l'ouverture. Et puis ma collection est formidable !
Mets tes ballerines, nous partons danser !

Et ce soir-là, Déborah et Max fendent la piste de
danse du Jazz Centre 44, heureux et amoureux.
La vie commence demain ...

Le succès est au rendez-vous dès le premier
jour et la progression de la marque fulgurante. La
presse salue le talent du styliste et les modèles de
cette première collection deviennent bientôt
incontournables en ville. Max a ouvert son atelier
et deux autres magasins. Plus de cent personnes
travaillent aujourd'hui pour James Taylor et
Madeline dirige d'une main de maître les équipes
et la production.

Les journées sont longues et les soirées en ville
se succèdent à un rythme effréné. Le couple est
convié, chaque soir, et met un point d'honneur à
honorer une partie des invitations.

Déborah a exigé d'avoir ses lundis pour elle.
Cette journée dédiée à son bien-être commence
par des longueurs stimulantes dans la piscine en
été, et se poursuivent par plusieurs heures de
jardinage. Au calme. Pour contrebalancer le
rythme de l'activité professionnelle et celui des
soirées mondaines. Souffler quelques heures et ne
s'adonner qu'aux plaisirs simples de l'existence.
Parler aux tomates pour les encourager et féliciter
les kiwis de leur belle progression. Soigner une

plante malade et étayer un buisson trop fourni. Et puis s'affaler sur l'éternel hamac de tissu qui a traversé les années et se contenter de regarder l'immensité azur du ciel.

En hiver, Déborah n'a de cesse de transformer son intérieur. Une nouvelle patine sur le mur du salon, des coussins de couleurs vives sur les canapés, la commande d'une table de réception plus conséquente pour rendre les nombreuses invitations à souper. Il fait bon se détendre, confortablement lovée dans un large plaid, à quelques centimètres de la cheminée qui tire abondamment, un livre à la main.

Paris. 6 juin 2017

« Je ne vous suis pas bien Claude. Votre maman était l'enfant de qui ?

— Maman est née de l'union de Max et Feiga. Et Max n'était pas mon grand-oncle mais mon grand-père.

— Et vous comptiez me l'annoncer à quel moment ? Vous n'avez pas l'impression que la coupe est suffisamment pleine pour la petite Clara pour lui imposer un mensonge supplémentaire ? Je suis censé faire quoi avec tous ces lambeaux lamentables de votre histoire ?

— Je ne vous ai menti qu'à moitié. Je n'ai appris la vérité que peu de temps avant mon départ. Je n'avais même pas idée que Max existait et Feiga n'était pour moi qu'une tante par alliance, que je visitais parfois avec celle que j'ai appelé maman toute ma vie.

— C'est à dire ...

— C'est la sœur de Max qui m'a élevé et aimé jusqu'à son dernier souffle. Elle est la seule mère que j'ai eue et aimée plus que tout. La vérité n'est pas la mienne... vous comprenez Paul ?

— Pour tout vous dire, non je ne comprends pas Claude. Laissez-moi vous rappeler. Plus tard. Demain. »

« C'est une histoire sans fin » pense Paul en raccrochant. Comment expliquer maintenant à Clara ce rebondissement inattendu ? Le faut-il d'ailleurs et prendre alors le risque de la fragiliser de nouveau, alors qu'elle semble reprendre du poil de la bête ?

.

Paul décide de ne pas faire cas pour l'instant de cet effet d'annonce. Omission n'est pas mensonge et puis, il est de toute façon largement battu par le géniteur de la petite.

Demain il rencontrera l'affreux propriétaire des murs du magasin et finalisera ce rachat pour enfin passer à l'étape suivante dans le contrat qui unit la jeune fille aux repreneurs australiens.

Demain.

Ce soir il prétexte une affreuse migraine pour rejoindre la chambre et échanger le moins possible avec Clara.

« Tu ne dors pas ? »

Éric est surpris de trouver Paul éveillé lorsqu'il rentre de sa soirée avec Clara.

« Ta migraine est passée ?

— Ce n'est pas une névralgie habituelle qui m'empêche de trouver le sommeil Éric. C'est un énorme cafouillage des neurones. Assieds-toi que je te résume l'imbroglio dans lequel nous sommes de nouveau imbriqués ! »

En quelques minutes, Paul fait état de sa conversation avec Claude.

« Tu ne vas pas pouvoir cacher la réalité à Clara bien longtemps, Paul !

— Je sais, mais arrête-moi si tu penses que je fais fausse route... il nous faut garder cela confidentiel le temps de signer les documents et de finaliser la vente.

— Je suis de ton avis... ou presque ! À moins que je ne me trompe, cette transaction n'est pas encore finalisée, malgré tout le talent du négociateur.

D'ailleurs il devrait prendre la petite pilule blanche qui est sur la table de nuit s'il veut enfin trouver le sommeil et être en forme demain à quinze heures. »

Paul est à l'heure. À peine franchit-il la porte du magasin qu'une odeur fortement aillée importune son odorat

« Monsieur Velasquez n'est pas là ?

— vous êtes le rendez-vous de quinze heures ? » Lui répond une femme sans grâce assise derrière le comptoir.

— Oui

— Il vous attend dans l'arrière-boutique. »

Paul n'aurait pas eu plus de réticence à avancer s'il devait monter sur l'échafaud. L'idée de rejoindre la cuisine et l'insupportable odeur qui s'en dégage, l'empêche d'avancer.

La femme insiste alors :

« Allez-y il vous attend ! »

« Il l'a fait exprès » se dit Paul. « Ce type a cuisiné ce qu'il pouvait y avoir de pire pour m'insupporter. »

La vue de monsieur Velasquez, plongé dans ses crevettes à l'ail, augure d'une conversation difficile. La négociation s'annonce âpre et l'haleine de monsieur Velasquez également.

« C'est la petite portugaise du quatrième qui me les a cuisinées. Je lui loue une petite chambre d'étudiant. Alors de temps en temps, elle me descend quelques spécialités. »

Monsieur Velasquez est en pleine recherche des crevettes restantes dans cette nage de tomates, d'herbe et d'ail. Paul redoute qu'il y mette les doigts mais finalement ce cauchemar ne se réalise pas et le propriétaire décide d'abdiquer et de poser sa fourchette.

« J'ai réfléchi. Bien plus que vous ne l'imaginez. Si je ferme boutique c'est pour me faire enfin plaisir. Alors je me suis demandé ce qui me comblerait. Eh bien ... monsieur Paul... je vais aller vivre dans le Sud.

— Parfait monsieur Velasquez. Je peux donc finaliser le contrat...

— Attendez. Ce n'est pas si simple ! La somme que vous m'offrez est honnête mais ne suffira pas à m'acheter la petite maison que j'ai repérée ces deux derniers jours en naviguant sur internet. Il me faut un prêt que je ne peux plus m'offrir n'ayant plus de revenus. J'ai donc besoin que vous m'aidiez à l'obtenir.

— Ou... ?

— Ou je ne pourrai pas vendre.

— Mais si vous ne vendez pas vous déclencherez ma colère et l'ouverture des dossiers enfouis.

— Si je dois finir ma vie comme je la vis depuis tant d'années, alors que m'importe monsieur Paul. »

Rarement Paul n'a été tant courroucé. Il a l'habitude de clore habilement ses dossiers et de se féliciter de sa maîtrise des négociations.
Or là c'est lui qui se trouve piégé par cet être bien moins stupide qu'il n'y paraît.

« Que vas-tu faire ? » L'interroge Éric.
« Je vais céder et lui trouver une banque. Ce ne sera pas très compliqué avec sa mise de départ et l'investissement dans un bien immobilier. Et après ... je retourne chez moi ! Je ne me suis jamais confronté à un dossier si épineux où ne cessent de pousser de nouvelles ronces ! »

Paul s'arrête en chemin chez le caviste à l'angle de la rue. Bouteille de Saint-Estèphe sous le bras, il est prêt à raconter à son jeune amant sa conversation avec Claude.

« Assieds-toi Éric. Tu n'es pas au bout de tes surprises. »

Éric adore les rebondissements et il se cale confortablement dans le fauteuil bleu, le verre de vin fraîchement servi par Paul, à la main.

« L'enfant dont a fait cas monsieur Velasquez existe bien.

— Raconte !

— S'il te plaît Éric, je n'ai vraiment pas la tête à m'en amuser.

Cette enfant légitime est née quelques mois après le retour de Feiga en France. Max n'en a rien su alors. Monsieur Finkelstein a été le complice de sa fille quand il a fallu trouver une solution pour que ce ne soit pas une entrave à une nouvelle union. C'est Tsipora, la sœur de Max, qui a élevé la petite Marion comme sa fille.

— Attends. Cette enfant n'est donc pas la tante de Claude ?

— Eh bien non.

— Donc Marion est la mère de Claude et Max son grand père ! »

Paul n'a pas eu besoin de passer d'interminables appels. Il a trouvé rapidement une banque pour mettre en place le crédit de monsieur Velasquez et le contrat de vente a été signé dans la foulée. Après une braderie d'usage du stock d'accessoires du magasin, les invendus sont partis chez un soldeur et les clefs ont été remises à Clara.

Paul a rassuré les investisseurs australiens. Clara savoura son bonheur nouveau tout au long des journées qui suivirent, avant de rentrer à Aix-en-Provence, préparer la reprise du commerce et le lancement de la marque.

Pourtant Paul semble étrange depuis l'accord conclu. Comme s'il subsistait un grain de sable dans les rouages.

Clara termine de déjeuner avec Clarisse dans le jardin, à l'ombre des grands arbres fruitiers. Sa grand-mère s'est encore surpassée en cuisine.
« Alors ce petit tartare de bar aux légumes marinés ? Tu sens la pointe de lavande et l'huile de sésame grillé ? »

Clara n'en démord pas. Paul lui cache quelque chose. Elle embrasse Clarisse et se décide à descendre en ville, ne laissant pas à Paul le loisir d'échapper à son interrogatoire-surprise.
« Attends-moi dans le salon Clara. Je termine un rendez-vous. »

« Est-ce à moi de te dire ce qu'il en est ? J'ai essayé de repousser cette conversation autant que je le pouvais. Je ne le peux plus. Je te dois cette vérité qui ne m'appartient pas ».

Paul apporte à Clara un verre de limonade et dispose quelques croquants devant elle, avant de rejoindre la fenêtre et de s'y adosser.
« Max n'est pas ton arrière-grand-oncle. Il est ton arrière-grand-père.

Melbourne. 20 décembre 1952.

La production des premières collections a pris bien plus de temps que ne l'aurait souhaité Max. Son optimisme légendaire a eu raison de la réalité de la mise en place de sa structure nouvelle. Malgré la bonne volonté de tous, la cadence ne permet pas de suivre le calendrier prévu et de répondre aux espérances du patron. Certains clients, tentés par cette nouvelle aventure ambitieuse, se lassent et la presse s'interroge sur cette initiative finalement trop hasardeuse.

Max passe ses nuits à rattraper le retard accumulé, souvent aidé de ses petites mains qui vouent tant d'affection à leur patron.

Au fil des semaines, la production s'intensifie et se structure. Et bientôt, Max propose à sa clientèle une nouvelle collection qui a du sens et qui répond au cahier des charges initial. Le semestre a été particulièrement épuisant et chacun a perdu un peu de sa superbe. Mais tous peuvent se féliciter d'y être parvenu et d'avoir - avec brio - relevé le défi.

Max propose à l'équipe de prendre une semaine de repos mérité et de son côté aspire à retourner se rafraîchir dans la piscine du jardin avec Déborah. L'été bat son plein et il entend en profiter pour se requinquer et savourer cette nouvelle petite victoire.

Ce matin le facteur arrive de bonne heure au domicile du couple.

« Télégramme monsieur Goldman » annonce-t-il en brandissant son précieux papier.

« Serai à Melbourne 25 juin avec Marion. Stop. Confirme disponibilité. Tsipora »

Les semaines défilent et ne se ressemblent guère tant il y a à faire pour développer la marque. Chacun remplit parfaitement ses fonctions. Déborah est l'assistante idéale et l'ombre de Max. Madeline se révèle être un choix judicieux et travaille avec ardeur et dévouement au devenir de *James Taylor*. Les collections de Max sont saluées par la presse et les clients commencent à se presser dans l'unique magasin pour y acheter une pièce très en vue. De par ses bonnes relations avec les personnalités de la ville, Max habille bientôt les Melbournais élégants, dans les réceptions de qualité.

Le 25 juin arrive à grand pas. Max n'a de cesse d'y penser depuis ces dernières semaines et a du mal à trouver le sommeil. Comment va-t-il réagir face à son enfant. Tsipora lui fait-elle le plus beau des cadeaux ou le place-t-elle devant la pire des situations à affronter ?

Déborah ne dit rien. Elle partage la détresse de Max en silence et se promet de l'accompagner au mieux dans cette épreuve.

Marion est restée longtemps un sujet délicat, que Max a évoqué brièvement, et à quelques reprises, lors de leurs premiers mois de mariage. Une douleur enfouie, que Max n'a jamais eu envie de réveiller. Affronter la réalité d'un échec marital est une chose, celle de l'abandon d'un enfant n'est pas acceptable. « Tu ne savais pas » lui a répondu Déborah lors de ces discussions qui mettaient son mari mal à l'aise. Ne pas savoir n'était pas excusable pour Max.

Alors quand le télégramme de Tsipora est arrivé sur la table de la salle à manger ce matin-là, il a bien fallu en parler. Max n'avait les mots pour évoquer ce mélange de joie et de détresse. Il n'avait pas non plus les pensées assez claires pour anticiper cette rencontre.

« Enfin Max, ne me dis pas que tu n'as pas rêvé cent fois de ce jour béni. Tu te mentirais à toi-même en estimant que tu avais, à jamais, chassé de tes pensées ton enfant. Tu seras prêt. »
Déborah a cessé alors de parler pour rejoindre dans une tendresse infinie, les silences de Max.

Tsipora se tient debout, à l'entrée du jardin, tenant à la main une ravissante petite fille blonde aux grands yeux bleus, une large valise marron déposée à ses pieds.

Max s'est levé d'un bond quand les pneus du taxi ont crissé sur les cailloux de l'allée. Il ne passe pas grand monde par ici en journée. Et un 25 juin, il y a toutes les chances du monde que cette voiture dépose celles qu'il attend avec tant d'appréhension.

Pourtant il ne franchit pas la porte de la maison tout de suite.

Il observe la scène, derrière la fenêtre bordée de larges rideaux fleuris, en prenant soin de n'être visible ni de sa sœur et son enfant. Il va lui falloir être brave et l'accueillir comme l'oncle qu'il est à ses yeux.

Déborah l'observe de loin. Elle l'attend dans le grand salon, lui laissant ce moment qui n'appartient qu'à lui.

Max apparaît sur la terrasse et ouvre alors grand ses bras. Tsipora s'y niche. Comme avant. Que son grand frère lui manque. Elle en viendrait presque à regretter ces terribles années d'errance d'avant-guerre où leur proximité quotidienne n'avait pas de prix. C'est ce que Tsipora a raconté tout du long du périple de Londres à Melbourne, à Marion.

« Tu vas voir. Mon frère est formidable. Tu vas l'adorer Marion. »

Et de raconter alors les jolis souvenirs du passé qui font surgir les larmes des nostalgiques. L'évocation des soirées à travailler les textes pour monter sur scène. Les dimanches où ils improvisaient les spectacles de fortune devant les amis et voisins. Et puis, quand venait le soir, frères et sœurs se retrouvaient dans la chambre commune et il n'était pas aisé de trouver le sommeil, tant les discussions n'en finissaient pas.

Max s'est agenouillé pour que son regard croise celui de Marion.

Il est tant ému. Sa voix se fait chancelante. Et pourtant, il trouve les mots qui font sourire l'enfant intimidée. La petite Marion met sa petite main dans celle de Max :

« Tu me fais visiter ta maison ? »

C'est ainsi que Marion et Max franchissent le palier. Dans le salon, Déborah les accueille d'un large sourire et les invite à se rafraichir tout en dégustant quelques *struddels aux pommes qu'elle a fait en leur honneur.

Les jours suivant, Max part plus tard pour le magasin. Bien plus tard. Il rentre plus tôt aussi. Bien plus tôt. Et puis ce week-end, ils iront tous se promener au Royal Botanical Garden, puis prendront la route des plages qui bordent l'océan, même si les températures ne sont pas clémentes et que la pluie est annoncée pour la fin de l'après-midi.

« Tu verras Marion. Tu n'oublieras jamais cette nature exceptionnelle !
— Et je ne t'oublierai jamais tonton ! »

Il existe une osmose toute naturelle entre Max et Marion. Et comment pourrait-il en être autrement ? Tsipora a laissé champ libre à son frère pour ne pas s'interposer dans ce moment de grâce.

*struddels : gâteaux, spécialités d'Europe de l'Est

Les journées défilent à un rythme effréné. Max veut montrer à Marion toutes les richesses de la ville. Ses plages, sa nature généreuse, les animaux qui la peuplent et que Marion n'a jamais vus.

Max veut faire partager à sa fille son travail, sa réussite, et sa volonté de se dépasser depuis tout petit. « J'ai toujours su que j'y arriverai Marion. Ton mental est un fabuleux moteur de vie. Quand tu crois fortement en les choses eh bien figure-toi qu'elles arrivent. Oh, il ne s'agit nullement de miracles, mais tout juste d'une dynamique que tu t'imposes et qui te porte. Promet-moi de ne jamais l'oublier ma chérie. Et que ton tonton reste l'exemple que tout est dans la vie possible. »
Tsipora a reçu le message. Celui d'un père à sa fille, avec l'assentiment de sa mère.

Max a présenté Marion à ses équipes. Cette petite nièce qui a traversé le monde pour découvrir l'Australie et les kangourous, qui l'ont fait tant rêver, depuis que sa mère lui a annoncé ce voyage fabuleux.
Si on découvre la cuisine locale pour le déjeuner, on se retrouve à la maison à l'heure du dîner. Alors les heures s'égrènent et Max raconte les souvenirs d'autrefois. Les meilleurs d'entre eux bien sûr. Les représentations théâtrales et « comme ta mère était belle et faisait tourner la tête de tous les garçons ». Il raconte les débuts à Paris et comme toute la famille vivait unie sous un

toit certes misérable, mais avec un amour qui réchauffait les murs décatis et les tuiles qui laissaient passer les filets d'eau, les jours de pluie. « Rien ne vaut l'amour des siens Marion. Et je suis tellement heureux que tu sois venue me voir. C'est au-delà de tout ce que tu peux imaginer. »

Max a raconté les bêtises de tonton Schmuel quand il était enfant et Marion a promis de taquiner son oncle à son retour avec ces petits secrets d'enfance. Et puis il a évoqué aussi les chers disparus mais sans rentrer dans les détails de la guerre et évitant les questions de Marion sur la cause de leur disparition. « Un jour maman te racontera. Aujourd'hui je vais te parler de ce qu'ils étaient et de ce que chacun apportait aux autres au quotidien. Nous étions des joyaux dans un formidable écrin, Marion. Nous avons eu une chance incroyable de naître dans cette famille fantastique. »

Tsipora ne dit rien, envahie par l'émotion. Son frère est un sacré conteur ! Mais il a raison. Les Goldman ont été une formidable famille, malgré la détresse et les tempêtes de la vie.

Après que Max a raccompagné Marion et Tsipora, la large valise marron à la main, vers le chemin du retour, il s'est mis au lit. Pour plusieurs jours. Déborah a alors assuré la gestion du magasin et des ateliers.

« Max est au lit. Il nous reviendra dans quelques jours » a-t-elle à peine menti aux salariés.

Pourtant un matin Max s'est levé. Il a embrassé sa femme, pris une douche et un bol de café et est parti retrouver ses équipes. Personne n'a posé de question et Max n'a donné aucune explication.

À partir de ce jour, c'est pour Marion qu'il se jure de devenir ce qu'il s'est toujours promis d'être. C'est pour sa fille qu'il fera de ses rêves une réalité. Il sera le couturier vedette du pays. Il le lui a promis en fermant la portière du taxi.

Aix. 7 juin 2017

Une fois de plus, c'est auprès de Clarisse que Clara s'épanche. À qui d'autre raconter la vérité de Claude ? Qui peut entendre sans juger ? Qui peut soutenir sans s'imposer ?

« Même si c'est le dernier de tes souhaits, tu dois revoir ton père. Il te doit toute la vérité à présent. Que peut-il te cacher d'autre ? Tu as besoin de savoir pour dépasser et survivre ma Clara. Les non-dits et les mensonges sont destructeurs. À l'heure où tu prends des engagements professionnels qui vont modeler ta vie, tu ne dois rien laisser perturber tes choix et entraver tes ambitions. »

Clarisse n'a pas tort et Clara le sait. Mais comment affronter Claude et ses tromperies une fois encore ?

Paul a du mal aussi à se remettre de cette situation. Il se jette à corps perdu dans la finalisation du dossier de Clara mais aussi dans les autorisations de travaux nécessaires pour réinventer le magasin sur la base d'hier, magnifié par les exigences d'aujourd'hui.

Clara est attendue à Paris la semaine prochaine pour définir les plans et la direction artistique de la petite boutique, afin de lancer le chantier de rénovation rapidement. Ce ne sont que quelques dizaines de mètres carrés, et malgré les changements majeurs, l'équipe de professionnels choisie en accord avec la direction, devrait livrer en quelques semaines le projet fini.

De nombreux étudiants sont assis en terrasse sur le cours Mirabeau, condensant leur journée studieuse en quelques remarques avant de programmer le tempo de leur soirée.

Clara est arrivée la première. Elle a eu besoin de ces minutes d'avance sur l'horloge mais aussi sur son père, pour se préparer à l'affronter même si elle se promet d'être dans l'écoute et, pourquoi pas, la réparation. Et puis c'est à Claude de la rejoindre pour monter à l'échafaud. Il n'est plus une victime depuis longtemps.

Claude s'annonce au loin, la silhouette alourdie par les confessions qu'il doit livrer à son enfant.

« Je t'écoute.

— Je vais te raconter mon histoire Clara, elle n'est pas glorieuse à tes yeux mais elle est ma vérité. Elle est la somme de mes errements. Je te demande juste de me laisser parler sans m'interrompre sinon il y a fort à parier que je ne trouve pas le courage d'aller au bout de ma confession.

— Tu as ma parole. »

Claude commande un café serré et un jus de pamplemousse. Il avale le premier d'un trait et se rafraîchit avec quelques gorgées du second.

« J'ai traversé une période terrible de ma vie. Je ne trouvais plus le sens de mon existence. Tu étais là. Ta mère aussi. Avec tout votre amour et cette capacité à rendre un foyer harmonieux. Et pourtant j'étouffais dans mon quotidien. Oh, tu n'y es pour rien ma petite fille. Ni toi ni personne. Il n'est qu'un seul responsable, et c'est moi. Je n'avais pas conscience à l'époque que je devais certainement porter le poids des mensonges familiaux et que ce mal-être avait certainement des racines plus profondes que ce que je percevais de temps en temps quand on chuchotait à la maison au sujet de la guerre ou de ceux qui n'en sont pas revenus. Comment pouvais-je le savoir moi qui pensais vivre une vie équilibrée toutes ces années, aimé intensément, dans l'aisance d'une vie agréable, entre une mère et des grands-parents aimants.

J'ai même tenté d'en finir. Mais même ce courage-là, je ne l'ai pas eu.

Et puis un jour, j'ai reçu un appel de ma grand-mère. Sa santé ne cessait de décliner. Il fallait qu'elle se livre. Elle ne pouvait emporter dans sa tombe ses secrets me disait-elle alors.

J'ai cru encore à une de ses fantaisies. Tsipora était notre *Sarah Bernard* familiale. Tout était drame et comédie chez ma délicieuse aïeule.

Ce jour-là, je suis monté dans le bus en traînant ma carcasse fatiguée. Les récits fantasques de ma grand-mère ou autre chose pour occuper mes journées lasses.... Après tout cela importait peu.

Depuis la perte de ma mère - que tu n'as pas connue - sa santé mentale s'était dégradée. Je suis né d'une rencontre. L'histoire raconte qu'elle fut passionnée. Que veux-tu que l'on raconte à un enfant qui cherche son père depuis sa plus tendre enfance et qui se sent quelque part coupable d'avoir été enfanté par un parent esseulé. Mon père, cet inconnu, ne m'a jamais été révélé. Ça tu le sais. Je ne t'ai pas menti. Mais trop de peines ont fini par avoir raison de maman.

Ma grand-mère se tenait dans son siège rouge de velours. Celui que nul n'osait s'approprier, même pour quelques minutes. Il était sien ou restait vide. Avec l'âge on trouve sa place dans la maison et on s'approprie des objets comme des référents. Le siège en velours rouge faisait partie du squelette de Tsipora. Nul n'aurait osé s'y assoir, sous aucun prétexte.

C'est alors qu'elle me raconta mon histoire. Celle que tu as découverte aujourd'hui et qui t'appartient aussi.

« Claude, ce que je vais te dire me torture mais je vais bientôt partir rejoindre ceux qui m'attendent dans les cieux depuis tant de décennies, et tu dois savoir. Que Dieu me pardonne mes errements et mes mensonges.

Nous étions une belle famille, amputée par la tragédie de la guerre. Ceux qui ne sont jamais revenus. Et tu sais que mon frère que je chéris tant, est parti refaire sa vie en Australie. Ce bout du monde où je suis allée une fois avec ta mère, qui devait alors avoir 8 ans à cette époque. Mais sais-tu pourquoi j'ai traversé le monde, des semaines entières, pour l'y emmener ?
Comme tout cela est difficile à avouer mon petit Claude.

Je suis allée à Melbourne pour présenter ta mère à mon frère. Parce que je n'étais pas la maman génétique de la tienne. Je n'étais que sa tante. Ta maman s'en est allée si brutalement qu'elle ne l'a jamais su. Elle m'a laissée avec mes fantômes et cette terrible vérité qui me ronge depuis.

Mon frère et sa femme ne se sont pas entendus à Melbourne. Feiga, son amour de jeunesse, dépérissait loin des siens et de son pays de cœur. Alors Max lui a rendu sa liberté, en espérant que son absence ne serait que provisoire. Pourtant Feiga n'est jamais rentrée. Elle a rencontré un autre homme, a repris le magasin de son père qu'ils dirigeaient ensemble avant-guerre, et a refait sa vie. Sauf que, de son union avec Max est née ta maman, conçue sur les terres australes à l'autre bout du monde. Mais née, dans le déni, en terre de France. Ou plutôt anglaise.

Comment alors s'occuper de l'enfant née d'une union passée quand on aspire à tirer un trait sur sa vie pour repartir vers une nouvelle vie ?

J'ai soupçonné très vite cette grossesse, en allant rendre visite à Feiga, de temps à autre. Elle n'a pu que me confier son terrible secret. Alors je lui ai proposé, en mettant son père dans la confidence, d'élever Marion et de promettre de la chérir avec tout l'amour que j'étais capable de donner à une descendance. Je ne pouvais pas avoir d'enfants. J'habitais Londres et ne voyais guère de gens sur Paris. Cet enfant ne surprendrait personne, Feiga ayant réussi à cacher sa grossesse autour d'elle, en jouant sur l'ampleur de ses tenues mais aussi sur une vie sociale proche du néant à l'époque, nul n'a vu. Sauf son nouveau compagnon, qui de toutes façons, ne voyait pas d'une bon œil ce fruit d'un amour qu'il a tenté de broyer par tous les moyens. Elle est venue finir sa grossesse chez moi et j'ai aussi joué le jeu auprès de mon entourage en m'habillant comme une femme enceinte.

Et voilà que je suis devenue la maman de la petite Marion, à qui j'ai donné tout mon amour. Et pour qui il n'a jamais existé d'autre mère mais une tante Feiga, chez qui elle allait de temps en temps.

Et puis tu es venu. Par accident. Et j'ai supplié Marion de te garder pour continuer à donner une descendance à mon couple stérile. Ta maman était fragile et malgré le fait qu'elle t'a toujours aimé sans faille, elle avait peine à prendre soin de toi et à assumer son rôle au quotidien. Je me suis occupée de toi comme mon propre enfant. Je ne sais si tu te souviens, mais toi aussi tu es allé, de temps à autre, embrasser la tante Feiga, dans son magasin vieillot de la rue de la Convention.

Je n'ai pas revu Max. Marion non plus. Mais chaque mois, une lettre ou un cadeau arrivait pour ta mère. Le lien entre les deux ne s'est éteint qu'à la mort de ta maman.

Max en a voulu à la terre entière. Sa douleur a surpassé toute sa hargne de survivre. Il m'en a tenu responsable, je le sais.

Pourtant, Il y a quatre ans, il m'a envoyé un présent pour mon anniversaire. Une façon de me dire qu'il m'aimait toujours j'imagine, mais qu'il ne pouvait renouer avec ce passé si douloureux. Je l'ai accepté. Voici la fin de mon récit Claude. Il y aurait tant à raconter encore. Je le ferai. Mais pas aujourd'hui. J'ai besoin de me reposer. Excuse-moi. »

« Qu'est devenu Max ? s'enquiert Clara sans la moindre émotion visible dans la voix.

— C'est là où commence alors ma quête Clara. C'est à ce moment-là que je suis parti en construisant ce mensonge, qui vous a fait tant de mal.

Le lendemain matin je suis retourné voir ma grand-mère. Je me suis inquiété. J'avais comme une sensation terrible que ces aveux signaient son départ proche. Sur place, elle ne répondait pas à mes coups de sonnette et je me suis dit - avec espoir - qu'elle devait encore dormir, sous l'effet de ses cachets puissants.

Je suis allé chercher le double des clefs chez la concierge. Je l'ai trouvée enfoncée dans son grand fauteuil rouge en velours. Elle était partie, libérée de ses mensonges. Me laissant avec ces bribes de vie. De ma vie. Ce puzzle qui me faisait tant souffrir. Il me fallait alors partir à la recherche de Max. Ce grand-père célèbre de l'autre côté de la planète. Que savait-il de moi d'ailleurs ? C'est devenu en quelques heures vital.

J'ai pris mon sac à dos. J'y ai mis l'essentiel. J'ai laissé un mot sur le frigidaire et ai disparu. Convaincu alors que je vous laissais aussi la chance de vous débarrasser de moi.
C'était extrêmement égoïste. C'était ma porte de sortie. »

Clara reste silencieuse. Que répondre à cela ?
« Faisons une pause s'il te plaît. J'ai besoin de prendre l'air. Retrouvons-nous demain pour que tu m'avoue la suite de cette fuite et ce que tu as fait de toutes ces années. »

Clara plante Claude et sa détresse à la terrasse du café et s'en va sans se retourner, les yeux envahis de larmes et la poitrine oppressée par cette vérité si dure à accepter.

Elle ne remonte pas au mas. Elle se rend directement chez Paul. Éric lui sert un verre de

284

rosé. Personne ne lance quelque conversation que ce soit. Seul le silence est réparateur ce soir. Le silence et l'affection de ses amis.

Le lendemain Clara retrouve Claude. Au même café. Sous le même parasol. Avec cette même impression d'étrangeté face à cet homme et à la situation.

Sans même que Clara amorce la conversation, Claude reprend le fil de son récit, sans, à aucun moment, croiser le regard de sa fille.

« Quand je suis arrivé à Melbourne, il n'a pas été très compliqué de me rendre au siège de la société de Max. J'y ai déposé une lettre en expliquant qui j'étais et ce qui m'amenait en Australie aujourd'hui et en ai touché deux mots à la jeune fille de l'accueil, plutôt aimable. Interpellée par ma requête, elle m'a demandé de patienter. La salle d'attente était reposante, avec ses larges murs blancs, ses meubles de bois foncé et ses hautes plantes vertes. Au mur, des campagnes de la marque, des photos de Max en bonne compagnie et un large portait de l'équipe actuelle célébrant les fêtes de fin d'année. C'est alors qu'une jolie jeune femme brune s'est présentée à moi.

« Laissez-moi discuter avec monsieur Goldman cet après-midi, après qu'il ait pris connaissance de votre courrier et je vous appelle demain sans faute. Vous avez laissé un numéro où je peux vous joindre facilement ? »

C'est ainsi que j'ai pris contact avec mon histoire, mes déchirures et cette famille dont j'ignorais tout. »

Melbourne. 12 janvier 2005

La voiture qui dépose Claude devant le domicile de Max est dépourvue d'air conditionné et le voyage lui a paru si long. Ce mois de janvier est chaud et humide. Il contraste avec la pluie froide et pénétrante qui s'abattait sur Paris à son départ.

Dans le jardin un ouvrier taille les arbustes qui encerclent la terrasse alors qu'une infirmière sort de la maison pour accueillir le visiteur.
« Venez. Monsieur Goldman vous attend. »
Max est assis sur un large sofa à l'arrière de la maison. Déborah avait voulu ouvrir leur résidence sur la partie opposée à l'entrée, pour profiter des levers de soleil. Elle y avait donc fait construire une jolie terrasse en bois, avec quelques marches qui rejoignaient le jardin. Elle l'avait fleurie abondamment parce que son petit bonheur matinal démarrait toujours par son café pris à l'aube, puis se poursuivait, lors d'un parcours organisé, ciseau et arrosoir à la main, pour prendre soin des bourgeons comme des feuilles lasses.

À son âge avancé, Max profite plus du jour qui naît que du soleil qui s'éclipse. Il ne compte plus les étoiles avec Déborah, qui est partie avant lui, il y a quelques années, frappée de ce que l'on nomme en chuchotant, une longue maladie. Il ne plonge plus dans la piscine à ses côtés en contemplant la voute céleste, à la recherche de l'étoile filante, pleine de promesses.

Claude apparaît hésitant, malhabile. Max ressent immédiatement sa gêne et lui tend une main amicale pour l'inviter à s'assoir dans le fauteuil qui lui fait face.

« Alors tu es le fils de Marion. Comme je suis heureux de te voir mon garçon. Tu n'as pas idée du cadeau que tu m'offres au crépuscule de ma vie. J'ai eu une existence si chargée en émotions. J'ai vécu tant de vies. Si tu me laisses le loisir de partager mes souvenirs avec toi, je te raconterai d'où tu viens et la longue marche vers ta liberté des tiens. Tu es le premier d'une longue lignée qui traverse la vie avec de petits soucis face aux grands drames que nous avons vécus. Mais ça, votre génération l'oublie bien trop souvent, insatisfaite d'un confort qui pourrait être plus palpable encore. Vous en oubliez l'essentiel... La vie !

Mais tu n'es pas là pour rien. Tu as dû certainement traverser des périodes troublées pour vouloir puiser dans tes racines, la volonté d'affronter le futur. C'est le luxe de votre génération. Mal-être, dépression, insatisfaction ... sont - et Dieu merci - les plus grands défis auxquels vous devez faire face. Nous autres avons dû nous battre pour ne pas mourir et pour que nos enfants aient le temps de vivre leurs errances, leurs questionnements, leurs déprimes.

Mais raconte-moi ce que tu es venu me dire ».

Alors Claude a parlé de son mal-être depuis l'enfance. De ce père inconnu. De cette maman si fragile qu'il aimait tant. De sa perte. Et de cette incroyable grand-mère qui a joué un rôle primordial dans sa vie, à toutes ses étapes.

Claude a raconté aussi ce que sa grand-mère lui a révélé avant de mourir, enfin libérée de son fardeau.

Alors il a décidé de partir et de découvrir son grand-père, son histoire et pourquoi il était si compliqué de vivre normalement depuis son enfance.

Comme s'ils se connaissaient depuis toujours, les deux hommes se sont épanchés des heures durant ce jour-là.

Puis Max est parti chercher la boite de souvenirs et les albums photos.

« Tu vois, celui-là n'a jamais quitté mon bureau. Il contient les photos du voyage de ta grand-mère avec ta mère. Je ne les ai jamais revues mais elles n'ont cessé de vivre au quotidien avec moi.

Et puis dans cette boite il y a les photos et les petits mots que je recevais de temps à autre. Il y a même quelques photos de toi.

Avec le temps, la souffrance de l'absence est devenue trop forte. D'autant plus que Déborah n'a jamais pu me donner de descendance. J'ai espacé mes réponses. J'ai donné peu de nouvelles dans l'espoir d'en recevoir également moins en retour. Le temps a fait son œuvre. Et bientôt je n'ai plus reçu qu'une carte annuelle d'anniversaire. Tsipora avait compris.

Elle a certainement dû en souffrir autant que moi. Elle a respecté mes choix. »

Max marque une pause les yeux embrumés par les regrets.

« Mais parle-moi de toi. Qu'es-tu venu chercher ici que je puisse t'offrir ?

— J'ai abandonné les miens pour ce voyage. Ma fille et ma femme à qui je n'ai rien à reprocher. Moi aussi j'ai fait du mal à ceux que j'aime mais j'ai besoin de me reconstruire pour survivre. Et pour demain, revenir auprès des miens et être digne d'être le père et le mari que je ne suis plus vraiment depuis longtemps. »

Max fait préparer la chambre d'amis bleue, celle qui a accueilli en son temps Tsipora et Marion, et demande à Martha, qui gère son quotidien à la maison, de préparer un dîner léger sur la terrasse de devant. Celle des couchers de soleil et des ciels étoilés.

« Tu vois Claude, j'ai gagné des fortunes. Mais je n'ai jamais quitté ma maison. Pour moi qui ai perdu tant durant toutes ces années, cette maison est mon ancre. Oh bien sûr elle ne ressemble plus vraiment à la bicoque des débuts mais elle est là, immuable, chargée de tant de souvenirs heureux. Elle me rappelle d'où je viens et ce que j'ai construit toutes ces années, dans l'amour, le respect et la foi et ce que j'ai accompli sur cette terre grâce à ma croyance en ces valeurs.

Claude ne dort pas. Il a fini par sortir sur la terrasse sans faire de bruit. Il y a tant de sentiments qui se bousculent dans sa tête ce soir. Et pourtant, il est sûr d'avoir fait le bon choix. Pour Michèle. Pour Clara. Il enverra quelques nouvelles pour les rassurer mais ne parlera pas de sa quête intime vers son histoire. Il racontera un voyage à travers des contrées lointaines, à la recherche d'un apaisement intérieur. Et puis il reviendra, guéri.

Max continue d'aller quotidiennement au siège social de ses magasins. Il est aujourd'hui à la tête de la plus grande marque de prêt-à-porter pour hommes en Australie. Il est diffusé dans de nombreux pays du monde. Aux États-Unis, en Asie et dans les pays du Golfe.

Il n'a jamais voulu approcher le marché européen malgré les pressions de ses financiers et partenaires. Décision personnelle, arguait-il.

La vérité est qu'il a coupé depuis longtemps tout pont avec le vieux continent et qu'il lui serait douloureux de renouer quelque relation que ce soit. Même professionnelle.

« Mais tu n'as jamais voulu retourner en France ? Ma grand-mère y a reposé ses valises à la mort de son mari.

— À l'époque il s'agissait d'un voyage sans fin. Je l'ai fait une fois pour tenter de récupérer la femme que je pensais aimer. C'est toujours resté un long voyage, même avec l'avènement de l'avion, fort applaudi ici par les immigrés européens qui conservent des liens étroits avec l'Europe. Mes responsabilités professionnelles m'ont toujours fourni un formidable alibi de ne pouvoir m'éloigner trop longtemps. Et puis je n'aime pas les voyages. J'ai trop parcouru le monde par obligation. Je préfère danser, chanter, boire et manger. Et tout cela m'a pris un temps fou dans ma vie ! »

Max s'est mis à rire et son regard empreint d'une telle bonté s'est tout à coup illuminé.
« C'est bien que tu sois là Claude. Reste un peu. Comme tu vois tu es déjà chez toi ! »

Paris. 19 juin 2017

Claude a passé un peu de temps avec les architectes de Clara. Il a puisé au fond de sa mémoire les images de son enfance, celles de ses après-midi dans ce magasin. Non pas que Clara veuille refaire à l'identique la petite boutique de Max et Feiga, mais pour lui permettre de rendre hommage à son aïeul. Cela est d'autant plus vrai depuis qu'elle a appris que Max était son arrière-grand-père.

Clara n'a pas voulu travailler directement avec Claude. Les blessures sont bien trop profondes pour s'assoir ensemble devant un bureau et faire comme si de rien n'était. Il va en falloir des années pour tenter de refermer la plaie. Autant d'années qu'il a fallu pour admettre que son père était bien parti faire le tour du monde sans elle.

Le grand comptoir en bois retrouvera sa place à gauche. Il permettra d'y présenter les accessoires et les pulls. Clara le divisera en deux parties bien distinctes, pour accueillir un minibar à son extrémité. Il disposera de quelques chaises hautes et on y servira quelques douceurs et, selon l'heure de la journée, une sélection de thés et cafés ou un verre de champagne. Accueillir ses clients de façon privilégiée et conviviale est crucial et participe à la réussite de son commerce. À l'heure où les marques souffrent d'une désaffection de leurs lieux de vente, il est essentiel d'humaniser la relation avec ceux qui font confiance au produit. Aujourd'hui, se rendre dans un magasin ne représente plus seulement un acte d'achat, c'est aussi le plaisir d'y être accueilli différemment et de tisser une relation spéciale avec la marque.

C'est aussi l'envie de créer des expériences qui pousse Clara à aller bien au-delà de l'acte de vente. Dans son magasin, on y rencontrera des conseillers en stylisme, on apprendra à faire seul ses retouches lors d'ateliers de confection, on célèbrera aussi le génie des autres en débattant avec des écrivains, des artistes et on lèvera son verre en découvrant des petits vignerons et des cépages australiens.

La cabine d'essayage sera placée dans le fond, sur la droite. Mais le bois précieux remplacera le lourd tissu de velours de Max.

Les portants seront sur la droite pour permettre l'accès direct à la collection et des casiers viendront accueillir les chemises juste au-dessus. Derrière le comptoir sera positionnée l'image de la marque et ses campagnes sur un écran de bonne taille. Et puis il y aura des photos. Celles de Max, à différentes étapes de sa carrière, et de la montée en puissance de la marque.

À l'entrée, Clara recréera l'estrade qui permettait d'encaisser le client tout en dominant la situation. Mais à la place de la caisse enregistreuse, il y aura un mannequin présentant le modèle phare du moment et la technologie qui permettra de faire certains modèles en demi-mesures.

Clara confiera la vitrine à Alexandra, rencontrée à l'École des métiers de la mode, et qui a le don de donner vie à la moindre des devantures.

« Paul, j'ai un dilemme terrible…

— Quelle bonne nouvelle ma chère Clara, moi qui me croyais enfin à la retraite sur votre projet …Comment puis-je vous éclairer ?

— Le magasin est trop petit. Il faut que je sacrifie l'arrière-boutique.

— Ne me dites pas que vous comptiez l'utiliser pour déguster les crevettes de la petite voisine portugaise ?

— Pardon Paul ?

— Ne tenez pas compte de ma remarque. Simple souvenir douloureux. Je pense qu'effectivement les nouveaux propriétaires ne comprendraient pas que vous gardiez une arrière-cuisine au détriment de l'espace de vente.

Bien, j'attends l'invitation pour l'ouverture, ma petite Clara. Prenez soin de vous. »

Le lancement pour la presse est un succès. Cette marque de renom australienne qui franchit pour la première fois les océans pour poser ses valises en France, a éveillé les curiosités.

La surprise est pourtant générale quand les journalistes découvrent ce petit magasin sur une artère secondaire du quinzième arrondissement.

« Bonjour et merci à tous d'être venus nombreux cette après-midi, pour le lancement de la marque en France. Je vous sais étonnés de l'emplacement et de la petitesse du lieu. Alors laissez-moi vous raconter une histoire. Mon histoire.

Ce petit magasin n'est pas un test des investisseurs. Il n'a pas été choisi pour restreindre les dépenses face à l'éventualité que la marque ne réussisse pas son pari en France.

Ce magasin a une histoire. La mienne. En 1936, Max Goldman a ouvert cette boutique avec son épouse. Max Goldman a échappé à la Shoah quand certains membres de sa famille n'ont pas eu cette chance. À son retour de l'enfer de la guerre et de la vie clandestine, il a eu envie de changer son destin en partant conquérir l'Australie. Max Goldman était le créateur de James Taylor et je suis son arrière-petite-fille. »

Les journalistes prennent note. L'histoire derrière la marque est bien plus intéressante que l'enseigne elle-même.

« Je ne vais pas faire du James Taylor australien. Je vais développer une collection spécifiquement française. Elle s'appuiera sur nos codes vestimentaires masculins pour séduire, au-delà des français, les étrangers. Elle a pour but de franchir très vite les frontières pour étendre la volonté d'habiller les hommes du monde, avec cette « french touch » qui est nôtre. »

Un journaliste l'interrompt alors : « On parle de la femme française certes, mais l'homme élégant est plus italien que français.
— Et pourtant… Promenez-vous dans les rues de New York, de Madrid ou de Moscou et dites-moi si vous n'identifiez pas le Français à coup sûr. »

Alors que la soirée se poursuit et que Clara est au centre de toutes les attentions, Éric se rend disponible pour tous, endossant avec talent, son rôle de responsable des relations publiques pour la soirée. Il n'est pas sans laisser indifférent quelques invités, alors qu'au loin, Paul guette.

Les parents d'Éric ont fait le déplacement aussi. Pour prouver à leur fils, que malgré toute leur détresse, ils l'aimaient au-delà de tout. Il leur faudra du temps. Voilà tout.

Parfois l'esprit de Clara s'échappe. Alors sur les murs apparaît le visage de Max avec ses yeux bleus rieurs et son sourire que rien ne peut perturber.

Paul a pris soin d'engager photographe et cameraman professionnels, pour fournir la matière nécessaire aux équipes des media sociaux à Melbourne. L'ouverture de la première boutique sur le vieux continent est un événement dont la marque veut tirer profit au maximum.

L'histoire de Clara est aussi formidablement exploitée par la direction. Après tout, n'ont-ils pas cédé à toutes ses exigences pour pouvoir racheter ce fleuron du prêt-à-porter local ?

Dans le mas familial Michèle et Clarisse trouvent les soirées longues. Clara partie pour Paris une grande partie de la semaine, elles se sentent amputées de leur petit feu-follet. Clara est le tourbillon qui les fait se sentir vivantes. Utiles.

Certains midis, Éric monte déjeuner avec Clarisse. Il est ravi de découvrir les nouvelles recettes quand la formidable grand-mère se réjouit qu'il existe encore des individus sur terre qui prennent plaisir à manger.

Michèle accompagne Clara certaines semaines à Paris. Elle n'a pas été très présente ces dernières années dans le parcours professionnel de sa fille. Elle n'y comprenait pas grand-chose c'est vrai, mais c'est aussi qu'elle avait cette peur de lui transmettre ses échecs comme un virus. Elle s'est tenue loin de tout et a aboyé plus qu'elle n'a conseillé.

Pourtant Michèle n'a eu de cesse, malgré tout, d'accompagner sa fille dans ce destin, depuis son adolescence.

Durant toutes ces années d'errance, Michèle ne s'est plainte. Michèle a compté chaque euro pour offrir à Clara ce qui lui faisait plaisir. Michèle a ravalé ses larmes en journée pour ne s'épancher que le soir venu, au fond de son lit. Michèle n'a vécu que pour Clara et pour combler les failles de sa vie.

Alors aujourd'hui elle rattrape un peu du temps perdu. Non pas en conseils, ni en soutien car Clara n'en a guère besoin, mais en amour. Cette aventure est très intense émotionnellement pour sa fille. Un lien avec son histoire et avec ses souffrances. Si elle peut l'épauler ne serait-ce que dans ses silences…

.

Pourtant quand les rêves de sa fille sont devenus des euros trébuchants, elle s'est mêlée et a proposé à Clara de l'épauler pour les faire fructifier. « Je sais encore gérer autre chose que mes bottes de navets et les pêches du potager voisin. »

À aucun moment, elle n'a pensé que Clara avait fait une folie.

Les mois passent et la petite boutique ne désemplit pas.

Pourtant il manque l'essentiel à Clara. Sa ville. Les siens. Et une liberté de créer. Certes les Australiens ont permis à Clara de s'exprimer avec la création de pièces dessinées pour le marché européen. Mais très vite, ils ont demandé plus de cohérence et les standards de la collection mondiale occupent une grande partie des portants et étagères parisiens. Il était difficile à Clara de s'y opposer après avoir tant exigé. Et puis c'est aussi ce que la clientèle parisienne est venue chercher : un peu d'exotisme, avec ces pièces d'une marque nouvellement installée, une différenciation du prêt-à-porter européen. Elle n'a pu que se ranger, avec raison, à ces arguments commerciaux.

Et si tout cela n'avait été qu'une belle chimère née d'une photo trouvée dans une boite oubliée ?

Et si toute cette histoire n'avait été qu'une vaste erreur de destinée. Et si Michèle avait raison depuis le début ? Des chimères si loin de la réalité de la vie.

« Maman a raison. Il va falloir que j'arrête de construire ma vie sur des folies et des coups de tête. » Clara tire le drap sur sa tête et ferme les yeux pour échapper à la réalité qu'elle n'affrontera que demain matin. Promis.

Melbourne. 19 février 2006

Claude a très rapidement pris ses marques. Ce grand-père inconnu est très vite devenu indispensable. Il lui permet de soulager ses traumatismes et de poser sur la vie un regard nouveau.

Dès le petit déjeuner, il l'écoute, l'interroge, cherche à comprendre son passé pour vaincre ses propres démons.

Chaque jour, depuis près d'une année, Claude accompagne Max. Chaque jour il découvre plus encore le respect que chacun témoigne à cet homme qui porte en lui tant d'espoir.

Malgré l'âge, Max reste l'âme créative de sa société. Il demeure aussi celui qui a su insuffler un management humain des équipes à tous les niveaux de production et de vente. Nombre de journalistes l'ont cité en exemple depuis des décennies et les recherches d'emplois affluent chaque jour sur le bureau de la directrice des ressources humaines.

Et puis Max a été parmi les premiers à faire confiance aux femmes. Madeline a été à ses côtés jusqu'à la retraite, se donnant corps et âme pour réussir la mission de faire d'un rêve une marque reconnue. D'honorer la confiance que Max a placée en elle, quand elle n'était encore qu'une ombre de l'atelier.

D'autres femmes sont venues grossir les rangs des équipes à tous les échelons. Et c'est encore une femme qui a succédé à Madeline au poste de numéro deux de l'entreprise.

Il y a plusieurs mois déjà, Max a proposé à Claude de rester mais de profiter aussi de son séjour pour découvrir son métier :
« À mon époque, le seul choix qu'on donnait aux enfants de tailleurs, c'était de s'orienter vers la confection… hommes ou femmes. Peut-être un jour auras-tu des velléités de suivre les traces de ton grand-père. Il vaut mieux alors que tu sois formé, et par le meilleur » a souri Max, en prenant par les épaules son petit-fils, cet homme déjà modelé par la vie.
Claude se prend alors au jeu. Après tout, se plonger dans le prêt-à-porter lui permet d'échapper à son passé. Nouvelle vie. Nouveau métier. Nouveau futur. Une thérapie en fait.

Les mois se suivent et se ressemblent. Claude semble réapprendre à vivre auprès de ce formidable grand-père à qui il voue tant d'admiration.
Il a allégé les heures de garde de la personne à domicile et prend en charge les repas et la présence auprès de Max.
« Claude, tu ne vas pas passer tes soirées à jouer au garde-malade avec moi. Je suis certes fatigué mais vaillant. Va danser ! Quoi de mieux que de fouler la piste jusqu'au bout de la nuit pour être heureux ? Quelle meilleure drogue que celle

de s'enivrer de rythmes endiablés toute la soirée ? Et puis il y a de très jolies filles à Melbourne.

— Je n'ai pas besoin de trouver une nouvelle femme. J'en ai une et je n'ai pas su la rendre heureuse. Il me semble que je devrais me contenter de gâcher une vie seulement, la mienne.

— Tu n'es décidément pas le petit-fils de ton grand-père » s'amuse Max. « Un couple, ça se construit à deux et ça s'élève ensemble. S'il ne réussit pas à passer les embûches et les années, c'est que l'osmose n'est pas suffisante entre les époux. J'ai été marié deux fois. J'ai ce privilège de pouvoir comparer deux vies maritales. Je pensais que j'étais l'homme d'une seule femme en épousant Feiga. La vie m'a permis d'en tirer des conclusions bien différentes. En attendant, femmes ou pas, il te faut prendre l'air !

— Tu as raison Max, sortons prendre un verre sur la terrasse. »

Claude a trouvé en quelques mois sa place dans la maison de prêt-à-porter. Il est en charge de la gestion des commandes. Il aime cela finalement. Après avoir expérimenté quelques temps chaque étape, de la fabrication à la vente, il a demandé à Max de se concentrer sur cette division.

Avec quelques collègues, il part parfois à la plage le dimanche, tente depuis des mois de rester quelques secondes de plus sur une planche à voile et de longues heures à contempler la lagune au coucher du soleil.

Le plus souvent il emmène Max en balade. « L'Australie d'aujourd'hui n'est plus celle qui m'a donné une seconde chance dans la vie », aime-t-il à rappeler quand il entraîne Claude vers des destinations que seuls les autochtones connaissent. « Elle est aussi devenue une formidable Tour de Babel, en ayant offert à des immigrants du monde entier, une chance dans ce pays. C'est tout ce que j'aime mon Claude. »

Chaque année, il affronte l'anniversaire de Clara.

Chaque année il se lève nauséeux à l'idée de mentir une fois de plus.

« Jusqu'à quand Claude ? Tu passes à côté de la plus belle chose au monde. Ce que je n'ai pas eu la chance de vivre.

— Je ne m'en sors pas Max. J'ai menti trop longtemps. Avouer maintenant n'aurait aucun sens.

— C'est mentir toutes ces années qui n'est pas acceptable Claude. Réfléchis-y. »

Pourtant chaque année, c'est tout réfléchi. Claude est au Guatemala. Il partira dans quelques mois pour le Pérou. Il a travaillé dans une ferme à la récolte de café. Et puis il verra bien ce qu'il fera en arrivant sur place. Que Clara ne s'inquiète pas. Il travaille sur ses craintes mais rentrera bientôt. Ou pas.

Avec les années, la voix de Clara a perdu de son émotion. De la joie de parler à son père. De la tristesse qu'il ne soit à ses côtés. L'usure. Le mensonge qui ne passe plus auprès d'une adolescente qui a bien grandi.

Aix en Provence. 10 septembre 2017

« Paul, je me trompe. »
Clara franchit la porte du bureau en trombe. Paul sait déjà que cela n'augure rien de facile et de raisonnable. Il y a des jours où il se dit qu'il n'aurait jamais dû se pencher sur l'épaule de cette jeune fille dans le TER Marseille-Aix-en Provence.

Alerté par le bruit soudain, Éric a délaissé son ordinateur pour rejoindre le vestibule.
« Je suis ravie que tu sois là aussi Éric. Peut-on se parler tous les trois ?
— D'abord tu vas te calmer. Descend au café, commande une glace au chocolat et respire longuement. Cela permettra à Éric et moi-même de finir un dossier urgent et ça oxygénera tes neurones par la même occasion. »
La capacité de Paul à gérer les situations de crise est devenue, au fil des années, sa meilleure carte de visite. Sauf que certains jours, il se prend à rêver à une autre vie. Aller pêcher en mer, tenir un restaurant de poissons sur le port de Cassis,

guider les touristes dans les calanques millénaires. Dans une autre vie peut-être.

Aujourd'hui il lui faut clairement résoudre le cas de Clara, qui, de toute évidence, ne peut pas faire face à une situation qu'elle a pourtant pris soin de créer elle-même.

« Tu exagères. L'idée de « vendre » Clara aux investisseurs vient quand même un peu de toi au départ. Je te rappelle que ma Clara à moi voulait monter une marque de prêt-à-porter homme à exporter à l'étranger autour de sa muse, ton serviteur ici présent.

— Oui tu as raison. À force de constamment chercher le compromis, j'en arrive parfois à des situations qui nous dépassent tous. Et quand je vois la fragilité de Clara aujourd'hui, il est clair qu'elle n'ira pas au bout. Ce qui, entre toi et moi, ne gênera pas nos amis australiens, si on arrive à réécrire l'histoire et leur présenter les choses sous un bel angle. Avoue quand même que Clara n'aurait pas été très loin sans l'opportunité que je lui ai présentée. On ne crée pas une marque nouvelle, dans la conjoncture actuelle, sans des années d'errements et de persévérance, de refus de prêts des banques et de manque de confiance de la profession. Quoiqu'il en ressorte, elle aura gagné bien des années ! La presse s'est intéressée à elle, au-delà de ses espérances et elle a fait des pas de géant dans ce métier où chaque petite étape est importante.

— Tu as raison… mais moi je l'ai ce beau récit qui plaira à tous. Après tu t'occuperas du point d'entrée de toute cette histoire ... Claude.

— Claude ! Comment pourrais-je oublier ce personnage central, qui n'a de cesse de nous rendre les choses plus difficiles ! »

Il n'est pas compliqué pour Paul et Éric de monter l'argumentaire. Clara a été le formidable outil marketing de la marque ! Quelle fantastique histoire a-t-elle offerte à la presse, permettant des retombées immédiates tant en terme d'image que de ventes. Si le magasin affiche un joli chiffre d'affaires malgré sa petite taille, c'est surtout les ventes en ligne qui ne cessent de progresser, à travers la France.

Ce lancement a permis de lancer James Taylor en France, en utilisant cette jeune styliste liée à la famille qui lui a apporté une inspiration plus française, en phase avec la clientèle locale. Aujourd'hui, Clara poursuit différemment sa carrière de jeune styliste en lançant sa propre marque et sa propre maison. Elle ne quitte pas pour autant la marque australienne, puisqu'elle continuera de faire partie de l'équipe de direction créative et d'apporter sa contribution active à son déploiement sur le territoire.

L'autre formidable opération de communication réside dans l'extension des magasins et dans le devenir de ce premier lieu, qui deviendra bientôt mythique. Il est d'ores et déjà prévu l'ouverture d'une nouvelle surface ambitieuse et à l'image de James Taylor, dans le huitième arrondissement de Paris... qui permettra de transformer le magasin de la rue des Volontaires en petit musée de l'histoire de Max.

Ce lieu, bientôt iconique, présentera des pièces phares des quarante dernières années, des photos de Max, des dessins de ses modèles et plus de quatre décennies d'histoire de la marque. Sur le grand comptoir une machine à coudre, une machine à broder et quelques autres outils de fabrication. Ils seront à la disposition de jeunes stylistes sur réservation. Ainsi quand les visiteurs franchiront la porte pour s'imprégner de l'histoire de Max Goldman, ils découvriront les talents de demain en pleine création. Et afin de poursuivre ce que Clara a déjà mis en place, les ateliers ouverts au grand public se poursuivront deux soirs par semaine.

Voici l'histoire que les lecteurs découvriront dans la presse de demain. Voici le récit que Paul a réussi à vendre avec succès aux investisseurs Australiens.

Clara restera également dans le conseil de surveillance à vie. Elle touchera aussi sa part d'héritage. Elle sera ainsi, pour longtemps encore, la gardienne de la mémoire du magasin de la rue des Volontaires.

Paul arrive les bras chargés d'un formidable citronnier alors qu'Éric se précipite dans la cuisine pour mettre au frais le champagne. Une cuvée 2008 que chacun a bien mérité de savourer.

Clarisse et Michèle ont déserté le mas. Clara leur a offert une belle croisière dans les îles grecques, à la découverte de paysages idylliques et de rivages insoupçonnés.

Clara a besoin de se réapproprier son espace. Retrouver ses marques, construire son avenir, relier le passé au présent pour mieux appréhender le futur.

Toutes ces aventures et cette énergie dépensée ne sont pas vaines. Elles ont permis à Clara de connaître ses limites mais surtout de mieux appréhender ses envies. Quelle est la vie qui sera sienne ? Chaque choix influence son destin. Et celui de n'être que l'exécutante créative française d'une société internationale ne peut pas être sa finalité. Même si elle a joui d'une liberté appréciée. Même si son arrière-grand-père en a été le fondateur et l'âme inspirante toutes ces années. C'est au tour de Clara de suivre à présent les préceptes qui ont animé Max durant toute son existence pour construire son projet propre : créer son histoire, afficher une volonté farouche de se dépasser, prouver sa capacité à réussir et croire en sa bonne étoile. Être la digne héritière de Max ne se résume pas à en assurer la continuité. L'aurait-il envisagé comme cela d'ailleurs, lui qui croyait tant à sa destinée et qui a stimulé ceux qui voulaient se dépasser ? Certes il a formé Claude parce que celui-ci n'avait aucun projet de vie. Mais Clara ! Max aurait estimé qu'elle mérite un avenir autre que celui de suivre une voie toute tracée. Elle doit s'exprimer, se construire et réussir parce qu'elle en a les capacités et le talent. Non parce qu'elle est la descendante directe du grand Max Goldman. Ainsi aurait parlé Max !

Alors Clara a mis Michèle et Clarisse dans ce grand bateau. Qui est parti voguer sur l'eau.

Les flammes du barbecue ont depuis quelques minutes fait place à une braise rougeoyante, n'attendant que les dorades. Paul sort de son grand sac hermétique les quelques poissons qu'il est parti pêcher ce matin avant l'aube.

« Tu as fait le bureau buissonnier Paul ? Toi ? Je n'ose y croire... Dis-moi que ces quelques victuailles viennent du marché !

— Ma chère Clara, tu m'as tourné la tête comme aurait dit ma défunte mère. Je crois que j'ai besoin aussi de me recentrer sur mes priorités de vie. Et vois-tu, elles passent aussi par le droit au plaisir. »

Clara assaisonne les poissons largement, comme le lui a appris Clarisse, et s'en retourne dans la cuisine pour ouvrir une bouteille de champagne bien fraîche.

« Que fête-t-on Paul ?

— Une question à la fois s'il te plaît. Tu m'as demandé si j'étais le pêcheur de notre déjeuner et je t'ai répondu. Je propose de nous arrêter là ce jour pour les questionnements. Mais n'hésite pas à me relancer demain sur cette seconde question.

Melbourne. 7 mai 2017

Max a célébré son cent-deuxième anniversaire le mois dernier. La dernière décennie a vu décroître ses forces et sa belle énergie, même si l'homme de quatre-vingt-dix ans qu'il était encore hier n'avait de cesse d'épater tous ceux qui le voyaient chaque jour faisant, au bureau quelques heures.

Max s'éteint doucement. Ses dernières forces l'ont quitté. Il a demandé à Claude d'installer son lit au plus près de la fenêtre. Pour veiller les étoiles qui s'éteignent au petit matin. Et pour voir si Déborah lui fait signe qu'elle l'attend. Il en a mis du temps…
Claude n'est pas retourné travailler depuis une semaine. Samantha qui l'assiste se débrouille fort bien en son absence.
Que va-t-il devenir si Max quitte le monde des vivants ?
Max ne cherche pas à s'accrocher désespérément. Il a fait son temps. Et largement. Sa femme s'en est allée avant lui le laissant seul, depuis si longtemps. Marion n'a été qu'une apparition furtive dans sa vie de père et elle aussi a rejoint les fantômes de son existence. Claude est arrivé à temps pour lui permettre de terminer son séjour sur terre dans l'amour des siens. Ces

quelques années lui ont permis de réparer son absence auprès de son enfant.

Et s'il avait suivi Feiga lors de son retour en France ? Et s'il n'avait choisi de vivre ses rêves en partant s'exiler au bout du monde ? Les « si » ne servent à rien. Max l'a appris très jeune. Alors il est temps de libérer Claude et de le ramener auprès des siens. Il est temps de rejoindre Déborah, Marion, sa famille, quelque part dans un paradis qu'il espère mieux encore que la vraie vie. Il pardonnera même à Feiga qui ne doit pas être loin, au pays des étoiles. Et il embrassera si fort Tsipora qui doit l'attendre avec tellement d'impatience.

C'en est fini. Les beaux yeux bleus de Max se sont clos à jamais. Dans un sommeil paisible.

Claude reste des heures entières auprès de lui. Si désemparé face à l'avenir qui se profile. Lui, qui s'est laissé guider dans la vie depuis quelques années par son grand-père, porté par l'existence qu'il lui a offerte dans son pays d'adoption.

En se retrouvant seul dans la maison de Max, Claude retrouve ses vieux démons. Il a déjà été approché par des investisseurs qui ne demandent pas mieux que de récupérer l'entreprise florissante. Max lui a légué la majeure partie de ses biens, même si une partie reviendra à des associations de bienfaisance dont il a dressé la liste et le pourcentage à leur reverser. En ce qui concerne la part revenant à Claude, il met tout de même un bémol pour le legs de la maison.

« Si mon petit-fils désire retourner en Europe, alors ma maison ira à ma fidèle Madeline, qui pourra y installer sa petite-fille, bientôt en âge de quitter le nid familial, et qui a rejoint notre équipe à la sortie de ses études universitaires. »

Le reste revient à Claude. Ce lourd fardeau dont il ne sait que faire et dont il n'a pas réclamé la paternité nouvelle.

Son premier réflexe a été d'appeler un ancien ami parisien pour lui demander conseil. Il se sent si étranger ici depuis la mort de Max. Il sait aussi que Clara et Michèle sont parties vivre à Aix-en-Provence chez Clarisse. Il voudrait que cette manne inattendue profite à sa fille.

Mais comment renouer sans avouer ? Comment réapparaître aujourd'hui, même porteur d'espoir ?

De contact en recommandation, Claude compose enfin le numéro de Paul. Le lendemain, il ferme définitivement la jolie maison de Max et Déborah et en dépose les clefs chez Madeline, sans prendre soin de passer par quelque intermédiaire que ce soit.

C'est Paul qui va être sa voix, sa main et son esprit pour gérer cette succession. Quant à lui, retrouvera-t-il le chemin de la paix un jour ?

Paris. 2 octobre 2017

Au bras de Paul et Éric, Clara franchit la porte du magasin de la rue des Volontaires. Les travaux de réaménagement ont commencé, quelques mois à peine après le grand chantier de remise en état du magasin de téléphonie. Mais il n'est pas question de chambouler le travail effectué, il suffit de quelques touches pour que ce lieu devienne à jamais la mémoire de la famille et le récit de ce conte de fées raconté au public. Clara s'émeut devant les photos en vrac sur le comptoir qu'il faut trier pour narrer la vie de son arrière-grand-père sur les murs glacés.

Max est là. Clara le sent. Comme le jour de l'inauguration. Elle ferme les yeux et promet à Max de perpétuer sa légende en veillant sur son histoire, ses engagements et son combat. Et Clara jure à son aïeul d'être aussi la digne arrière-petite-fille qu'il aurait certainement tant eu envie de connaître, et dont il aurait été si fier.

« Et maintenant Clara ? déclare Paul en attaquant les pinces du crabe qui lui fait face et lui résistent plus qu'il ne l'aurait imaginé.

— Et maintenant, je dois mettre tout à plat, revenir à l'essence même de mon projet et avancer.

— Tu as conscience d'avoir les moyens de tes ambitions ?

— Oui et il n'est pas question que j'aille plus vite qu'il ne le faut sous prétexte que j'en ai les moyens. Et puis je compte bien investir également une partie de l'argent de Max dans les plaisirs simples de la vie. N'est-ce pas là aussi une façon de rendre hommage à cet homme pour qui tout était fête et douceur de vivre ?

Je vais me mettre en quête d'un lieu qui me ressemble. Un atelier dans le fond d'une cour fleurie avec de jolis bureaux à l'étage et mon appartement au-dessus. Un espace de vie qui correspondra à mes attentes et qui me permettra de rejoindre mes crayons à trois heures du matin si l'inspiration me vient en plein rêve. Un grand cocon qui m'autorisera à monter prendre un thé dans mon salon, à quatre heures de l'après-midi si je ressens le besoin de me ressourcer pour mieux continuer.

Paul, m'aideras-tu à trouver ce joyau ? »

Bien sûr que Paul remplira cette nouvelle mission. Que ne ferait-il pas pour Clara.

« Et ton père ? L'as-tu revu ? Il vient d'acheter un bel appartement rue Chastel… il n'est pas heureux pour autant tu sais.

— Laisse-moi du temps Paul. Je ne suis pas prête. »

En attendant, Clara a réintégré sa chambre de jeune fille, au premier étage du mas familial. Jules ne la quitte pas. Il a bien cru l'avoir perdu quand elle est partie pour Paris. Jules dort avec Clara, déjeune avec Clara et se poste devant la porte de la salle de bains pendant sa douche, pour ne pas rater sa sortie.

L'été s'en est allé et les vendanges commencent dans les hauteurs. Il fait moins chaud et Clarisse en profite pour passer plus de temps dans le jardin à défaire les plantations de printemps pour amorcer celles de l'automne.

Clara a proposé à Michèle de continuer son activité maraîchère entre quatre beaux murs solides, qui la protégeraient de la morsure du froid l'hiver et des brûlures du soleil l'été. Michèle a refusé. Clara a négocié. La jeune fille reste propriétaire de l'établissement et le met gracieusement à disposition de sa mère. L'affaire a été conclue rapidement et le marché de Michèle voit le jour à la place du confiseur de la rue d'Italie.

Tous les produits viennent des producteurs locaux et Michèle privilégie les maraîchers biologiques. Chaque mercredi, Michèle invite ses clients sous sa petite véranda, au fond du magasin, pour l'atelier cuisine de la semaine. Chacun peut ensuite déguster sa création sur les chaises de couleurs devant le jardin. Quand le temps le permet, c'est au milieu des fleurs et des plantes que les visiteurs s'adonnent aux préparations culinaires, rejoignant les grandes tables en bois coloré, pour savourer ce qu'ils ont cuisiné.

Michèle propose aussi un bar à jus frais et des petites douceurs maisons. Les tartes aux figues font fureur cette semaine.

Clara retourne à ses crayons et à sa collection mise de côté temporairement. Rien ne lui convient dorénavant et il faut tout reprendre. Son expérience au sein de James Taylor lui a appris plus qu'elle ne le soupçonnait. Qu'importe. Paul n'a toujours pas trouvé l'atelier au fond de la cour.

Éric partage son temps entre le bureau de Paul et le mas. Il s'est engagé depuis les débuts à assister Clara dans son aventure. En début d'après-midi, il délaisse donc les grands plafonds du cabinet de Paul pour rejoindre la chambre de Clara, noyée de soleil au premier étage du mas. L'attendent toujours quelques pâtisseries que Clarisse a laissé à portée des gourmands. Elle le connaît son Éric, et le jeune homme ne feint pas l'étonnement quand elle lui rappelle que l'assiette de gâteaux l'attend dans le salon. C'est un petit jeu entre eux qui n'a de cesse de les ravir.

Ce joli jeudi d'octobre, Éric n'arrive pas seul chez Clara. Paul est à ses côtés. Il a en main quelques photos qu'il présente à la créatrice.
« Cette bâtisse est à vendre. Elle est parfaite. Chère mais c'est un véritable bijou qui m'a l'air de correspondre à tes rêves les plus fous. Si cet investissement ne t'effraie pas et n'est pas contraire à ta volonté de ne pas brusquer les choses ... allons la visiter. »

Derrière la lourde porte de bois, ils découvrent la cour pavée et sa végétation luxuriante mais disciplinée.

Une large porte vitrée invite le visiteur à pénétrer dans les espaces du rez-de-chaussée. Le plafond est idéalement haut, y laissant passer la lumière malgré les murs épais de la rue. Le parquet craque à souhait et il se dégage de cet étage, fait de salons en enfilade, une atmosphère feutrée, élégante, et bienveillante.

Un large escalier dessert le premier étage. Les pièces sont accessibles par des portes anciennes et chacune conserve une intimité et une ambiance qui lui est propre.

L'escalier qui serpente vers le dernier étage est plus intimiste, moins imposant. Composé de chambres assez exiguës, il n'est pas dépourvu de charme. Clara imagine fort bien un redécoupage de l'espace pour en faire son lieu de vie.

« Attends, ce n'est pas fini. Suis-moi. »
Paul entraîne Clara dans la cour et la conduit vers un passage sur la gauche de la maison, qui amène à une seconde cour et à un joli bâtiment largement dominé par une verrière ancienne. Sur les côtés, le lierre a tissé sa toile végétale, protégé d'un soleil provençal trop dense. La cour pavée n'a pas l'allure de celle de l'entrée mais un charme bien plus singulier.

Clara affiche le regard de l'enfance émerveillée. « C'est magnifique Paul. Je te charge du dossier ! »

Étourdie par cette bâtisse, osant à peine caresser le rêve de la voir sienne... Clara décide de quitter Aix-en-Provence et de passer la journée dans les Calanques pour prendre un peu le large.

Elle réserve une petite embarcation et vient se poser sur la plage d'En-Vau, avec cette impression que le monde n'est désormais que beauté infinie.

Elle a toujours vécu modestement. Ne manquant de rien et se réjouissant des petits bonheurs simples de son existence. Elle a goûté au privilège de vivre en Provence, de descendre avec Jules, chaque jour, les chemins avoisinants, de lézarder sous les grands arbres du jardin. Elle a grandi à l'abri de la violence de la ville, bercée par les effluves de la cuisine de Clarisse et des champs de lavande. Elle a oublié qu'elle a eu un jour un père, pour n'évoluer que dans ce monde de femmes attachantes et réconfortantes.

Elle a tenté de se projeter dans un univers qui n'était pas le sien en acceptant le défi lancé par les Australiens. Il n'était pourtant pas vain d'être passé par ces quelques mois d'errance. Mais tout cet argent, l'ampleur de cette industrie, les comptes à rendre et la recherche de la rentabilité ne correspondent pas à ses attentes.

Aujourd'hui, cette maison-atelier est fabuleuse mais si luxueuse. Elle est hors des standards de Clara. Pourra-t-elle s'y exprimer comme elle le souhaite depuis tant d'années ?

Clara s'est allongée sur le sable et se laisse agréablement bercer par le bruit des flots. Le ciel et la mer se sont fondus depuis belle lurette dans cette partie du monde. Seule la roche permet d'en discerner les limites.

Clara ferme les yeux. Elle a une idée.

Melbourne, 12 mai 2017

Claude attend déjà depuis plus d'une heure dans cette salle d'attente à la blancheur médicale que seules quelques plantes vertes sauvent de la déprime.

Il se lève et exprime son impatience à la secrétaire qui s'ennuie apparemment aussi fermement, concentrée dans la lecture du dernier *People.*

« Vous êtes le prochain monsieur, ne vous inquiétez pas. »

Il n'est pas question de s'inquiéter. Claude se sent tellement mal à l'aise de se retrouver face à cette horde de professionnels qui va sceller la succession de Max, que cette attente est une torture supplémentaire. Tout cela lui importe si peu. Si ces hommes pouvaient également lui trouver un sens nouveau à sa vie.

Ce qu'ils ne font assurément pas pendant la demi-heure qui suit le début de l'entretien.

« Monsieur Goldman vous a-t-il jamais parlé de Marthe ?

— De qui ?

— Marthe Liver. Elle est la seconde fille de Feiga, issue de son mariage avec le cousin David.

—Non jamais, mais en avait-il lui-même connaissance ?

— Apparemment oui puisqu'il lui destine une petite part de son héritage. Je vous rassure, dérisoire face au montant total. Nous pensons qu'il s'agit surtout d'un geste symbolique.

Quoiqu'il en soit, elle a accepté de venir à Melbourne pour sceller le partage des biens, mais à notre avis elle est surtout venue à la découverte du premier mari de sa mère. On ne fait pas un si long et coûteux voyage pour un héritage si minime. Elle nous a fait savoir que si vous souhaitez la rencontrer elle en serait ravie. Voici son numéro. Elle est descendue au Victoria Hôtel. »

Marthe est une petite femme énergique. Son visage témoigne aisément de ses soixante-dix ans d'existence mais sa vivacité n'a pas subi les affres des années.

Claude a trouvé le courage d'appeler Marthe. Il se sent si seul sur cette planète. Alors pourquoi pas Marthe.

La fille de Feiga l'attend dans le jardin, sirotant un cocktail de fruits frais, perdue dans les pages de son guide de la ville.

« Bonjour Claude et merci d'avoir accepté de me rencontrer. Je vais être intarissable de questions bien sûr. Je suis venue à la rencontre de Max. Si j'accepte cet héritage, qui ira à mes enfants, qui en ont plus besoin que moi, il faut que j'en comprenne les raisons. Pourquoi Max m'a-t-il couchée sur son testament et ses raisons ont elles un sens ? J'ai besoin de vous Claude, parce que vous êtes le seul aujourd'hui qui puisse me permettre de découvrir le premier mari de ma mère.

— Je ne sais que vous dire Marthe. Je ne savais même pas que vous existiez. Je peux vous parler du Max que j'ai connu les dix dernières années de sa vie, mais pas de celui avec lequel votre mère a partagé de nombreuses années. Vous avez des enfants ?

— Oui, j'ai deux très grands enfants. Michel qui doit avoir votre âge et Diane qui est plus jeune. Et de très beaux petits-enfants. Mais de cela vous n'aviez pas de doute. Vous êtes papa également ?

— J'ai une fille. Magnifique. Courageuse. Que je connais si peu. Je ne suis pas un homme très intéressant Marthe. »

Marthe et Claude échangèrent longtemps encore. Comme de vieux cousins de Province qui ne s'étaient vus depuis des lustres et qui avaient tant de choses à se raconter. Ils ont parlé du passé et de Max mais se sont surtout racontés leur vie avec leurs failles.

« Quand tu rentreras à Paris, nous ferons un déjeuner familial à la campagne.

— Encore faut-il que je retrouve ma fille, Marthe.

— Ne sois pas trop pressé Claude. Elle reviendra. Tous les enfants finissent par revenir un jour si nos bras restent ouverts sans condition. »

C'est ainsi que Claude en apprit davantage sur sa grand-mère. Cette tante de substitution qu'il a toujours trouvée si jolie et si discrète quand sa mère exultait pour peu. La beauté de Tsipora était certes un fait. Mon son manque de tenue ne rendait pas toujours justice à sa beauté.

Feiga partagea sa vie avec ce cousin de fortune qui s'était invité un matin de déprime, et qui fut son second mari pendant une dizaine d'années. Quand Marthe est arrivée par un beau mois de mai, Feiga ne trouva plus aucun charme à son mari, qui trouva réconfort dans d'autres bras avant de la quitter. Qu'importait alors de se retrouver mère-fille. Sa propre mère lui avait causé une tristesse indéfinissable en quittant ce monde. Son père lui légua alors des décennies d'économies et d'argent bien investis. « Pourquoi attendre que je disparaisse pour que tu profites de ce que j'ai mis de côté pour toi » lui expliqua-t-il alors. Il continua de s'occuper du magasin avec David. Feiga acheta une petite mercerie rue Lecourbe pour occuper ses journées, et ne vécût que pour Marthe, jusqu'à son dernier souffle.

Marthe et Marion se sont connues bien sûr. Et nombreux étaient ceux qui leur trouvaient un réel air de famille. « De vraies petites sœurs » entendaient-elle parfois. Les deux petites n'ont pas eu loisir de se voir souvent et pourtant, à chaque visite de Tsipora en France, elles se retrouvaient avec un naturel déconcertant. Quand Tsipora retourna enfin en France, le temps avait fait son ouvrage et les cousines n'avaient plus de liens suffisamment forts pour poursuivre leur amitié de l'enfance.

À l'âge adulte elles se sont peu fréquentées. Puis plus du tout, ne connaissant même pas leurs enfants respectifs. Mais Marthe fut très peinée d'apprendre la disparition de cette cousine qui restera à jamais un joli souvenir furtif de l'enfance.

Marthe apprit qu'elle avait eu un petit garçon, élevé dorénavant par Tsipora. Mais tout cela appartenait au passé et Marthe ne chercha à renouer avec ce trait d'union entre sa mère et sa tante.

« Quel gâchis quand même. Pour ma grand-mère. Pour ma pauvre mère qui n'en a jamais rien su. Et pour moi qui y puise certainement la majorité de mes névroses.
— À toi maintenant Claude de ne pas reproduire ces rendez-vous manqués. Retourne en France. Va chercher ton enfant et répare ainsi le cercle brisé de la famille. »

Paris. 3 novembre 2017

« Mais qu'est-ce que tu fabriques encore dans ce placard Samir ? On va louper le train avec ta manie de n'être jamais prêt. » Meriem s'agite grandement dans le petit appartement, sa valise à la main.

— Je cherche le cahier de Clara. Tu sais celui qu'elle avait appelé : « Quand je serai grande ». Tous ses dessins. Ses jolis mots qu'elle couchait sur son cahier ...

— Eh bien c'est trop tard. Tu lui enverras ! »

Meriem agrippe son mari par la manche et descend les escaliers de l'immeuble. Samir salue son fils, qui reprend l'épicerie pour quelques jours. Il a promis d'être sérieux et travailleur mais a décliné la demande de son père d'ouvrir comme d'habitude de sept heures à minuit.

« Ce n'est pas une vie !

— C'est la vie qui vous a permis d'être propres, nourris et heureux chez moi » lui a répondu vertement Samir.

Compromis fait, le magasin ouvrira de huit heures à vingt-deux heures, et Samir a depuis plusieurs jours affiché les horaires spéciaux de la semaine.

« Vous n'oubliez pas, madame Lemoine, la semaine prochaine c'est le petit qui tient le magasin et les horaires changent. »

Ainsi il en va depuis dix jours à chaque fois qu'un client habituel franchit la porte. Certains d'entre eux, sourire aux lèvres, l'ont entendu dix fois et ont répondu dix fois : « ne vous inquiétez pas monsieur Samir, nous en avons pris bonne note. »

Meriem et Samir sont confortablement assis dans le TGV en partance pour Marseille. Ils s'arrêteront à la gare d'Aix-en-Provence et retrouveront Clarinette.

La jeune fille les a appelés en début de semaine, avec ce débit de voix incontrôlé que Meriem connaît si bien.

« Clarinette, pose ce téléphone. Va boire un grand verre d'eau fraîche et reviens me parler tranquillement. »

Comme dans l'enfance, Clara s'exécute et une fois le verre d'eau avalé retrouve, et ses esprits et son combiné.

« Meriem, j'ai besoin que toi et Samir descendiez à Aix pour me donner votre avis.

— Notre avis ? Mais notre avis sur quoi Clarinette ? Entre ta famille et tes amis tu as de quoi faire un sondage national !

— Non ! Je veux votre opinion. C'est une décision importante et j'ai besoin de votre regard sur la vie. Sur ma vie. »

Voilà donc comment, en fin de semaine, billets en poche et cahier de Clara introuvable, le couple se retrouve dans le TGV Paris-Lyon-Marseille-Saint-Charles. Meriem a préparé quelques boîtes pour le déjeuner pour ne surtout pas manger ces infâmes sandwichs ou salades sans saveur que l'on attrape au vol en gare ou dans le train. Elle s'est calée contre la fenêtre pour suivre le paysage qui défile à vive allure. Elle aime, Meriem, cette sensation d'évasion et ce train qui s'enfonce dans les campagnes françaises, longeant parfois de petites bourgades ou lorgnant sur des troupeaux de vaches que rien ne saurait déconcentrer de leurs verts pâturages.

Elle aime, Meriem, ces fuites du temps. Ces escapades qui sont si rares vers des villes inconnues. « Aix me voici » a-t-elle l'air de dire, tout sourire, à ce TGV qui déjà arrive en gare d'Avignon.

Samir s'est assoupi. Les journées sont si longues dans la petite épicerie. Combien de temps encore pourra-t-il tenir cette cadence si son fils ne le seconde pas un peu plus ? Et pourtant, c'est la dernière chose qu'il lui souhaite. C'est un bon élève et son avenir se joue autre part que parmi des lots de conserves et des tomates juteuses sur l'étal.

Et puis combien de temps son petit commerce va-t-il encore perdurer ? La venue des grandes enseignes ouvertes jusqu'à vingt-deux heures lui a déjà retiré une partie d'une clientèle qui a oublié qu'il offre plus que quelques denrées quotidiennes, mais une relation à l'humain, qui fait parfois défaut à ses clients. Savent-ils, ces Parisiens si pressés que le premier atout de longévité est la socialisation ? Si ! Si ! Samir l'a lu la semaine dernière. Une vie sociale quotidienne équilibrée est le meilleur stimulant pour vivre vieux. Et cela, Samir l'a toujours offert à ses clients. Son grand sourire et la petite discussion du jour lui a souvent valu d'être le confident de certains habitués. D'ailleurs Clarinette en est une parfaite preuve.

La semaine dernière, un monsieur asiatique en complet foncé s'est présenté au magasin. Il a peu parlé. Il a fait le tour de l'épicerie, a pris quelques notes et a tendu sa carte à Samir s'il lui venait l'idée de vendre.

Vendre. Samir n'y avait jamais pensé. Il a toujours estimé qu'il pousserait son dernier soupir au milieu des boîtes de sardines et déodorants sans aluminium. Comme un acteur sur scène. L'épicerie est son épicentre et il y passe les trois-quarts de sa vie. Mais pour Meriem il n'est pas question de finir son existence dans le petit appartement exigu au-dessus du magasin.

Clara attend fébrilement ses amis sur le quai de gare. Éric est du voyage, attendant dans la voiture les parents de cœur de son amie.

Apercevant au loin les silhouettes fatiguées mais vaillantes, Clara s'élance à leur rencontre et, comme quand elle promenait fièrement ses longues nattes sur ses frêles épaules, se loge dans les bras de Meriem.

Sur le chemin, Clara évoque les derniers rebondissements de sa courte carrière pour une grande marque internationale et ses ambitions nouvelles. Éric ne dit mot. De toutes façons il n'aurait pu placer quelque syllabe que ce soit tant le débit de Clara est incessant.

La voiture se gare devant la lourde porte de la bâtisse à vendre.

« C'est là. Nous avons rendez-vous dans trente minutes. Le temps de vous emmener dans mon antre pour se désaltérer d'une bonne citronnade ! »

Meriem et Samir restent discrets. Ils traversent la cour et s'abandonnent dans les différents espaces de la large demeure. A contrario, Clara ne cesse de commenter chaque pièce, en laissant son imagination travailler au devenir de chacune.

Clara vient de remercier l'agent immobilier et se tourne vers ses amis.
« Alors ?
— Prenons une autre citronnade ma fille », répond Meriem en passant son bras sous celui de Clara.

« C'est une maison magnifique Clara. Peut-être trop ? Tu t'es trompée une fois en acceptant la mission des Australiens alors que tu avais des rêves fous. Tu as eu la chance de pouvoir t'en sortir rapidement et avec tous les bénéfices possibles. Mais là, Clarinette, tu joues seule. Une fois l'argent investi, il va falloir que tu ne perdes pas tout cela par des décisions trop hâtives. Tu t'emballes toujours très vite ma fille. C'est bien mais pas sans danger. Il en pense quoi le sage de ta bande ? Et il est où d'ailleurs monsieur Paul que je le salue. Je lui ai fait les *makroud* qu'il a tant aimés chez moi la dernière fois.

Il est vrai que le projet est onéreux mais Clara a hérité d'une somme folle puisque Claude n'a décidé de ne garder que de quoi vivre sereinement.

Et s'il est des rencontres déterminantes avec certaines personnes, il est aussi des ressentis inexplicables avec des lieux.

Il n'a pas fallu plus de deux jours à Clara pour coucher sur papier un projet ambitieux mais solidaire. Un concept qui lui ressemble et qui va dans le sens des valeurs auxquelles elle s'attache. Elle en a parlé à Paul qui a applaudi des deux mains, même si les sommes à engager sont colossales pour une si jeune fille inexpérimentée.

« Tu seras le gestionnaire de mes affaires Paul. Je te laisse toute latitude sur le volet des finances et tu travailleras avec maman sur la gestion de la société. De toutes façons j'ai besoin de vous et votre expertise !

— J'aurais dû me dérober quand ton père est venu frapper à ma porte. J'en prends pour perpétuité avec vous. Tiens, ton père vient me voir cette après-midi justement. Je crains le pire.

— D'ailleurs que penses-tu de déménager ton bureau dans mon espace collectif ?

makroud : gâteaux orientaux

328

— Reparlons-en demain si tu le veux bien Clara. Meriem et Samir sont fatigués. Je vous emmène tous dîner dans les hauteurs de la ville. Promesse de poissons du marché et desserts maison, si cela vous convient. »

Il est encore tôt. Paul avait choisi l'une des tables près des fenêtres, proche des grands arbres du jardin. Deux jeunes enfants profitent du doux soleil de cette fin de journée de novembre pour jouer dans le jardin.

La table est colorée. Les assiettes gourmandes. Les filets de bar sont grillés à souhait, le croquant de la peau contrastant parfaitement avec la chair moelleuse, marinée dans l'huile d'olive du pays, rehaussée de thym frais.

Paul a choisi un vin du pays léger, qui se boit avec bonheur et qui plonge bientôt chacun dans une sorte de quiétude bien agréable à l'heure où le jour se couche.

« Maintenant que nous sommes repus et que l'alcool a définitivement apaisé les tensions, je voudrais vous exposer mon projet.
L'idée est de faire de ce lieu un espace collaboratif de création et de mode.

Au rez-de-chaussée du bâtiment principal, se trouvera mon showroom et un espace ouvert à d'autres jeunes créateurs fraîchement sortis de l'école. Nous pourrons y faire des présentations, des expositions et inviter nos mentors lors de journées dédiées aux talents de demain.

À l'étage, j'installerai ma table de travail et mon bureau de style. Mais aussi le cabinet de Paul et pourquoi pas quelques petites sociétés qui seraient ravies de partager l'espace.

Et puis au fond de la cour, à l'ombre d'un soleil trop persistant et derrière les verrières réconfortantes, l'atelier.

Celui où l'on découpera, assemblera, et d'où sortiront les prototypes des collections.

Un lieu de vie emprunt du savoir-faire du passé et tourné définitivement vers demain...

— Madame s'il vous plaît, remettez-nous une bouteille de ce délicieux vin ! » s'exclame alors Meriem, qui a bien besoin d'une pause dans ce tourbillon de projets plus fous les uns que les autres.

« Et cerise sur le gâteau... la marque s'appellera : Max & Clara. Je ne voyais franchement pas quel autre nom donner à ce projet après tout ce que j'ai vécu ces derniers mois.

— J'aime, ma fille ! Samir a souri de toutes ses longues dents, posant sa main d'un geste paternel sur le bras de Clara.

— Et Clarisse, qu'en pense-t-elle ?

— Clarisse ? Elle aura son bureau au premier étage ! Elle lance un site marchand de produits de Provence bien sûr et proposera ses recettes maisons à la lavande. Maman garde son petit local rue d'Italie. Elle s'y est attachée mais viendra faire des animations chez Clarisse. Elle me l'a promis ! »

Tout parait si facile sur le papier. Comme si l'histoire avait été écrite depuis des décennies pour s'inscrire de la sorte dans le destin de Clara.

« Ce ne va pas être facile Clara. C'est une lourde tâche et il va falloir bien t'entourer. Comme Max. » rappelle Paul. « Que ce soit dans le choix de tes équipes de réflexion ou de production, mais aussi dans celui du management de ton espace et de ta société. À partir du moment où il devient collaboratif, tu dois pouvoir en gérer tous les aspects.

— Éric et Paul, puis-je vous demander d'en discuter entre vous ? J'aimerais avoir Éric à mes côtés, du moins en partie, s'il en est d'accord. Après tout, mon projet est aussi né grâce à ma muse préférée. »

Les desserts arrivent en nombre et mettent fin à la discussion en cours. Tarte au citron meringuée, vacherin glacé, croquant au chocolat... Paul n'a pas lésiné sur le choix des desserts. Et chacun de vouloir savourer le reste de la soirée avec la même douceur que celle promise par la farandole de gâteaux que la cuisinière a amenée en personne à ses clients réguliers.

Samir ne se prive pas de tous les goûter alors que Meriem lève les yeux au ciel.

« Ne te plains pas d'être obligé de relever les coussins cette nuit pour dormir.

— Chaque chose en son temps Meriem. Je profite du plaisir de la gourmandise. Ne gâche pas le moment présent s'il te plaît. »

La nuit est tombée. Le ciel est désormais parsemé d'étoiles.

« Ce devait être un peu ça le décor de Max, quand il s'asseyait sur la terrasse de sa maison, près de Déborah, après le dîner. »

Claude n'a pas donné signe de vie à Clara. Il la sait occupée avec son formidable projet. Il essaie de reprendre sa vie en main. Il a acheté un petit appartement non loin du musée de Caumont, cette fabuleuse bâtisse devenue centre culturel, rassuré d'être au cœur de la ville et de son poumon historique. Il tente de réfléchir au sens qu'il va donner à sa vie à présent. Certes il a assisté pendant près de dix ans Max et a appris la gestion d'une telle entreprise à ses côtés. Mais qu'en faire ?

Comme à son habitude il prépare ses œufs brouillés et se pose devant son écran dans le petit bureau de sa chambre. Ce rituel du matin est une exploration libre sur la toile, à la recherche d'une idée, d'une envie, de ce qui lui permettra de se réaliser à présent.

Il découvre que Clara lui a envoyé un e-mail de bon matin. Clara. Quelle surprise ! Pourtant il met du temps à ouvrir son message, appréhendant une réprimande, un reproche nouveau, un jugement supplémentaire. Après tout, que pouvait avoir à lui dire Clara qui ne soit la résultante de ses mensonges et sa couardise.

« Claude,

Je sais que Paul t'a fait part de mes projets, ce qui apparaît normal puisque l'argent investi me vient de ton renoncement à ta part d'héritage.
J'aimerais que nous en parlions sans animosité aucune. Au contraire. Pour envisager l'avenir en faisant table rase du passé.
Clara »

Ce soir-là, Paul et Éric restent silencieux devant la salade grecque que le jeune homme a pourtant pris soin de présenter avec élégance dans sa large assiette blanche.

« Parlez-en entre vous », avait lancé Clara comme un défi. Ce soir, chacun d'eux a en tête cette petite phrase qui a précédé la farandole des desserts, mais pourtant aucun ne se sent de débuter la conversation.

C'est finalement les mains dans la mousse de la vaisselle, qu'Éric prend sur lui d'amorcer la discussion.

« Que penses-tu de l'offre de Clara ?

— Laquelle ? Celle d'abandonner mon bureau qui m'a tant servi d'asile quand ce fut compliqué en famille ? Ou l'idée de te laisser évoluer dans un milieu professionnel qui te ressemble bien plus que celui que j'ai à t'offrir ?

— Les deux peut-être. »

Clara et Claude se retrouvent dans les salons feutrés du musée de Caumont, où le temps semble s'être arrêté il y a quelques siècles.

Clara arrive en avance pour ne pas sentir le regard plongeant de Claude sur le chemin qui la conduit vers le petit salon rose.

« D'abord je te dois des remerciements.

— Tu ne me dois rien ...

— Laisse-moi parler s'il te plaît. Je te dois de m'offrir cette somme conséquente, qui va me permettre de construire ce qui serait resté un rêve inassouvi toute ma vie. Je te dois aussi ce que je suis devenue par la force des choses. Par ton abandon, mais certainement aussi par tes failles qui ont dû m'éclabousser, ne nous mentons pas. Je te dois enfin d'être le petit-fils de Max, qui a été mon inspiration durant ces longs mois d'errance, mêlés à l'espoir de construire un avenir inspirant.

Tu m'as mentie. Tu m'as trahie. Tu m'as fait souffrir plus que tu ne pouvais alors l'envisager. Mais je dois aujourd'hui te pardonner pour avancer et tenter de reconstruire avec toi ce que tu as détruit. Nous devons mettre un terme à ces drames familiaux. À ces enfances déchirées. À ces familles qui ont vécu si loin l'une de l'autre.

Finalement tu n'as fait que reproduire le schéma de séparation.

Je voudrais aussi que tu trouves ta place au sein de ma société. Après tout, tu as bien plus d'expérience que moi dans la gestion d'une marque de mode. Tu pourrais prendre en charge toute cette partie. Et vois-tu, même si cela t'étonne, j'ai bien plus confiance de te laisser les clefs du coffre qu'à n'importe qui d'autre. »

Claude ne relève pas son visage, engoncé dans le col de sa chemise, pour ne pas que Clara découvre ses larmes. Mais il prend dans sa main celle de sa fille et la porte à ses lèvres.

Il n'aura pas fallu un mot de plus pour conclure l'entente entre ces deux-là. Mais il en aura fallu des larmes et des cris pour que ce jour existe enfin.

Bien sûr Clara en a parlé précédemment avec Michèle. Faire revenir son père dans son giron a des conséquences sur sa mère. Elle ne pouvait le lui imposer et il lui fallait son consentement. Même timide. Elle a choisi un lundi. Michèle n'ouvre pas ce jour-là et travaille de la maison pour réfléchir à de nouvelles idées ou s'enquérir d'un nouveau fournisseur. C'est sa journée de détente où elle traine négligemment en jogging toute la journée, grignotant de-ci de-là entre deux tasses de thé au miel.

« Maman, est-ce le bon moment pour te parler ?

— Il n'y a jamais de mauvais moment pour t'écouter ma Clara, Tout va bien ?

— Je voudrais te parler de Claude. J'ai décidé de faire la paix pour ne pas vivre sur ma colère et mes frustrations.

— Et tu as raison. C'est une décision très sage et bien mature pour ton jeune âge.

— Je crois maman que ces derniers mois m'ont vieilli à souhait. Mais je sais que je ne trouverai la sérénité que dans le pardon. Et vois-tu, le fait de le vouloir m'a déjà permis de poser un regard différent sur Claude.

335

Je veux lui faire une proposition. Mais elle a besoin de recevoir ton aval. Si cela te gêne ou te heurte, j'y renoncerai.

— Je n'ai pas à intervenir dans tes décisions.

— Je veux lui demander de gérer la production de ma collection. »

Max et Clara voit le jour quelques mois plus tard. Des mois de dur labeur, de travaux fastidieux, de bataille de permis. Des mois de recrutement de talents, de recherches de soutiens institutionnels, de batailles politiques, de constitution des équipes. Chacun a joué sa partie. Paul, Claude, Éric et les autres, enthousiastes de ce projet nouveau d'envergure en ville.

Il a fallu batailler avec les égos de certains. Il a fallu envoyer des coups de pieds dans des fourmilières trop bien huilées. Il a fallu bousculer les indécis et les réfractaires. Mais au final la bâtisse est prête à vivre ses plus belles heures.

Ce soir, pour l'inauguration, chaque personne qui compte dans le cœur de Clara a fait le déplacement. Même Marthe a été invitée avec ses enfants. Quelle meilleure occasion que celle-ci de rassembler les moutons égarés.

Dans la cour, une longue table de bois a été dressée avec délicatesse.

Clarisse a disposé de petits bouquets de lavande devant chaque assiette. La vaisselle blanche contraste avec la jolie nappe provençale colorée. Dans la seconde cour, le traiteur s'affaire pour que tout soit parfait. Les saveurs locales seront à l'honneur lors du dîner, sous la supervision de la grand-mère, reine des fourneaux.

Clara aurait pu convier la presse, les notables, ceux qui font la pluie et le beau temps des réseaux mode... pourtant, elle a choisi de n'avoir autour d'elle que des amis, pour partager ce dîner d'exception. Car l'amitié est le bien le plus rare, le plus convoité et comme le rappelle souvent Samir, l'oxygène nécessaire aux cellules humaines pour avoir le privilège de vieillir.

Michèle est allée parler à Claude pour la première fois depuis son retour. Il a levé les yeux sur sa femme et a esquissé un timide sourire.
« Claude, je t'ai attendu toutes ces années. Je me suis perdue, j'ai traîné ma carcasse sans passion. Je n'ai aimé personne et je suis devenue vieille avant l'heure. Pourtant, depuis que tu es revenu, je n'ai pas cherché à te joindre. Je crois avoir tout simplement réalisé que je t'avais effacé mais que j'avais oublié de m'en informer. Ne le prends pas mal Claude, mais ton retour est une libération. Désormais je sais que je dois rattraper le temps perdu. »
Michèle tend une enveloppe à Claude : « Libère-moi totalement Claude. Tu me le dois bien. Signe cette demande de divorce et commençons à vivre comme des amis. Pour notre salut. Et parce que Clara a besoin de cet équilibre.

— Allons-nous nous revoir ? Moi aussi j'ai tant de choses à te dire.

— Bien sûr Claude. Nous avons toute la vie pour cela. Mon geste de ce soir n'est pas un adieu. Bien au contraire c'est un message de bienvenue. »

Michèle salue avec tendresse Claude, alors que Clarisse au loin, témoin de cet échange, s'en félicite.

Ce soir, au milieu des étoiles, Clara a reconnu Max. Une étoile plus vive que les autres.

« Je savais bien que tu ne me laisserais pas affronter ce challenge sans toi Max. LeHaïm ! Longue vie à nous ! » déclare Clara en levant son verre vers l'astre le plus lumineux de ce ciel provençal.

NOTE

Cette année, lors d'un séjour en France, je suis passée rue des Favorites. Tout a été détruit ou presque sur le côté des numéros impairs de la rue.

Un hôtel moderne occupe l'angle avec la rue de Vaugirard, des immeubles neufs ont remplacé ceux en briques des années vingt…

Et pourtant.

Il subsiste un immeuble. Un bâtiment, vestige de ces années Max & Feiga. Le 3 rue des Favorites, habité dans le roman par Schmuel et sa femme Rachel.

Cet appartement était en vérité celui de mes grands-parents.

Et savez-vous ce qu'il y a aujourd'hui en bas de l'immeuble ?

Un magasin de retouches et confection en tout genre.

La vie est décidément bien surprenante…

Sandrine Mehrez Kukurudz

Made in the USA
Middletown, DE
23 February 2019

37183034R00190